I0815685

Trilogía de la noche

Contemporánea
Narrativa

ELIE
WIESEL

TRILOGÍA DE LA NOCHE

Traducción de Fina Warschaver

AUSTRAL

Obra editada en colaboración con Editorial Planeta – España

Título original: *La nuit, l'aube, le jour*

Diseño de la colección: Compañía
Ilustración de la cubierta: Shutterstock

Grup Editorial 62, S.L.U.

Bajo el sello editorial AUSTRAL M.R.
Avenida Presidente Masarik núm. 111,
Piso 2, Polanco V Sección, Miguel Hidalgo
C.P. 11560, Ciudad de México
www.planetadelibros.com.mx

Primera edición impresa en España en Austral: noviembre de 2013
ISBN: 978-84-15325-94-9

Primera edición impresa en México en Austral: junio de 2025
ISBN: 978-607-39-3001-7

Impreso en los talleres de Diversidad Gráfica S.A. de C.V.
Privada de Av.11 No.1 Col. El Vergel, Iztapalapa,
C.P. 09890, Ciudad de México
Impreso en México - *Printed in Mexico*

Biografía

Elie Wiesel (Sighet, 1928). Escritor, crítico literario y profesor de origen rumano. En 1944 fue capturado junto con su familia por los nazis y trasladado al campo de exterminio de Auschwitz, donde vio morir a su madre y a su hermana menor; después lo deportaron a Buchenwald, donde murió su padre. Tras ser liberado por las tropas aliadas, se estableció en París y estudió periodismo en La Sorbona. Posteriormente trabajó en periódicos de Israel, Francia y Estados Unidos. En 1986 fue galardonado con el Premio Nobel de la Paz por su trabajo en defensa de los derechos humanos y creó la Fundación Elie Wiesel con los mismos fines. La obra de Wiesel se define por la defensa a ultranza de las víctimas que sufrieron las aberraciones cometidas por el Holocausto y la firme intención de evitar que se repita en el mundo una barbarie similar. Además de las tres novelas que componen *Trilogía de la noche*, entre sus novelas traducidas al castellano destacan: *Las puertas del bosque* (1971), *La ciudad de la fortuna* (1992), *El olvidado* (1994), *Todos los torrentes van a la mar* (1996) y *Contra la melancolía* (1996). Desde 1956 vive en Nueva York.

LA NOCHE

*A la memoria de mis padres
y de mi hermanita Tzipora.*

Lo llamaban Moshé-Shames,* como si en la vida no hubiera tenido apellido. Era el hombre para todo quehacer de una sinagoga jasídica. Los judíos de Sighet —esa pequeña ciudad de Transilvania donde pasé mi infancia— le tenían mucho cariño. Era muy pobre y vivía miserablemente. En general los habitantes de mi ciudad, aunque ayudaran a los pobres, no les tenían ningún cariño. Moshé-Shames era la excepción. No molestaba a nadie. Su presencia no estorbaba a nadie. Era un maestro en el arte de hacerse insignificante, de volverse invisible.

Físicamente, era torpe como un payaso. Su timidez de huérfano provocaba risa. Me gustaban sus grandes ojos soñadores, perdidos en la lejanía. Hablaba poco. Cantaba o, más bien, canturreaba. Lo poquito que se podía captar se refería al sufrimiento de la divinidad, al exilio de la Providencia que, según la Cábala, obtendría su liberación con la del hombre.

Lo conocí a fines de 1941. Tenía yo doce años y era profundamente creyente. De día, estudiaba el Talmud, y de noche, corría a la sinagoga para llorar la destrucción del Templo.

* *Shames*: bedel, custodio, asistente de sinagoga. *(N. del e.)*

Un día le pedí a mi padre que me buscara un maestro que pudiera orientarme en el estudio de la Cábala.

—Eres demasiado joven para eso. Ha dicho Maimónides que hasta los treinta años uno no tiene derecho de aventurarse en el mundo peligroso del misticismo. Primero debes estudiar las materias básicas que estás en condiciones de comprender.

Mi padre era un hombre culto, poco sentimental. Ninguna efusión, ni siquiera en familia. Más ocupado de los demás que de los suyos. La comunidad judía de Sighet sentía por él la mayor consideración; a menudo se le consultaba sobre los asuntos públicos y hasta sobre cuestiones privadas. Éramos cuatro hermanos. Hilda, la mayor; luego, Bea; yo era el tercero y el único hijo varón; la menor, Judith.

Mis padres tenían un comercio. Hilda y Bea les ayudaban en su trabajo. En cuanto a mí, decían que mi lugar era la casa de estudios.

—No hay cabalistas en Sighet —repetía mi padre.

Quería desterrar esa idea de mi espíritu. Pero en vano. Yo mismo me encontré un maestro en la persona de Moshé-Shames.

Me había estado observando un día que yo oraba a la hora del crepúsculo.

—¿Por qué lloras cuando rezas? —me preguntó como si me conociera desde hacía mucho tiempo.

—No lo sé —respondí muy turbado.

Esa pregunta nunca había surgido en mi espíritu. Lloraba porque... porque algo en mí experimentaba la necesidad de llorar. Y nada más.

—¿Por qué rezas? —me preguntó al cabo de un momento.

¿Por qué rezaba? Extraña pregunta. ¿Por qué vivía? ¿Por qué respiraba?

—No lo sé —contesté, más turbado aún e incómodo—. No lo sé.

Desde ese día lo vi a menudo. Él me explicaba con mucha insistencia que cada pregunta posee una fuerza que la respuesta no contiene ya...

—El hombre se eleva hacia Dios por las preguntas que le formula —gustaba repetir—. Ése es el verdadero diálogo. El hombre interroga y Dios responde. Pero no se comprenden sus respuestas. No es posible comprenderlas. Porque ellas vienen del fondo del alma y permanecen allí hasta la muerte. Las verdaderas respuestas, Eliézer, sólo las encontrarás en ti mismo.

—¿Y por qué rezas tú, Moshé? —le pregunté.

—Le pido al Dios que está en mí que me dé fuerzas para poder hacerle verdaderas preguntas.

Así conversábamos casi todas las noches. Permanecíamos en la sinagoga después que los fieles la habían abandonado, sentados en la oscuridad donde vacilaba todavía la claridad de algunas velas consumidas a medias.

Una noche le comuniqué lo desdichado que era al no encontrar en Sighet un maestro que me enseñara el Zohar, los libros cabalísticos, los secretos de la mística judía. Esbozó una sonrisa indulgente. Después de un prolongado silencio, me dijo:

—Hay mil y una puertas para penetrar en el huerto de la verdad mística. Cada ser humano tiene su puerta. Pero no debe equivocarse y querer penetrar en el huerto por otra puerta que no sea la suya. Es peligroso para aquel que entra y también para aquellos que ya se encuentran en él.

Y Moshé-Shames, el pobre desarrapado de Sighet, me habló durante largas horas de las iluminaciones y de los misterios de la Cábala. Con él comencé mi iniciación. Decenas de veces releímos juntos una página del Zohar. No para aprenderla de memoria sino para captar la esencia misma de la divinidad.

Y a lo largo de esas reuniones nocturnas tuve la convicción de que Moshé-Shames me llevaría con él hacia la eternidad, hacia ese tiempo en que pregunta y respuesta volverían a ser UNO.

Después, un día se expulsó a los judíos extranjeros de Sighet. Y Moshé-Shames era extranjero.

Apiñados por los gendarmes húngaros en vagones para ganado, lloraban sordamente. También nosotros llorábamos en el andén su partida. El tren desapareció en el horizonte: detrás de él sólo quedó una humareda espesa y sucia.

Detrás de mí oí a un judío que suspiraba y decía:

—Qué quieren, es la guerra...

Los deportados fueron olvidados rápidamente. Algunos días después de su partida se decía que estaban en Galitzia trabajando y hasta que estaban satisfechos de su suerte.

Pasaron los días. Las semanas, los meses. La vida había vuelto a ser normal. Un aire suave y tranquilizador soplaba en todas las casas. Los comerciantes hacían buenos negocios, los estudiantes vivían en medio de sus libros y los niños jugaban en la calle.

Un día, cuando iba a entrar en la sinagoga, divisé, sentado en un banco, próximo a la puerta, a Moshé-Shames.

Relató su historia y la de sus compañeros. El tren de los deportados había atravesado la frontera húngara y, en territorio polaco, la Gestapo se había hecho cargo de él. Detenido allí, los judíos tuvieron que descender y subir a unos camiones. Los camiones se dirigieron a un bosque. Se les hizo bajar. Se les hizo cavar amplias fosas. Cuando terminaron su tarea, los hombres de la Gestapo comenzaron la suya. Sin pasión, sin apresurarse, abatieron a sus prisioneros. Cada uno de ellos debía acercarse al foso y presentar la nuca. Los bebés eran lanzados al aire y las ametralladoras los tomaban como blanco. Fue en el bosque de Galitzia, cerca de Kolomaie. ¿Cómo había logrado salvarse él, Moshé-Shames? Por milagro. Herido en una pierna, lo creyeron muerto...

Durante muchos días y noches, iba de una casa judía a otra y relataba la historia de Malka, la joven que agonizó durante tres días, y la de Tobías, el sastre, que imploraba que lo mataran antes que a sus hijos...

Moshé había cambiado. Sus ojos ya no reflejaban alegría. Ya no cantaba. Tampoco hablaba ya de Dios o de la Cábala sino sólo de lo que había visto. La gente no sólo se negaba a dar crédito a sus historias sino aun a escucharlo.

—Trata de que nos compadezcamos de su suerte. Qué imaginación...

O bien:

—El pobre se ha vuelto loco.

Y él lloraba:

—Judíos, escúchenme. Es lo único que les pido. Ni dinero ni compasión. Pero escúchenme —gritaba en la sinagoga, entre la oración del crepúsculo y la de la noche.

Yo mismo tampoco le creía. A menudo me sentaba en su compañía, después del oficio de la noche y escuchaba sus historias, tratando de comprender su tristeza. Sólo sentía compasión por él.

—Me toman por loco —murmuraba, y las lágrimas, como gotas de cera, resbalaban de sus ojos.

Una vez le hice la pregunta:

—¿Por qué estás tan empeñado en que crean lo que dices? En tu lugar, me sería indiferente que me crean o no...

Cerró los ojos como para huir del tiempo:

—No comprendes —contestó con desesperación—. No puedes comprender. Me he salvado por milagro. Logré volver hasta aquí. ¿De dónde provino esta fuerza? Quise volver a Sighet para relatarles mi muerte. Para que ustedes puedan prepararse mientras aún es tiempo. ¿Vivir? Ya no tengo apego a la vida. Estoy solo. Pero quise volver a advertirles. Y nadie me escucha...

Era a fines de 1942.

La vida, luego, volvió a ser normal. La radio de Londres, que escuchábamos todas las noches, anunciaba noticias estimulantes: bombardeos diarios a Alemania, Stalingrado, preparación del segundo frente, y nosotros, judíos de Sighet, esperábamos días mejores que ahora no tardarían en llegar.

Yo continuaba dedicándome a mis estudios. De día, el Talmud, y de noche, la Cábala. Mi padre se ocupaba de su comercio y de la comunidad. Mi abuelo había venido a pasar la fiesta de Año Nuevo con nosotros para poder asistir a los oficios del célebre rabino de Borsche. Mi madre comenzaba a pensar que ya era tiempo de encontrar un muchacho conveniente para Hilda.

Así transcurrió el año 1943.

Primavera de 1944. Noticias resplandecientes del frente ruso. Ya no subsistía ninguna duda acerca de la derrota de Alemania. Era únicamente cuestión de tiempo: meses o semanas tal vez.

Los árboles estaban en flor. Era un año como tantos otros, con su primavera, con sus noviazgos, sus matrimonios y sus nacimientos.

La gente decía:

—El Ejército Rojo avanza a pasos de gigante... Hitler no podrá hacernos nada malo aunque quisiera...

Sí, hasta dudábamos de su deseo de exterminarnos.

¿Llegaría a aniquilar a todo un pueblo? ¿Exterminar a una población dispersa a través de tantos países? ¡Tantos millones de personas! ¿Con qué medios? ¡Y en pleno siglo XX!

Así la gente prestaba atención a todo —la estrategia, la diplomacia, la política, el sionismo—, pero no a su propia suerte.

Hasta el mismo Moshé-Shames había callado. Estaba cansado de hablar. Vagaba por la sinagoga y por las calles, con la cabeza gacha, la espalda encorvada, evitando a la gente.

En esa época todavía se podía comprar certificados de emigración para Palestina. Yo le pedí a mi padre que vendiera todo, que liquidara todo y que nos fuéramos.

—Soy demasiado viejo, hijo —me respondió—. Demasiado viejo para comenzar una vida nueva. Demasiado viejo para volver a partir de cero en un país lejano...

La radio de Budapest anunció la toma del poder por el Partido Fascista. Horty Miklos tuvo que pedir a un jefe del Partido Nylas que formara el nuevo gobierno.

No era suficiente eso para inquietarnos. Es cierto que habíamos oído hablar de los fascistas, pero ello seguía siendo una abstracción. Era sólo un cambio de ministerio.

Al día siguiente, otra noticia inquietante: con el consentimiento del Gobierno, las tropas alemanas habían penetrado en territorio húngaro.

Aquí y allá, la inquietud comenzaba a brotar. Uno de nuestros amigos, Berkovitz, al volver de la capital, relató:

—Los judíos de Budapest viven en una atmósfera de miedo y de terror. Todos los días, en las calles, en los trenes, se producen incidentes antisemitas. Los fascistas atacan las tiendas de los judíos, las sinagogas. La situación comienza a ponerse muy seria...

Esas noticias se extendieron por Sighet como un reguero de pólvora. Se hablaba de ello en todas partes. Pero no por mucho tiempo. Enseguida renacía el optimismo:

—Los alemanes no vendrán hasta aquí. Se quedarán en Budapest. Por razones estratégicas, políticas...

No habían transcurrido aún tres días cuando los coches del ejército alemán hicieron su aparición en nuestras calles.

Angustia. Los soldados alemanes, con sus cascos de acero y su emblema: una calavera.

Sin embargo, la primera impresión que tuvimos de los alemanes fue sumamente tranquilizadora. Los oficiales se instalaron en casas particulares y hasta en casas de judíos. Su actitud con respecto a sus huéspedes era distante pero cortés. Nunca pedían lo imposible, no hacían observaciones impertinentes y, a veces, hasta sonreían a la dueña de casa. Un oficial alemán se alojaba en una casa frente a la nuestra. Tenía una habitación en casa de los Kahn. Se decía que era un hombre encantador: tranquilo, simpático y atento. Tres días después de instalarse, le había llevado a la señora Kahn una caja de chocolates. Los optimistas mostraban su júbilo:

—¡Y bien! ¿Qué habíamos dicho? Ustedes no querían creerlo. Ahí los tienen a *sus* alemanes, ¿qué les parece? ¿Dónde está su famosa crueldad?

Los alemanes estaban ya en la ciudad, los fascistas estaban ya en el poder, el veredicto estaba ya pronunciado y los judíos de Sighet seguían sonriendo.

Los ocho días de Pascua.

Hacía un tiempo maravilloso. Mi madre andaba atareada en la cocina. Ya no había sinagogas abiertas. La gente se reunía en casas particulares: no había que provocar a los alemanes. Prácticamente, cada vivienda de rabino se convirtió en un lugar de oración.

Se bebía, se comía, se cantaba. La Biblia nos ordenaba regocijarnos durante los ocho días de fiesta, ser dichosos. Pero el corazón no lo estaba. El corazón latía más fuerte desde hacía algunos días. Deseábamos que las festividades terminaran para no vernos obligados a representar esa comedia.

Al séptimo día de Pascua, se alzó el telón: los alemanes detuvieron a los jefes de la comunidad judía.

A partir de ese momento, todo se desarrolló con mucha rapidez. La carrera hacia la muerte había comenzado.

Primera medida: los judíos no tendrían derecho a abandonar su domicilio durante tres días, bajo pena de muerte.

Moshé-Shames llegó corriendo a nuestra casa y gritó a mi padre:

—Yo les advertí... —Y, sin esperar respuesta, desapareció.

El mismo día, la policía húngara hizo irrupción en todas las casas judías de la ciudad; un judío no tenía derecho a poseer oro, joyas, objetos de valor; todo debía ser entregado a las autoridades bajo pena de muerte. Mi padre bajó al sótano y enterró nuestras economías.

En casa, mi madre continuaba dedicada a sus ocupaciones. A veces se detenía y nos miraba en silencio.

Transcurridos los tres días, un nuevo decreto: cada judío debía llevar la estrella amarilla.

Los notables de la comunidad vinieron a ver a mi padre —que tenía relaciones en las altas esferas de la policía húngara— para preguntarle qué pensaba de la situación. Mi padre no la veía demasiado negra, o tal vez no quería desalentar a los otros y echar sal en sus heridas:

—¿La estrella amarilla? De eso no se muere...

(¡Pobre padre! ¿De qué has muerto entonces?) Pero ya se proclamaban nuevos edictos. Ya no teníamos derecho a entrar en los restaurantes, en los cafés, a viajar en tren, a ir a la sinagoga, a salir a la calle después de las dieciocho horas.

Después fue el ghetto.

Dos ghettos fueron creados en Sighet. Uno grande, en medio de la ciudad, ocupaba cuatro calles; y otro, más pequeño, se extendía por muchas callejuelas del arrabal. La calle en que habitábamos, la calle de las Serpientes, se hallaba en el recinto del primero. Por lo tanto seguíamos en nuestra casa. Pero, como estaba en la esquina, las ventanas que daban hacia la calle exterior tuvieron que ser clausuradas. Cedimos algunas de nuestras habitaciones a parientes que habían sido expulsados de sus domicilios.

Poco a poco, la vida volvió a ser normal. Las alambradas que, como una muralla, nos cercaban, no nos inspiraban reales temores. Hasta nos sentíamos bastante bien: estábamos todos juntos. Una pequeña república judía... Se creó un Consejo judío, una policía judía, una oficina de ayuda social, un comité de trabajo, un departamento de higiene, todo un aparato de gobierno.

Todos estaban maravillados. Ya no íbamos a tener ante nuestros ojos miradas hostiles, miradas cargadas de odio. No más temor, no más angustias. Vivíamos entre judíos, entre hermanos...

Es cierto que había todavía momentos desagradables. Todos los días, los alemanes venían a buscar hombres para cargar carbón en los trenes militares. Para ese tipo de trabajos había muy pocos voluntarios. Pero, fuera de ello, la atmósfera era apacible y tranquilizadora.

Según la opinión general íbamos a quedar en el ghetto hasta el fin de la guerra, hasta la llegada del Ejército Rojo.

Luego, todo volvería a ser como antes. En el ghetto no reinaba ni el alemán ni el judío: reinaba la ilusión.

El sábado anterior a Pentecostés, bajo un sol primaveral, la gente se paseaba despreocupada por las calles rebosantes de transeúntes. Charlaban alegremente. En las aceras, los niños jugaban con avellanas. En el jardín de Ezra Malik, yo estudiaba un tratado del Talmud con algunos camaradas.

Llegó la noche. Una veintena de personas se había reunido en el patio de nuestra casa. Mi padre les relataba anécdotas y exponía su opinión sobre la situación. Era un buen narrador.

De pronto la puerta del patio se entreabrió y Stern —un ex comerciante convertido en policía— entró y llamó aparte a mi padre. A pesar de la oscuridad que comenzaba a caer sobre nosotros, lo vi palidecer.

—¿Qué ocurre? —le preguntaron.

—No sé nada. Me citan a una sesión extraordinaria del Consejo. Debe de haber ocurrido algo.

La buena historia que nos estaba contando quedaría inconclusa.

—Voy enseguida —prosiguió mi padre—. Volveré lo más pronto posible. Ya les contaré todo. Espérenme.

Todos estaban dispuestos a esperar horas. El patio se convirtió en una especie de antecámara de una sala de operaciones. Sólo se esperaba ver reabrirse la puerta, ver abrirse el firmamento. Prevenidos por el rumor, otros vecinos se habían unido a nosotros. Miraban su reloj. El tiempo pasaba muy lentamente. ¿Qué podía significar una sesión tan prolongada?

—Presiento algo malo —dijo mi madre—. Esta tarde he visto caras nuevas en el ghetto. Dos oficiales alemanes, creo que de la Gestapo. Desde que estamos aquí, todavía no se presentó ni un solo oficial...

Era casi medianoche. Nadie tenía ganas de ir a acostarse. Algunos corrían hasta su casa para ver si todo estaba en orden. Otros retornaban a ellas, pero pedían que se les avisara en cuanto llegara mi padre.

Por fin la puerta se abrió y éste apareció, muy pálido. Enseguida lo rodearon:

—¡Cuenta! ¿Qué ocurre? Dinos algo...

En ese momento se estaba tan ansioso de oír una palabra tranquilizadora, una frase diciendo que no había nada que temer, que había sido una reunión vulgar y corriente, que se habían tratado problemas sociales, sanitarios... Pero bastaba mirar la cara descompuesta de mi padre para rendirse a la evidencia:

—Una noticia terrible —anunció al fin—. La deportación.

El ghetto debía ser totalmente evacuado. El traslado se haría calle por calle, a partir del día siguiente.

La gente quería saberlo todo, conocer todos los detalles. La noticia los había aturdido, pero insistían en beber ese vino amargo hasta las heces.

—¿Adónde nos llevan?

Era un secreto. Un secreto para todos, salvo para uno solo: el presidente del Consejo judío. Pero él no quería decirlo, no *podía* decirlo. La Gestapo había amenazado con fusilarlo si hablaba.

Mi padre agregó con voz entrecortada:

—Circulan rumores de que nos deportarán a algún lugar de Hungría para trabajar en las fábricas de ladrillos. La razón, según parece, es que el frente está demasiado cerca de aquí...

Y, después de un silencio, prosiguió:

—Cada uno sólo puede llevar consigo sus efectos personales. Una mochila, alimentos y alguna ropa. Nada más.

Y otra vez un pesado silencio.

—Vayan a despertar a los vecinos —dijo mi padre—. Que se preparen...

Junto a mí, las sombras despertaron de un largo sueño. Y se alejaron silenciosamente en todas direcciones.

Quedamos solos un momento. De pronto, Batía Reich, una parienta que vivía en nuestra casa, entró en el cuarto:

—¡Alguien golpea en la ventana cerrada, la que da hacia afuera!

Hasta que terminó la guerra no supe quién había golpeado. Era un inspector de policía húngaro, un amigo de mi padre. Antes de que ingresáramos al ghetto nos había dicho: «Estén tranquilos. Si algún peligro les amenaza, les avisaré». Si esa noche hubiera podido hablar con nosotros, todavía hubiéramos podido huir... Pero, cuando logramos abrir la ventana, era demasiado tarde. No había nadie afuera.

El ghetto despertó. Detrás de las ventanas las luces se encendieron una tras otra.

Entré en la casa de un amigo de mi padre. Desperté a su dueño, un anciano de barba gris, ojos soñadores, encorvado por largas noches de estudio.

—Levántese, señor. ¡Levántense! Prepárense para marchar. Serán expulsados mañana, usted y los suyos, usted y todos los judíos. ¿Adónde? No me lo pregunte, señor, no me haga preguntas. Sólo Dios podría responderle. Por el amor del cielo, levántese...

No comprendió nada de lo que le decía. Sin duda pensaba quc yo había pcrdido la razón.

—¿Qué dices? ¿Prepararse para partir? ¿Adónde? ¿Por qué? ¿Qué ocurre? ¿Te has vuelto loco?

Medio dormido todavía, me observó con la mirada llena de terror, como si esperara que yo estallara en una carcajada para declararle, finalmente:

—Vuelva a acostarse; duerma. Sueñe. No ha ocurrido nada en absoluto. Es una broma...

En mi garganta seca se ahogaban las palabras, paralizando mis labios. No pude decirle nada más.

Entonces comprendió. Bajó de la cama y con gestos automáticos comenzó a vestirse. Luego se acercó a la cama donde dormía su mujer y le tocó la frente con infinita ternura: ella abrió los ojos y me pareció que una sonrisa se esbozó en sus labios. Enseguida él fue hasta las camas de sus dos hijos y los despertó bruscamente, arrancándolos de sus sueños. Yo me escapé.

El tiempo transcurría con mucha rapidez. Ya eran las cuatro de la mañana. Mi padre corría a diestra y siniestra, extenuado, consolando a los amigos, corriendo hasta el Consejo judío para ver si entretanto no se había retirado el edicto: hasta el último instante alentaba en los corazones un germen de confianza.

Las mujeres cocinaban huevos, asaban carne, preparaban pasteles, confeccionaban mochilas; los niños vagaban un poco por todas partes, con la cabeza gacha, no sabiendo dónde meterse, dónde encontrar un sitio en que no molestaran a las personas mayores.

Nuestro patio se había convertido en una verdadera feria. Objetos de valor, tapices preciosos, candelabros de plata, libros de oraciones, biblias y otros objetos de culto, sembraban el suelo polvoriento, bajo un cielo maravillosamente azul, pobres cosas que parecían no haber pertenecido nunca a nadie.

A las ocho de la mañana, el cansancio, como plomo derretido, se había coagulado en las venas, en los miembros, en el cerebro. Yo me disponía a rezar cuando, repentinamente, se escucharon gritos en la calle. Me quité rápidamente mis filacterias y corrí hasta la ventana. Los gendarmes húngaros habían penetrado en el ghetto y rugían en la calle vecina:

—¡Todos los judíos afuera! ¡Rápido!

Los policías judíos entraban en las casas y decían con voz quebrada:

—Ha llegado el momento... Hay que abandonar todo esto...

Los gendarmes húngaros golpeaban con la culata de sus fusiles, con cachiporras, a cualquiera, sin motivo, a diestra y siniestra, ancianos y mujeres, niños y enfermos.

Una tras otra, las casas se vaciaban y la calle se llenaba de gente y de paquetes. A las diez, todos los condenados estaban afuera. Los gendarmes llamaban una, dos, veinte veces. El calor era intenso. El sudor inundaba los rostros y los cuerpos.

Los niños lloraban pidiendo agua.

¡Agua! La había muy cerca, en las casas, en los patios, pero estaba prohibido abandonar las filas.

—¡Agua, mamá, agua!

A escondidas, los policías del ghetto pudieron ir a llenar algunos cántaros. Mis hermanas y yo, que todavía podíamos movernos porque estábamos destinados al último convoy, ayudamos cuanto pudimos.

Por fin, a la una de la tarde, se dio la señal de partida. Fue la alegría, sí, la alegría. Pensaban, sin duda, que no había sufrimiento más grande en el infierno de Dios que estar sentados allí, en la calle, entre los bultos, bajo un sol incandescente, que cualquier cosa era mejor que aquello. Se pusieron en marcha, sin una mirada a las calles abandonadas, a las casas vacías y oscuras, a los jardines, a las losas sepulcrales... En la espalda de cada uno, una mochila. En los ojos de cada uno, un sufrimiento anegado de lágrimas. Lentamente, pesadamente, la procesión avanzaba hacia la puerta del ghetto.

Y yo estaba en la acera viéndolos pasar, incapaz de hacer un movimiento. Ahí estaba el rabino, la espalda encorvada, la cara rasurada, el hatillo al hombro. Su sola presencia entre los expulsados bastaba para volver irreal la escena. Me parecía ver una página arrancada de algún libro de cuentos, de alguna novela histórica sobre la cautividad de Babilonia o sobre la inquisición en España.

Pasaban delante de mí, uno tras otro, maestros, amigos, otros muchos, aquellos que me producían miedo, aquellos de los que me había reído un día, aquellos con quienes había vivido durante años. Se iban alicaídos, arrastrando su bolso, arrastrando su vida, abandonando sus hogares y sus años de infancia, encorvados como perros apaleados.

Pasaban sin mirarme. Debían envidiarme.

La procesión desapareció en la esquina de la calle. Unos pasos todavía y atravesarían los muros del ghetto.

La calle parecía un mercado abandonado apresuradamente. Allí se podía encontrar de todo: valijas, toallas, carteras de útiles, cuchillos, platos, dinero, papeles, retratos amarillentos. Cosas que por un momento habían pensado llevarse y que finalmente habían dejado allí. Habían perdido todo su valor.

Cuartos abiertos por todas partes. Puertas y ventanas abiertas hacia el vacío. Todas las cosas eran de todos, ya no pertenecían a nadie. Sólo había que tomarlas. Una tumba abierta.

Un sol de estío.

Habíamos pasado el día en ayunas. Pero no teníamos hambre. Estábamos extenuados.

Mi padre acompañó a los deportados hasta la puerta del ghetto. Primero los hicieron pasar por la sinagoga grande donde se los registró minuciosamente para ver si llevaban oro, plata u otros objetos de valor. Hubo crisis de nervios y cachiporrazos.

—¿Cuándo es nuestro turno? —pregunté a mi padre.

—Pasado mañana. A menos que... a menos que las cosas se arreglen. Un milagro, tal vez...

¿A dónde llevaban a la gente? ¿No se sabía todavía? No, el secreto estaba bien guardado.

Cayó la noche. Nos acostamos temprano esa vez. Mi padre había dicho:

—Duerman tranquilos, hijos míos. No será hasta pasado mañana, martes.

El lunes pasó como una pequeña nube de verano, como el sueño en las primeras horas del alba.

Ocupados en preparar nuestras mochilas, en cocer panes y galletas, no pensamos ya en nada más. El veredicto había sido pronunciado.

Por la noche, nuestra madre nos hizo acostar muy temprano para ahorrar fuerzas, según dijo. La última noche que pasábamos en casa.

A la madrugada ya estaba levantado. Quería tener tiempo de rezar antes de que me expulsaran.

Mi padre se había levantado antes que nosotros para buscar informaciones. Volvió alrededor de las ocho. Una buena noticia: hoy no dejábamos la ciudad. Sólo nos trasladaríamos al ghetto pequeño. Esperaríamos allí el último transporte. Seríamos los últimos en partir.

A las nueve recomenzaron las escenas del domingo. Gendarmes con cachiporras que aullaban: «¡Todos los judíos afuera!».

Estábamos preparados. Yo salí el primero. No quería mirar la cara de mis padres. No quería estallar en lágrimas. Nos quedamos sentados en medio de la calle, como los otros la antevíspera. El mismo sol infernal. La misma sed. Pero no había ya nadie que nos alcanzara agua.

Contemplé nuestra casa donde había pasado años buscando a mi Dios, ayunando para apresurar la llegada del Mesías, imaginando cómo sería mi vida. No estaba triste en absoluto. No pensaba en nada.

—¡De pie! ¡Sus nombres!

De pie. Contados. Sentados. Otra vez de pie. De nuevo en el suelo. Sin fin. Esperábamos con impaciencia que nos sacaran de allí. ¿Qué ocurría? Por fin llegó la orden: «¡Adelante!».

Mi padre lloraba. Era la primera vez que lo veía llorar. Nunca había imaginado que pudiera hacerlo. Mi madre caminaba con la cara inmutable, sin una palabra, pensativa. Miré a mí hermanita, Tzipora, con sus cabellos rubios bien peinados y un abrigo rojo en el brazo: una niñita de siete años, al hombro una mochila demasiado grande para ella. Apretaba los dientes: sabía ya que de nada servía quejarse. Aquí y allá, los gendarmes distribuían cachiporrazos: «¡Más rápido!». Las fuerzas me faltaban. La marcha apenas comenzaba y ya me sentía tan débil...

—¡Más rápido! ¡Más rápido! ¡Avancen, holgazanes! —aullaban los gendarmes húngaros.

En ese instante comencé a odiarlos y mi odio es lo único que me liga a ellos aún hoy. Fueron nuestros primeros opresores. Eran el primer rostro del infierno y de la muerte.

Nos ordenaron que corriéramos. Empezamos a correr. ¿Quién hubiera dicho que éramos tan fuertes? Detrás de las ventanas, detrás de los postigos, nuestros compatriotas nos miraban pasar.

Llegamos por fin a destino. Arrojando las mochilas al suelo, nos dejamos caer:

—Dios mío, Señor del Universo, compadécete de nosotros en Tu gran misericordia...

El pequeño ghetto. Hace tres días aún vivía gente aquí. Gente a la cual pertenecían los objetos que nosotros utilizábamos. Habían sido expulsados. Y nosotros ya los habíamos olvidado por completo.

El desorden era aún mayor que en el ghetto grande. Sus habitantes debieron de ser expulsados de improviso. Recorrí las habitaciones donde vivía la familia de mi tío. Sobre la mesa, un plato de sopa que no habían terminado de tomar. Una masa esperaba para ser puesta en el horno. Libros dispersos sobre el piso. ¿Mi tío habría pensado llevárselos?

Nos instalamos. (¡Qué palabra!) Fui a buscar leña, mis hermanas encendieron el fuego. A pesar del cansancio, mi madre se puso a preparar la cena.

—Hay que resistir, hay que resistir —repetía.

La moral de la gente no era demasiado mala: comenzaban a habituarse a la situación. En la calle sostenían pláticas optimistas. Los nazis no van a tener tiempo de expulsarnos, decían...

En cuanto a los que habían sido expulsados, bueno, ya no había nada que hacer. Pero a nosotros, probablemente nos dejarían vivir aquí nuestra miserable vida hasta el fin de la guerra.

El ghetto no estaba vigilado. Cada cual podía entrar y salir libremente. Nuestra antigua criada, María, vino a vernos. Nos imploró con ardientes lágrimas que fuéramos a su aldea donde había preparado un escondite seguro para nosotros. Pero mi padre no quiso oír hablar de ello. Dijo a mis hermanas mayores y a mí:

—Si ustedes quieren, vayan. Yo me quedaré aquí con mamá y la pequeña...

Por supuesto, nos negamos a separarnos.

Noche. Nadie deseaba que la noche pasara rápidamente. Las estrellas no eran sino chispas del gran fuego que nos devoraba. Si ese fuego se apagara un día, no habría ya nada en el cielo, sólo estrellas extinguidas, ojos muertos.

Lo único que había que hacer era acostarse en la cama de los ausentes. Descansar, acumular fuerzas.

A la madrugada, nada quedaba de esa melancolía. Se hubiera creído que estábamos de vacaciones. La gente decía:

—Quién sabe, tal vez nos deportan por nuestro bien. El frente no está muy lejos, pronto se oirán los cañones. Así pues, evacúan a la población civil...

—Sin duda temen que nos convirtamos en guerrilleros...

—Me parece que todo este asunto de la deportación es sólo una gran farsa. Sí, no se rían, por favor. Los nazis quieren simplemente apoderarse de nuestras joyas. Pero saben que todo está enterrado y que habrá que realizar registros; es más fácil cuando los propietarios están de vacaciones...

¡De vacaciones!

Esas conversaciones optimistas, a las que nadie daba crédito, hacían pasar el tiempo. Los pocos días que vivimos allí transcurrieron bastante agradablemente, en calma. Las relaciones entre la gente eran muy cordiales. Ya no había ricos, ni notables, ni «personalidades»; sólo condenados a la misma pena, todavía ignorada.

Sábado, día de reposo, era el día elegido para nuestra expulsión.

La víspera habíamos celebrado la cena tradicional del viernes por la noche. Habíamos pronunciado las bendiciones habituales sobre el pan y el vino e ingerido la comida sin pronunciar palabra. Sentíamos que estábamos por última vez alrededor de la mesa familiar. Pasé la noche evocando recuerdos, pensamientos, sin poder conciliar el sueño.

A la madrugada, estábamos ya en la calle listos para partir. Esta vez sin gendarmes húngaros. Se había hecho un acuerdo con el Consejo judío que iba a organizarlo todo.

Nuestro convoy tomó la dirección de la sinagoga grande. La ciudad parecía desierta. Pero, detrás de los postigos, nuestros amigos de ayer esperaban sin duda el momento de poder saquear nuestras casas.

La sinagoga parecía una gran estación: equipajes y lágrimas. El altar destrozado, las tapicerías arrancadas, las paredes desnudas. Éramos tantos que apenas podíamos respirar. Espantosas veinticuatro horas pasadas allí. Los hombres estaban abajo. Las mujeres en el primer piso. Era sábado: se hubiera dicho que habíamos ido para asistir al oficio. Como no podían salir, las gentes hacían sus necesidades en un rincón cualquiera de la sinagoga.

A la mañana siguiente, caminamos hacia la estación donde nos esperaba un convoy de vagones para ganado. Los gendarmes húngaros nos hicieron subir a razón de ochenta personas por vagón. Nos dejaron algunas hogazas de pan, algunos baldes de agua. Controlaron los barrotes de las ventanillas para verificar si eran fuertes. Los vagones fueron sellados. En cada uno se había designado un responsable: sería fusilado si alguien escapaba.

En el andén se paseaban dos oficiales de la Gestapo, muy sonrientes; en resumidas cuentas, todo había salido bien.

Un silbido prolongado atravesó el aire. Las ruedas comenzaron a chirriar. Estábamos en camino.

Ni pensar en acostarse, o tan siquiera sentarse todos. Se decidió sentarse por turno. El aire estaba enrarecido. Felices aquellos que se encontraban cerca de una ventana y veían desfilar el paisaje en flor.

Al cabo de dos horas de viaje, comenzó a torturarnos la sed. Después el calor se volvió insoportable.

Liberados de toda interdicción social, los jóvenes se entregaban abiertamente a sus instintos y, a favor de la oscuridad, se unían en medio de nosotros, despreocupados de todo, solos en el mundo. Los demás simulaban no ver nada. Nos quedaban provisiones. Pero nunca se comía hasta satisfacer el hambre. Economizar era nuestro lema, economizar para el día siguiente. El día siguiente podía ser peor todavía.

El tren se detuvo en Kashau, una pequeña ciudad en la frontera checoslovaca. Comprendimos entonces que no nos íbamos a quedar en Hungría. Nuestros ojos se abrieron demasiado tarde.

La puerta del vagón se corrió. Se presentó un oficial alemán acompañado por un teniente húngaro, que traduciría sus palabras:

—Desde este momento ustedes están bajo la autoridad del Ejército alemán. Aquel que todavía posea oro, plata, relojes, tendrá que entregarlos ahora. Aquel a quien después se le encuentre cualquiera de estas cosas será fusilado inmediatamente. Segundo: aquel que se encuentra enfermo puede pasar al vagón-hospital. Eso es todo.

El teniente húngaro pasó entre nosotros con una canastilla y recogió los últimos bienes de aquellos que no querían sentir más el gusto amargo del terror.

—Ustedes son ochenta en el vagón —agregó el oficial alemán—. Si falta alguno, todos serán fusilados como perros...

Se fueron. Las puertas volvieron a cerrarse. Habíamos caído en la trampa hasta el cuello. Las puertas estaban clavadas, el camino de retorno definitivamente cortado. El mundo era un vagón herméticamente cerrado.

Con nosotros estaba cierta señora Schächter, mujer de unos cincuenta años, y su hijo, de diez, acurrucados en un rincón. Su marido y sus dos hijos mayores habían sido deportados en el primer transporte, por error. Esa separación la había trastornado por completo.

Yo la conocía bien. A menudo había venido a nuestra casa: una mujer apacible, de ojos ardientes y acariciadores. Su marido era un hombre piadoso, que pasaba días y noches en la casa de estudios y era ella quien trabajaba para sostener a los suyos.

La señora Schächter había perdido la razón. El primer día de nuestro viaje ya había comenzado a gemir, a preguntar por qué la habían separado de su familia. Más tarde, sus gritos se volvieron histéricos.

La tercera noche, mientras dormíamos sentados unos contra otros y algunos de pie, un grito agudo traspasó el silencio:

—¡Fuego! ¡Veo fuego! ¡Veo fuego!

Hubo un momento de pánico. ¿Quién había gritado? Era la señora Schächter. En medio del vagón, en la pálida claridad que se filtraba por las ventanas, se asemejaba a un árbol seco en un campo de trigo. Señalaba la ventana con el brazo y aullaba:

—¡Miren! ¡Oh, miren! ¡Ese fuego! ¡Un fuego terrible! ¡Tengan piedad de mí, *ese fuego*!

Los hombres se colgaron de los barrotes. No se veía nada, salvo la oscuridad.

Durante largo rato seguimos impresionados por ese terrible despertar. Continuábamos temblando. A cada chirrido de las ruedas sobre las vías, nos parecía que un abismo se abriría bajo nuestros cuerpos. No pudiendo apaciguar nuestra angustia tratamos de consolarnos: «Está loca, la pobre...». Le habían colocado un trapo mojado sobre la frente para tranquilizarla. A pesar de todo, seguía gritando: «¡Ese fuego! ¡Ese incendio!...».

Su hijito lloraba, se agarraba de su falda y trataba de tomarle las manos: «¡No es nada, mamá! No es nada... Siéntate...». Me producía más pena que los gritos de su madre. Las mujeres trataron de calmarla: «Va usted a encontrarse con su marido y sus hijos... Dentro de algunos días...».

Ella continuaba gritando, jadeante, con la voz entrecortada por los sollozos: «¡Judíos, escúchenme! ¡Veo fuego! ¡Qué llamas! ¡Qué hoguera!». Como si un alma maldita hubiera entrado en ella y hablara desde el fondo de su ser.

Intentamos explicarlo, para tranquilizarnos, para recuperar nuestro propio aliento más que para consolarla: «¡Es que debe de tener tanta sed la pobre! Es por eso que habla del fuego que la devora...».

Pero todo era en vano. Nuestro terror era tal que podría hacer estallar las paredes del vagón. Nuestros nervios se aflojaban. La piel nos dolía. Era como si también a nosotros nos invadiera la locura. No podíamos más. Algunos jóvenes la hicieron sentar a la fuerza, la ataron y le pusieron una mordaza en la boca.

Volvió a reinar el silencio. El niño, sentado junto a su madre, lloraba. Yo volví a respirar normalmente. Se oían las ruedas que marcaban sobre los rieles el ritmo monótono del tren atravesando la noche. Podíamos volver a dormitar, a descansar, a soñar...

Así transcurrieron una hora o dos. Un nuevo grito nos cortó la respiración. La mujer se había liberado de sus ataduras y aullaba más fuertemente que antes:

—¡Miren ese fuego! Llamas, llamas por todas partes...

Otra vez los jóvenes la ataron y amordazaron. Hasta le dieron algunos golpes. Algunos les aprobaban:

—¡Que se calle, esa loca! ¡Que cierre esa boca! ¡Aquí no está sola! ¡Que cierre el pico!

Le asestaron muchos golpes en la cabeza, golpes como para matarla. Su hijito se aferraba a ella, sin gritar, sin decir palabra. Ya no lloraba siquiera.

Una noche que no tenía fin. Al alba, la señora Schächter se había calmado. Acurrucada en su rincón, con la mirada atontada o escrutando el vacío, ya ni nos veía.

Durante todo el día permaneció así, muda, ausente, aislada de todos. Al caer la noche, volvió a aullar: «¡Ahí, el incendio!». Señalaba un punto en el espacio, siempre el mismo. La gente se había cansado de darle golpes. El calor, la sed, los olores pestilentes, la falta de aire nos ahogaban, pero todo eso no era nada comparado con esos gritos desgarradores. Unos días más y nos habríamos puesto a aullar también.

Pero llegamos a una estación. Los que estaban cerca de las ventanas nos dieron el nombre de la estación:

—Auschwitz.

Nadie había oído jamás ese nombre.

El tren no siguió. La tarde pasó lentamente. Luego se descorrieron las puertas del vagón. Dos hombres podían bajar para buscar agua.

Cuando volvieron, relataron que habían podido enterarse, a cambio de un reloj de oro, que era el punto terminal. Iban a hacernos bajar. Había un campo de trabajo. En buenas condiciones. Las familias no serían desmembradas. Sólo los jóvenes irían a trabajar a las fábricas. Los ancianos y los enfermos serían ocupados en los campos.

El barómetro de la confianza dio un salto. Era la súbita liberación de todos los terrores de las noches precedentes. Dieron gracias a Dios.

La señora Schächter permanecía en su rincón, retorciéndose, muda, indiferente a la confianza general. Su pequeño le acariciaba la mano.

El crepúsculo comenzó a invadir el vagón. Nos pusimos a comer nuestras provisiones. A las diez de la noche, cada uno buscó una posición conveniente para dormitar y poco después todo el mundo dormía. De pronto:

—¡Fuego! ¡El incendio! ¡Mírenlo!...

Despertando sobresaltados, nos precipitamos a la ventana. Esta vez nuevamente, aunque fuera por un instante, le habíamos dado crédito. Pero afuera sólo se veía la noche oscura. Volvimos a nuestro sitio, con la vergüenza en el alma, pero a pesar de todo atormentados por el miedo. Como ella continuara aullando, volvimos a castigarla y con gran dificultad conseguimos hacerla callar.

El responsable de nuestro vagón llamó a un oficial alemán que se paseaba por el andén y le pidió que trasladaran a la enferma al vagón-hospital.

—Paciencia —respondió el otro—, paciencia. Pronto la trasladarán.

Alrededor de las once el tren volvió a ponerse en movimiento. Todos se apretujaron contra las ventanas. El convoy avanzaba lentamente. Un cuarto de hora más tarde, de nuevo aminoró la marcha.

Desde las ventanas se divisaban alambradas de púas; comprendimos que debía de ser el campo.

Habíamos olvidado la existencia de la señora Schächter. De pronto, oímos un aullido terrible:

—¡Judíos, miren! ¡Miren ese fuego! ¡Miren esas llamas!

Y como el tren se había detenido, esta vez, en el cielo negro, vimos las llamas que salían de una alta chimenea.

Hasta la señora Schächter se había callado. Muda, indiferente, ausente, había vuelto a su rincón.

Miramos las llamas en la oscuridad. Un olor abominable flotaba en el aire. De pronto, las puertas se abrieron. Unos curiosos personajes, vestidos con chaquetas rayadas y pantalones negros, saltaron a los vagones. En sus manos, una lámpara eléctrica y un bastón. Empezaron a golpear a diestra y siniestra, antes de gritar:

—¡A bajar todo el mundo! ¡Dejen el vagón! ¡Rápido!

Saltamos afuera. Dirigí una postrera mirada a la señora Schächter.

Su hijito la tenía de la mano.

Ante nosotros, esas llamas. En el aire, ese olor a carne quemada. Debía de ser medianoche. Habíamos llegado. A Birkenau.

Los objetos que nos eran caros y que habíamos arrastrado hasta allí quedaron en el vagón y con ellos, al fin, nuestras ilusiones.

Cada dos metros, un SS, con la metralleta apuntando hacia nosotros. Tomados de las manos, seguimos a la masa.

Un suboficial SS vino a nuestro encuentro, cachiporra en mano, y ordenó:

—Los hombres a la izquierda. Las mujeres a la derecha.

Cuatro palabras dichas tranquilamente, indiferentemente, sin emoción. Cuatro palabras simples, breves. Sin embargo, era el momento en que me separaría de mi madre. No había tenido tiempo de pensar, cuando ya sentí la presión de la mano de mi padre: quedamos solos. En una fracción de segundo, pude ver a mi madre, a mis hermanas, ir hacia la derecha. Tzipora estrechaba la mano de mamá. Las vi alejarse; mi madre acariciaba los cabellos rubios de mi hermana como para protegerla, y yo continuaba andando con mi padre, con los hombres. Y no sabía que en ese lugar, en ese instante, me separaba de mi madre y de Tzipora para siempre. Continuaba caminando. Mi padre me tenía de la mano.

Detrás de mí, un anciano se desplomó. Junto a él un SS reenfundaba su revólver.

Mi mano se crispó sobre el brazo de mi padre. Un solo pensamiento: no perderlo. No quedarme solo.

Los oficiales SS nos ordenaron:

—En filas de cinco.

Un tumulto. Había que permanecer juntos a toda costa.

—¡Eh, chico! ¿Qué edad tienes?

Me lo preguntaba un detenido. No podía ver su cara, pero su voz era cálida y cansada.

—Todavía no cumplí quince.

—No. Dieciocho.

—Pero no —respondí—. Quince.

—Grandísimo idiota. Escucha lo que *yo* te digo.

Después preguntó a mi padre, quien respondió:

—Cincuenta años.

Más furioso aún, el otro siguió:

—No, cincuenta no. Cuarenta. ¿Oyen? Dieciocho y cuarenta.

Desapareció entre las sombras de la noche. Se acercó otro, con la boca llena de insultos:

—Hijos de perra, ¿por qué han venido? Eh, ¿por qué?

Alguien se atrevió a responderle:

—¿Qué se cree? ¿Qué es por nuestro gusto? ¿Qué nosotros pedimos que nos trajeran?

Poco faltó para que el otro lo matara.

—¡Cállate, cerdo, o te aplasto aquí mismo! Tendrían que haberse colgado allí donde estaban en lugar de venir aquí. ¿No sabían lo que se prepara aquí, en Auschwitz? ¿No lo sabían? ¿En 1944?

Sí, nosotros lo ignorábamos. Nadie nos lo había dicho. Él no podía dar crédito a sus oídos. Su voz se volvió más y más brutal:

—¿Ven aquella chimenea, allá? ¿La ven? ¿Ven las llamas? (Sí, veíamos las llamas.) Allá, allá los llevarán. Ésa es su tumba. ¿Todavía no han comprendido? ¡Perros! ¿Ustedes no comprenden nada entonces? ¡Los van a incinerar! ¡Los van a calcinar! ¡Los van a reducir a cenizas!

Su furor se volvió histérico. Nosotros nos quedamos inmóviles, petrificados. ¿Todo eso no era una pesadilla? ¿Una pesadilla inimaginable?

Aquí y allá oí murmurar:

—Hay que hacer algo. No tenemos que dejarnos matar, ir como ganado al matadero. Tenemos que rebelarnos.

Entre nosotros había algunos muchachos fuertes. Llevaban puñales consigo e incitaban a sus compañeros a arrojarse sobre los guardias armados. Un joven decía:

—Que el mundo conozca la existencia de Auschwitz. Que la conozcan todos los que todavía pueden salvarse de venir aquí.

Pero los más viejos imploraban a sus hijos que no hicieran tonterías:

—No hay que perder la confianza, aunque la espada esté suspendida sobre nuestras cabezas. Así hablaban nuestros Sabios.

El viento de rebelión se apaciguó. Continuamos marchando hasta una encrucijada. En el centro estaba el doctor Mengele, ese famoso doctor Mengele (oficial SS típico, rostro cruel, no desprovisto de inteligencia, monóculo), una varilla de director de orquesta en la mano, en medio de otros oficiales. La varilla se movía sin tregua, ya sea a la izquierda, ya sea a la derecha.

Me encontraba ya ante él:

—¿Tu edad? —preguntó en un tono que quería ser paternal.

—Dieciocho años. —Mi voz temblaba.

—¿Sano?

—Sí.

—¿Tu oficio?

¿Decir que era estudiante?

—Agricultor —me oí pronunciar.

La conversación no había durado sino algunos segundos.

Pero me había parecido una eternidad.

La varilla hacia la izquierda. Di un paso hacia adelante. Quería ver primero a dónde enviarían a mi padre. Si fuera a la derecha, me habría unido a él.

Una vez más, la varilla se inclinó hacia la izquierda. Se me quitó un peso del corazón.

Todavía no sabíamos qué dirección era la buena, si la de la izquierda o la de la derecha, qué camino conducía a presidio o al crematorio. Sin embargo, me sentía feliz: estaba con mi padre. Nuestra procesión continuaba avanzando lentamente.

Otro detenido se acercó a nosotros:

—¿Contentos?

—Sí —respondió alguien.

—Desdichado, van ustedes al crematorio.

Parecía decir la verdad. No lejos de nosotros, de un foso subían llamas, llamas gigantescas. Estaban quemando algo. Un camión se acercó al foso y descargó su carga: eran niños. ¡Eran bebés! Sí, los vi, con mis propios ojos los vi... Niños entre las llamas. (¿Es asombroso si desde entonces el sueño huye de mis ojos?)

He ahí pues adonde íbamos. Un poco más lejos habría otro foso más grande para los adultos.

Me mordí los labios: ¿vivía aún? ¿Estaba despierto? No podía creerlo. ¿Cómo era posible que se quemara a hombres, a niños, y que el mundo callara? No, todo eso no podía ser verdad. Una pesadilla... Pronto despertaría sobresaltado, latiéndome el corazón y me encontraría en mi cuarto, entre mis libros...

La voz de mi padre me arrancó de mis pensamientos:

—Lástima... Lástima que no hayas ido con tu madre... He visto muchos niños de tu edad que se iban con su madre...

Su voz era terriblemente triste. Comprendí que no quería ver lo que iban a hacer conmigo. No quería ver quemar a su único hijo varón.

Un sudor frío cubría mi frente. Pero le dije que no creía que quemaran hombres en nuestra época, que la humanidad no lo habría tolerado...

—¿La humanidad? La humanidad no se interesa por nosotros. Actualmente todo está permitido. Todo es posible, hasta los hornos crematorios... —contestó con voz ahogada.

—Padre —continué—, si es así, no quiero esperar más. Iré hacia las alambradas electrificadas. Es mejor que agonizar durante horas entre las llamas.

No me respondió. Lloraba. Su cuerpo se sacudía en un temblor. A nuestro alrededor, todos lloraban. Alguien se puso a recitar el Kadish, la oración de los muertos. No sé si ya ha ocurrido, en la larga historia del pueblo judío, que los hombres reciten la oración de los muertos para sí mismos.

—*Yizgadal veyiskadash shmé raba...* Que Su Nombre sea alabado y santificado... —murmuró mi padre.

Por primera vez, sentí crecer en mí la protesta. ¿Por qué debía santificar Su nombre? El Eterno, el Señor del Universo, el Eterno Todopoderoso y Terrible callaba, ¿por qué tenía que agradecerle?

Continuamos andando. Poco a poco nos acercábamos a la fosa de la que se desprendía un calor infernal. Veinte pasos aún. Si quería darme muerte, ése era el momento. A nuestra columna sólo le faltaba dar unos quince pasos. Me mordí los labios para que mi padre no oyera cómo me temblaban las mandíbulas. Diez pasos todavía. Ocho. Siete. Andábamos lentamente, como si siguiéramos detrás de un coche fúnebre, siguiendo nuestro propio entierro. Sólo cuatro pasos. Tres pasos. Ahora estaban muy cerca de nosotros el foso y las llamas. Reuní todas las fuerzas que me quedaban para saltar de las filas y arrojarme contra las alambradas. En el fondo de mi corazón, me despedí de mi padre, del Universo entero, y a mi pesar, se formaron y brotaron de mis labios, en un murmullo, las palabras «*Yizgadal veyiskadash shmé raba...* Que Su Nombre sea alabado y santificado...» Mi corazón iba a estallar. Eso era. Me encontraba ante al Ángel de la muerte...

No. A dos pasos del foso, nos ordenaron doblar hacia la izquierda, y nos hicieron entrar en una barraca.

Estreché fuertemente la mano de mi padre y él me dijo:

—¿Te acuerdas de la señora Schächter, en el tren?

Jamás olvidaré esa noche, esa primera noche en el campo que hizo de mi vida una sola larga noche bajo siete vueltas de llave.

Jamás olvidaré esa humareda.

Jamás olvidaré las caritas de los chicos que vi convertirse en volutas bajo un mudo azur.

Jamás olvidaré esas llamas que consumieron para siempre mi Fe.

Jamás olvidaré ese silencio nocturno que me quitó para siempre las ganas de vivir.

Jamás olvidaré esos instantes que asesinaron a mi Dios y a mi alma, y a mis sueños que adquirieron el rostro del desierto.

Jamás lo olvidaré, aunque me condenaran a vivir tanto como Dios. Jamás.

La barraca donde nos hicieron entrar era muy larga. En el techo, algunos tragaluces azulados. La antecámara del infierno debe de tener ese aspecto. Tantos hombres enloquecidos, tantos gritos, tanta brutal bestialidad.

Decenas de reclusos nos recibieron, bastón en mano, golpeando en cualquier parte, a cualquiera, sin razón alguna. Las órdenes: «¡Desnudarse! ¡Rápido! ¡*Raus*! Conserven solamente el cinturón y los zapatos en la mano...».

Había que arrojar la ropa al final de la barraca. Ya había allí una gran pila. Trajes nuevos, otros viejos, sobretodos desgarrados, harapos. ¡Para nosotros era la verdadera igualdad!, la de la desnudez. Temblando de frío.

Algunos oficiales SS recorrían el cuarto buscando hombres robustos. Si el vigor era tan buscado, tal vez había que mostrarse fuerte. Mi padre pensaba lo contrario. Era mejor no ponerse en evidencia. El destino de los otros sería el nuestro. (Más tarde nos enteramos de que habíamos tenido razón. Aquellos que fueron elegidos ese día fueron incorporados a la *Sonder-Kommando*, el comando que trabajaba en los crematorios. Bela Katz —hijo de un fuerte comerciante de mi ciudad— había llegado a Birkenau en el primer transporte una semana antes que nosotros. Cuando se enteró de nuestra llegada nos hizo pasar una nota en la que decía que, elegido por su robustez, había introducido él mismo el cuerpo de su padre en el horno crematorio.)

Los golpes continuaban cayendo:

—¡Al peluquero!

Con el cinturón y los zapatos en la mano, me arrastré

hasta los peluqueros. Sus navajas arrancaban el pelo, afeitaban todos los pelos del cuerpo. En mi cabeza zumbaba siempre el mismo pensamiento: no alejarme de mi padre.

Liberados de las manos de los peluqueros, nos pusimos a vagar en montón, encontrando amigos, conocidos. Esos encuentros nos llenaban de alegría —sí, de alegría—: «¡Dios sea alabado! ¡Vives todavía!».

Pero otros lloraban. Aprovechaban la fuerza que les quedaba para llorar. ¿Por qué se habían dejado conducir hasta allí? ¿Por qué no se habían dado muerte en su cama? Los sollozos entrecortaban su voz.

De pronto, alguien se arrojó a mi cuello y me besó: Yejíel, hermano del rabino de Sighet. Lloraba a lágrima viva. Creí que lloraba de alegría por estar aún vivo.

—No llores, Yejíel —le dije—. Lástima de lágrimas...

—¿No llorar? Estamos al borde de la muerte. Pronto estaremos dentro... ¿Comprendes? Dentro. ¿Cómo no llorar?

Por los tragaluces azulados del techo veía disiparse la noche poco a poco. Había dejado de tener miedo. Y después un cansancio sobrehumano me postró.

Los ausentes ni siquiera rozaban nuestra memoria. Todavía se hablaba de ellos —«quién sabe qué ha sido de ellos»—, pero poco se preocupaba uno de su destino. Incapaces de pensar en algo. Los sentidos estaban embotados, todo se desvanecía en una especie de neblina. Nada nos retenía ya. El instinto de conservación, la autodefensa, el amor propio, todo había desaparecido. En un último momento de lucidez, me pareció que éramos almas malditas errantes en el mundo-de-la-nada, almas condenadas a errar a través de los espacios hasta el fin de las generaciones en busca de su redención, en busca del olvido, sin esperanza de encontrarlo.

Alrededor de las cinco de la mañana, nos echaron de la barraca.

Los *kapos* nos golpeaban de nuevo, pero yo había dejado de sentir el dolor de los golpes. Una brisa helada nos envolvía. Estábamos desnudos, el cinturón y los zapatos en la mano. Una orden: «¡Correr!». Y nosotros corrimos. Al cabo de algunos minutos de correr, una nueva barraca.

Un barril de petróleo en la puerta. Desinfección. Lo sumergen a cada uno. Luego una ducha caliente. A todo correr. Al salir del agua, nos echan afuera. Correr de nuevo. Otra barraca: el almacén. Unos tablones muy largos. Montañas de trajes de presos. Nosotros corremos. Al pasar nos arrojan pantalón, blusa, camisa y calcetines.

En algunos segundos, habíamos cesado de ser hombres. Si la situación no hubiera sido trágica, habríamos podido estallar de risa. ¡Qué vestimentas! Meir Katz, un coloso, había recibido un pantalón de niño, y Stern, un hombrecito flaco, una blusa en la cual se perdía. Enseguida realizamos los intercambios necesarios.

Dirigí una mirada a mi padre. ¡Cómo había cambiado! Sus ojos se habían enturbiado. Hubiera querido decirle algo, pero no sabía qué.

La noche había pasado. La estrella de la mañana brillaba en el cielo. Yo también me había convertido por completo en otro ser. El estudiante talmudista, el niño que había sido, fue consumido por las llamas. Sólo quedaba una forma que se me parecía. Una llama negra se había introducido en mi alma y la había devorado.

Tantos acontecimientos habían tenido lugar en pocas horas que había perdido por completo la noción del tiempo. ¿Cuándo habíamos abandonado nuestra casa? ¿Y el ghetto? ¿Y el tren? ¿Una semana solamente? ¿Una noche, *una sola* noche?

¿Cuánto tiempo hacía que nos manteníamos en medio del viento helado? ¿Una hora? ¿Una simple hora? ¿Sesenta minutos?

Seguramente era un sueño.

No lejos de nosotros, algunos reclusos trabajaban. Unos cavaban pozos, otros transportaban arena. Ninguno de ellos nos dirigía una mirada. Éramos árboles secos en el corazón de un desierto. Detrás de mí, alguna gente hablaba. No tenía ninguna gana de escuchar lo que decían, de saber quién hablaba y de qué hablaba. Nadie osaba levantar la voz aunque no hubiera guardias cerca de nosotros. Cuchicheaban. Tal vez fuera debido a la espesa humareda que emponzoñaba el aire y atacaba la garganta...

Nos hicieron entrar en una nueva barraca, en el campo de los gitanos. En filas de cinco.

—¡Y que nadie se mueva!

No había piso. Un techo y cuatro paredes. Los pies se hundían en el lodo.

Recomenzó la espera. Yo me dormí de pie. Soñé con una cama, con una caricia de mi madre. Y desperté: estaba parado, los pies en el barro. Algunos se desplomaban y permanecían acostados. Otros gritaban:

—¿Están locos? Han dicho que hay que quedarse de pie. ¿Quieren atraernos una desgracia?

Como si todas las desgracias del mundo no hubieran caído ya sobre nuestras cabezas. Poco a poco, todos nos sentamos en el barro. Pero había que levantarse a cada momento, cada vez que entraba un kapo para ver si alguien llevaba zapatos nuevos. Había que entregárselos. No servía de nada oponerse: los golpes llovían y, a fin de cuentas, los zapatos se perdían.

Yo mismo tenía zapatos nuevos. Pero, como estaban

recubiertos por una espesa capa de barro, no lo habían notado. Agradecí a Dios, en una bendición de circunstancias, por haber creado el barro en Su Universo infinito y maravilloso.

De pronto el silencio se hizo más profundo. Había entrado un oficial SS y con él el olor del Ángel de la Muerte. Teníamos la mirada fija en sus labios carnosos. Nos arengó en medio de la barraca:

—Se encuentran en un campo de concentración. En Auschwitz...

Una pausa. Observaba el efecto que habían producido sus palabras. Su rostro ha quedado grabado en mi memoria hasta hoy. Un hombre alto, de unos treinta años, con el crimen inscrito en la frente y las pupilas. Nos observaba como a una banda de perros leprosos aferrándose a la vida.

—Recuerden —prosiguió—, recuerden siempre, grábenselo en la memoria. Ustedes están en Auschwitz. Y Auschwitz no es una casa de convalecencia. Es un campo de concentración. Aquí ustedes deben trabajar. Si no, irán directamente a la chimenea. Al crematorio. Trabajar o el crematorio, la elección está en sus manos.

Esa noche habíamos vivido demasiado y creíamos que ya nada podía atemorizarnos. Pero esas palabras secas nos hicieron estremecer. La palabra «chimenea» no era aquí una palabra vacía de sentido: flotaba en el aire, mezclada con el humo. Tal vez era la única palabra que aquí tenía un sentido real. Abandonó la barraca. Aparecieron los kapos y gritaron:

—Todos los especialistas, cerrajeros, carpinteros, electricistas, relojeros, ¡un paso adelante!

Se hizo pasar a los demás a otra barraca, esta vez de piedra. Con permiso de sentarse. Un deportado gitano nos vigilaba.

Repentinamente mi padre fue presa de cólicos. Se levantó y, dirigiéndose hacia el gitano, le pidió cortésmente en alemán:

—Perdóneme... ¿Puede decirme dónde se encuentran los servicios?

El gitano lo miró largamente de pies a cabeza. Como si hubiera querido convencerse de que el hombre que le dirigía la palabra era un auténtico ser de carne y hueso, un ser viviente con un cuerpo y un vientre. Luego, como despertando de un sueño letárgico, le propinó a mi padre un bofetón tal que éste se desplomó y luego volvió a su sitio a cuatro patas.

Yo me quedé petrificado. ¿Qué me había ocurrido? Acababan de golpear a mi padre, ante mis ojos, y yo no había pestañeado. Había mirado y me había callado. Ayer, habría hundido mis uñas en la carne del criminal. ¿Había cambiado tanto? ¿Tan rápido? Ahora comenzaba a atormentarme el remordimiento. Sólo pensé: «Nunca les perdonaré eso». Mi padre debió de adivinar y me susurró al oído: «Esto no duele». Su mejilla conservaba la marca roja de la mano.

—¡Todo el mundo afuera!

Una decena de gitanos habían venido a reunirse con nuestro guardián. Cachiporras y látigos restallaban a mi alrededor. Mis pies corrían sin que yo pensara en ello. Traté de protegerme de los golpes detrás de los demás. Un sol primaveral.

—¡En filas de cinco!

Los presos que había visto esa mañana trabajaban al lado. Ningún guardián junto a ellos, sólo la sombra de la chimenea... Embriagado por los rayos del sol y por mis sueños, sentí que me tiraban de la manga. Era mi padre: «Avanza, hijito».

Caminamos. Puertas que se abrían y se cerraban. Continuábamos caminando entre las alambradas electrificadas. A cada paso, un cartel blanco con un cráneo negro que nos miraba. Una inscripción: ¡ATENCIÓN! PELIGRO DE MUERTE. Qué burla: ¿había aquí un solo sitio en que no se estuviera en peligro de muerte?

Los gitanos se habían detenido junto a una barraca. Fueron reemplazados por varios SS que nos rodearon. Revólveres, metralletas, perros policía.

La marcha había durado una media hora. Mirando a mi alrededor, observé que las alambradas estaban detrás de nosotros. Habíamos salido del campo.

Era un hermoso día de abril. Flotaban en el aire perfumes primaverales. El sol descendía hacia el oeste.

Pero, apenas caminamos unos instantes, percibimos las alambradas de otro campo. Una puerta de hierro y sobre ella esta inscripción: «¡El trabajo es la libertad!».

Auschwitz.

Primera impresión: era mejor que Birkenau. Construcciones de hormigón, de dos pisos, en lugar de barracas de madera. Jardincillos aquí y allá. Nos condujeron hacia uno de esos *blocs*. Sentados en el suelo, ante la puerta, volvimos a esperar. De vez en cuando hacían entrar a alguno. Eran las duchas, formalidad obligatoria al entrar en todos los campos. Aunque se fuera de uno a otro varias veces por día, cada vez había que pasar por los baños.

Al salir del agua caliente, nos quedamos tiritando en la oscuridad. Las ropas habían quedado en el bloc y nos habían prometido otras vestimentas.

Alrededor de medianoche nos dijeron que corriéramos.

—Más rápido —aullaban los guardias—. Cuanto más rápido corran, tanto más rápido irán a dormir.

Después de algunos minutos de carrera frenética, llegamos ante un nuevo bloc. El responsable nos esperaba allí. Era un joven polaco que nos sonreía. Empezó a hablarnos y, a pesar de nuestro cansancio, lo escuchamos pacientemente:

—Camaradas, ustedes se encuentran en el campo de concentración de Auschwitz. Un largo camino de sufrimientos les espera. Pero no pierdan el ánimo. Acaban de escapar al mayor peligro: la selección. Y bien, junten fuerzas y no pierdan la esperanza. Todos veremos el día de la liberación. Tengan confianza en la vida, mil veces confianza. Rechacen la desesperanza y alejarán a la muerte. Somos todos hermanos y sufrimos la misma suerte. Encima de nuestras cabezas flota el mismo humo. Ayúdense los unos a los otros. Es el único medio de sobrevivir. Basta de hablar, ustedes están cansados. Escuchen: ustedes están en el bloc 17; yo soy responsable del orden aquí; cada uno puede venir a verme si tiene queja de alguien. Es todo. Vayan a dormir. Dos personas por cama. Buenas noches.

Las primeras palabras humanas.

En cuanto trepamos a nuestros catres, nos embargó un pesado sueño.

Al día siguiente, los «antiguos» nos trataron sin brutalidad. Fuimos a los lavabos. Nos dieron trajes nuevos. Nos trajeron café negro.

Abandonamos el bloc alrededor de las diez para que lo limpiaran.

Afuera, el sol nos reanimó. Nuestra moral era mucho mejor. Sentíamos los efectos bienhechores del sueño de la noche. Al encontrarse, los amigos intercambiaban algunas frases. Se hablaba de todo, salvo de aquellos que habían desaparecido. La opinión general era que la guerra estaba a punto de terminar.

Hacia mediodía, nos trajeron la sopa, un plato de sopa espesa para cada uno. Aunque muerto de hambre, me negué a tocarla. Todavía era el niño mimado de antes. Mi padre se tragó mi ración.

Luego hicimos una pequeña siesta a la sombra del bloc. El oficial SS de la barraca fangosa debía de haber mentido: Auschwitz era una verdadera casa de reposo...

Por la tarde, nos pusieron en fila. Tres prisioneros trajeron una mesa e instrumentos médicos. Con la manga del brazo izquierdo levantada, cada uno debía pasar delante de la mesa. Los tres «antiguos», agujas en mano, nos grabaron un número en el brazo izquierdo. Yo me convertí en A-7713. En adelante no tendría otro nombre.

Al crepúsculo, pasaron lista. Los comandos de trabajadores habían vuelto a entrar. Junto a la puerta, la orquesta tocaba marchas militares. Decenas de millares de detenidos se mantenían en fila mientras los SS verificaban el nombre de cada uno de ellos.

Después de pasar lista, los prisioneros de todos los blocs se dispersaron en busca de amigos, de parientes, de vecinos llegados en el último convoy.

Pasaban los días. Por la mañana: café negro. A mediodía: sopa. (Al tercer día, comía con apetito cualquier sopa.) A las seis de la tarde: pase de lista. Luego pan y cualquier cosa. A las nueve: a la cama.

Hacía ocho días ya que estábamos en Auschwitz. Fue después de pasar lista. Sólo esperábamos el sonido de la campana que debía anunciar el fin de la formalidad. De pronto oí que alguien pasaba entre las filas y preguntaba:

—¿Quién de ustedes es Wiesel, de Sighet?

El que nos buscaba era un hombrecito de anteojos, con la cara arrugada y envejecida. Mi padre respondió:

—Yo soy Wiesel, de Sighet.

El hombrecito lo miró largamente, con los ojos entrecerrados:

—¿No me reconoce?... No me reconoce... Yo soy pariente suyo, Stein. ¿Ya me olvidó? ¡Stein! Stein de Amberes. El marido de Reizl. Su esposa era tía de Reizl... Nos escribía a menudo... ¡y qué cartas!

Mi padre no lo había reconocido. Debía de haberlo conocido apenas, pues había estado siempre enfrascado hasta el cuello en los asuntos de la comunidad y mucho menos enterado de los asuntos de familia. Por otra parte, siempre estaba perdido en sus pensamientos. (Una vez, una prima había venido a vernos a Sighet. Hacía quince días que vivía en nuestra casa y comía con nosotros, cuando mi padre notó su presencia por primera vez.) No, no podía recordar a Stein. Yo sí lo reconocí muy bien. Había conocido a Reizl, su mujer, antes que ella partiera para Bélgica. Él prosiguió:

—Me deportaron en 1942. Oí decir que había llegado un convoy de la región de ustedes y vine a buscarlos. Pensé que tal vez tuviera noticias de Reizl y de mis hijitos que quedaron en Amberes...

Yo no sabía nada. Después de 1940, mi madre no había recibido una sola carta de ellos. Pero le mentí:

—Sí, mi madre recibió noticias de su casa. Reizl está muy bien. Los niños también...

Lloraba de alegría. Hubiera querido quedarse mucho tiempo, conocer más detalles, impregnarse de buenas noticias, pero un SS se acercaba y tuvo que alejarse, gritando que volvería al día siguiente.

La campana anunció que podíamos dispersarnos. Fuimos a buscar la cena de la noche: pan y margarina. Tenía un hambre terrible y enseguida tragué mi ración. Mi padre me dijo:

—No debes comer todo de golpe. Mañana es otro día...

Al ver que su consejo había llegado tarde y que no me quedaba nada de mi ración, no tocó siquiera la suya:

—Yo no tengo hambre —dijo.

Permanecimos en Auschwitz tres semanas. No teníamos nada que hacer. Dormíamos mucho. De tarde y de noche.

La única preocupación era evitar los traslados, y permanecer allí el mayor tiempo posible. No era difícil: bastaba con no inscribirse, jamás, como obrero calificado. A los peones se los conservaba hasta el final.

Al término de la tercera semana se destituyó a nuestro jefe de bloc, juzgado demasiado humano. Nuestro nuevo jefe era feroz y sus ayudantes verdaderos monstruos. Los buenos tiempos habían pasado. Comenzábamos a preguntarnos si no sería mejor dejarse designar para el próximo traslado.

Stein, nuestro pariente de Amberes, continuó visitándonos y, de vez en cuando, nos traía media ración de pan:

—Toma, es para ti, Eliézer.

Cada vez que venía, las lágrimas le corrían por las mejillas y allí se detenían heladas. A menudo decía a mi padre:

—Vigila a tu hijo. Está muy débil, deshidratado. Vigílalo bien para evitar la selección. ¡Coman! Cualquier cosa y en cualquier momento. Devoren todo lo que puedan. Los débiles no duran mucho aquí...

Y él mismo estaba tan flaco, tan seco, tan débil...

—Lo único que me conserva con vida —tenía costumbre de decir— es saber que Reizl y mis pequeños viven todavía. Si no fuera por ellos, no resistiría.

Una noche vino hacia nosotros con el rostro radiante.

—Acaba de llegar un transporte de Amberes. Mañana iré a verlos. Seguramente tendrán noticias...

Y se alejó.

No lo veríamos más. Había tenido noticias. *Verdaderas* noticias.

De noche, acostados en nuestras literas, tratábamos de cantar algunas melodías jasídicas y Akiba Drumer nos destrozaba el corazón con su voz grave y profunda.

Algunos hablaban de Dios, de sus voces misteriosas, de los pecados del pueblo judío y de la liberación futura. Pero, yo había dejado de rezar. ¡Estaba con Job! No había renegado de Su existencia pero dudaba de Su justicia absoluta.

Akiba Drumer decía:

—Dios nos pone a prueba. Quiere ver si somos capaces de dominar los malos instintos, de matar en nosotros a Satán. No tenemos derecho de desesperar. Y si nos castiga implacablemente es porque nos ama tanto más...

Hersch Genud, versado en la Cábala, hablaba del fin del mundo y de la venida del Mesías.

Sólo de tanto en tanto, en medio de esas charlas, un pensamiento zumbaba en mi espíritu: «¿Dónde está mamá, en este momento... y Tzipora?...».

—Mamá es todavía una mujer joven —dijo una vez mi padre—. Debe de estar en algún campo de trabajo. Y Tzipora, ¿no es ya una chica mayor? Ella también debe de estar en un campo...

¡Cómo deseaba creerle! Se simulaba: ¿si el otro lo creía?

Todos los obreros calificados ya habían sido enviados hacia otros campos. Más de un centenar éramos simples peones.

—Hoy es el turno de ustedes —nos anunció el secretario del bloc—. Partirán con los transportes.

A las diez nos dieron la ración cotidiana de pan. Una decena de SS nos rodeó. En la puerta, el cartel: EL TRABAJO ES LA LIBERTAD. Nos contaron. Y ya estábamos en pleno campo, en el camino inundado de sol. En el cielo, algunas nubecillas blancas.

Caminábamos lentamente. Los guardias no tenían prisa. Nosotros nos alegramos. Al atravesar las aldeas, muchos alemanes nos miraban sin asombrarse. Probablemente habían visto no pocas de esas procesiones...

En el camino encontramos jóvenes alemanas. Los guardias empezaron a hacerles bromas. Las jóvenes reían dichosas. Se dejaban besar, toquetear y estallaban de risa. Todos reían, bromeaban, se decían palabras de amor durante un buen trecho del camino. Durante ese tiempo, al menos, no tuvimos que soportar los gritos y culatazos.

Al cabo de cuatro horas, llegamos al nuevo campo: Buna. La puerta de hierro se cerró detrás de nosotros.

El campo parecía haber sufrido una epidemia: vacío y muerto. Sólo algunos detenidos bien vestidos se paseaban entre los blocs.

Desde luego, nos hicieron pasar primero por las duchas. El responsable del campo se reunió con nosotros. Era un hombre fuerte, de buena presencia y anchos hombros; cuello de toro, labios gruesos, cabellos rizados. Daba la impresión de ser bueno. De vez en cuando una sonrisa brillaba en sus ojos azul ceniza. Nuestro convoy incluía algunos niños de diez a doce años. El oficial se interesó por ellos y ordenó que les llevaran un poco de comida.

Después de habernos entregado nuevas ropas, fuimos instalados en dos tiendas de campaña. Había que esperar a que nos incorporaran a los comandos de trabajo y luego pasaríamos a un bloc.

Al anochecer, los comandos de trabajo volvieron de las canteras. Pasaron lista. Nos pusimos a buscar conocidos, a interrogar a los antiguos para saber qué comando de trabajo era mejor, a qué bloc había que tratar de ingresar. Todos los detenidos estaban de acuerdo en decir:

—Buna es un campo muy bueno. Se puede aguantar.

Lo esencial es no ser incorporado al comando de la construcción...

Como si la elección hubiera estado en nuestras manos.

El jefe de nuestra tienda de campaña era un alemán. Cara de asesino, labios carnosos, manos semejantes a patas de lobo. La alimentación del campo le había hecho no poco provecho: apenas podía moverse. Como el jefe del campo, amaba a los niños. Apenas llegamos les hizo dar pan, sopa y margarina. (En realidad, no era un afecto desinteresado: como supe más tarde, entre los homosexuales los niños eran objeto de una verdadera trata.) Nos anunció:

—Ustedes se quedan conmigo tres días, en cuarentena. Luego irán a trabajar. Mañana, visita médica.

Uno de sus ayudantes —un niño con ojos de golfo y expresión dura— se acercó a mí:

—¿Quieres pertenecer a un buen comando?

—Naturalmente. Pero con una condición: quiero estar con mi padre...

—De acuerdo —contestó—. Yo puedo arreglarlo. Por una miseria: tus zapatos. Te daré otros.

Me negué a dárselos. Era todo lo que me quedaba.

—Te daré además una ración de pan con un trozo de margarina...

Le gustaban mis zapatos; pero yo no accedía. (Más tarde me los quitaron de todos modos. Pero esa vez, sin nada en cambio.)

Visita médica a la intemperie, en las primeras horas de la mañana, ante tres médicos sentados en un banco.

El primero no me auscultó para nada. Se limitó a preguntarme:

—¿Estás bien?

¿Quién hubiera osado contradecirle?

En cambio, el dentista parecía más concienzudo: ordenaba abrir bien grande la boca. En realidad, no trataba de descubrir los dientes cariados sino los dientes de oro. Aquel que tenía oro en la boca era inscrito en una lista. Yo tenía una corona.

Los tres primeros días pasaron rápidamente. Al alba del cuarto día, mientras estábamos delante de la tienda, aparecieron los kapos. Cada uno de ellos empezó a elegir los hombres a su arbitrio:

—Tú..., tú... y tú... —Designaban con el dedo como si eligieran un animal o una mercancía.

Seguimos a nuestro joven kapo. Nos hizo detener a la entrada del primer bloc, cerca de la puerta del campo. Era el bloc de la orquesta. «Entren», ordenó. Estábamos sorprendidos: ¿qué relación teníamos con la música?

La orquesta tocaba una marcha militar, siempre la misma. Decenas de comandos partían marchando hacia las canteras. Los kapos marcaban: «Izquierda, derecha, izquierda, derecha».

Los oficiales SS, pluma y papel en mano, inscribían el nombre de los hombres que salían. La orquesta continuó tocando la misma marcha hasta que pasó el último comando. Entonces el jefe de orquesta inmovilizó su batuta. La orquesta se detuvo de golpe y el kapo aulló: «¡En fila!».

Nos pusimos en filas de cinco, con los músicos. Salimos del campo, sin música pero marcando el paso a pesar de todo: siempre teníamos en los oídos los ecos de la marcha.

—¡Izquierda, derecha! ¡Izquierda, derecha!

Entablamos conversación con los músicos más próximos. Casi todos eran judíos: Yulik, polaco, con anteojos y una sonrisa cínica en su cara pálida. Luis, originario de Holanda, reputado violinista. Se quejaba porque no le dejaban interpretar a Beethoven: los judíos no tenían derecho de interpretar a músicos alemanes. Hans, joven berlinés muy espiritual. El encargado era polaco: Franek, ex estudiante de Varsovia.

Yulik me explicó:

—Trabajamos en un almacén de material eléctrico no lejos de aquí. El trabajo no es difícil ni peligroso. Pero Idek, el kapo, de tanto en tanto tiene accesos de locura y entonces es mejor no encontrarse en su camino.

—Tienes suerte pequeño —dijo Hans sonriente—. Has caído en un buen comando...

Diez minutos más tarde, estábamos ante el almacén. Un empleado alemán, un civil, el *meister*, vino a nuestro encuentro. Nos dispensó tan poca atención como un comerciante a quien entregan viejos trapos.

Nuestros camaradas tenían razón: el trabajo no era difícil. Sentados en el suelo, había que contar bulones, ampollas y menudas piezas eléctricas. El kapo nos explicó minuciosamente la gran importancia de ese trabajo, advirtiéndonos que aquel que holgazaneara tendría que vérselas con él. Mis nuevos camaradas me tranquilizaron:

—No temas nada. Tiene que decirlo porque está el *meister*.

Había allí numerosos polacos con trajes de paisano y algunas mujeres francesas vestidas del mismo modo. Ellas saludaron a los músicos con la mirada.

Franek, el capataz, me ubicó en un rincón:

—No te apresures ni te mates trabajando. Pero cuida que un SS no te sorprenda.

—Capataz... hubiera querido estar con mi padre.

—De acuerdo. Tu padre trabajará aquí, a tu lado.

Habíamos tenido suerte.

Dos muchachos se agregaron a nuestro grupo: Yossi y Tibi, dos hermanos checoslovacos cuyos padres habían sido exterminados en Birkenau. Vivían de cuerpo y alma el uno para el otro.

Pronto se hicieron amigos míos. Habiendo pertenecido en el pasado a una organización de la juventud sionista, conocían gran número de cantos hebreos. De modo que canturreábamos quedo esos cantos que evocan las aguas tranquilas del Jordán y la majestuosa santidad de Jerusalén. Asimismo, hablábamos a menudo de Palestina. Sus padres tampoco habían tenido el valor de liquidar todo y emigrar cuando aún era tiempo. Decidimos que, si nos fuera dado vivir hasta la liberación, no nos quedaríamos ni un solo día en Europa. Tomaríamos el primer barco que se dirigiera a Haifa.

Perdido aún en sus sueños cabalísticos, Akiba Drumer había descubierto un versículo de la Biblia cuyo contenido, traducido en cifras, le permitía predecir la liberación para las semanas próximas.

Dejamos las tiendas de campaña por el bloc de los músicos. Tuvimos derecho a una manta, una escudilla y un trozo de jabón. El jefe del bloc era un judío alemán.

Era bueno tener por amo a un judío. Se llamaba Alfonso. Un hombre joven, con la cara asombrosamente envejecida. Se entregaba enteramente a la causa de «su» bloc. Cada vez que podía, organizaba una «calderada» de sopa para los jóvenes, para los débiles, para todos aquellos que soñaban más con un plato suplementario que con la libertad.

Un día, cuando volvíamos del almacén, me llamaron ante el secretario del bloc:

—¿A-7713?

—Soy yo.

—Después de comer, irás a ver al dentista.

—Pero... no me duelen los dientes...

—Después de comer. Sin falta.

Me dirigí al bloc de los enfermos. Una veintena de prisioneros esperaba en fila ante la puerta. No se necesitó mucho tiempo para enterarnos del objeto de la convocatoria: era la extracción de los dientes de oro.

El dentista, un judío originario de Checoslovaquia, tenía una cara que parecía una máscara mortuoria. Cuando abría la boca, aparecía una horrible visión de dientes amarillentos y podridos. Sentado en el sillón, le pregunté humildemente:

—¿Qué va a hacer, señor dentista?

—Quitarte la corona de oro, simplemente —respondió con tono indiferente.

Se me ocurrió simular un malestar.

—¿No podría esperar algunos días, señor doctor? No me siento bien, tengo fiebre...

Frunció el entrecejo, meditó y me tomó el pulso.

—Bueno, pequeño. Cuando te sientas mejor vuelve a verme. ¡Pero no esperes a que yo te llame!

Volví a verle una semana después. Con la misma excusa: no estaba repuesto todavía. No pareció asombrarse, aunque no sé si me creyó. Probablemente estaba contento de ver que había vuelto voluntariamente, como se lo había prometido. Me acordó una nueva prórroga.

Algunos días después de mi visita, cerraron el consultorio del dentista, a quien habían encarcelado. Iba a ser ahorcado. Se había descubierto que traficaba por su propia cuenta con los dientes de oro de los detenidos. No experimenté ninguna compasión por él. Hasta me sentí feliz por lo que le ocurría: salvaba mi corona de oro. Algún día podía servirme para comprar algo, pan, la vida. Sólo tenía interés por mi plato de sopa cotidiana y por mi trozo de pan duro. El pan, la sopa, era toda mi vida. Era un cuerpo. Tal vez menos aún: un estómago hambriento. Y sólo el estómago sentía pasar el tiempo.

En el almacén trabajaba a menudo junto a una joven francesa. No nos hablábamos: ella no conocía el alemán y yo no comprendía el francés.

Me parecía que era judía, aunque aquí pasaba por «aria». Era una deportada de trabajo obligatorio.

Un día en que Idek se entregaba a su acceso de furor, me encontré en su camino. Se arrojó sobre mí como una bestia feroz golpeándome en el pecho, en la cabeza, soltándome, volviéndome a agarrar, dándome golpes cada vez más violentos hasta que quedé cubierto de sangre. Como me mordía los labios para no gritar de dolor, él debió de tomar mi silencio por desprecio y continuó golpeándome a más y mejor.

De pronto se calmó. Como si nada hubiera pasado, me envió a trabajar. Como si juntos hubiéramos participado en un juego cuyas partes tuvieran la misma importancia.

Me arrastré hasta mi rincón. Me dolía todo el cuerpo. Sentí que una mano fresca me enjugaba la frente ensangrentada. Era la obrera francesa. Me sonreía con su sonrisa enlutada y me deslizó en la mano un trocito de pan. Me miraba directamente a los ojos. Sentí que habría querido hablarme pero que el miedo la oprimía. Permaneció así largo rato, luego su rostro se iluminó y me dijo en un alemán casi correcto:

—Muérdete los labios, hermanito... No llores. Guarda tu rabia y tu odio para otro día, para más tarde. Vendrá ese día, pero ahora no... Espera. Aprieta los dientes y espera...

Muchos años más tarde, en París, leía el diario en el

metro. Frente a mí estaba sentada una señora muy hermosa, de cabellos negros y ojos soñadores. En alguna parte había visto esos ojos. Era ella.

—¿No me reconoce, señora?

—Señor, no lo conozco.

—En 1944, usted estaba en Alemania, en Buna, ¿no es cierto?

—Pues sí...

—Usted trabajaba en el almacén de electricidad...

—Sí —contestó ella un poco turbada. Y después de un momento de silencio—: Espere... ahora recuerdo...

—Idek, el kapo... el chiquillo judío... sus dulces palabras...

Abandonamos juntos el metro para sentarnos en la acera de un café. Pasamos la tarde entera evocando nuestros recuerdos.

Antes de dejarla, le pregunté:

—¿Puedo hacerle una pregunta?

—Ya sé cuál, diga.

—¿Cuál?

—Si soy judía... Sí, soy judía. De familia practicante. Durante la ocupación me procuré papeles falsos y me hacía pasar por «aria». Es así como me incorporaron a los grupos de trabajo obligatorio y, deportada a Alemania, me salvé del campo de concentración. En el almacén, nadie sabía que yo hablaba alemán: ello hubiera despertado sospechas. Las pocas palabras que le dije fueron una imprudencia; pero sabía que usted no me traicionaría...

Otra vez, tuvimos que cargar motores Diesel en los vagones, bajo la vigilancia de los soldados alemanes. Idek tenía los nervios de punta. Apenas podía contenerse. De pronto, su furor estalló. La víctima fue mi padre.

—¡Viejo holgazán! —se puso a rugir—. ¿A eso le llamas trabajar?

Empezó a golpearlo con una barra de hierro. Bajo los golpes, mi padre, primero se encorvó, luego, doblado en dos como un árbol seco herido por un rayo, se desplomó.

Yo había asistido a toda la escena sin moverme. Callaba, pensando, por el contrario, en alejarme para no recibir los golpes. Más aún: si en ese momento estaba encolerizado no era contra el kapo sino contra mi padre. Le reprochaba no haber podido evitar la crisis de Idek. He aquí lo que la vida concentracionaria había hecho de mí...

Franek, el capataz, se dio cuenta un día que yo tenía una corona de oro en la boca:

—Pequeño, dame tu corona.

Le respondí que era imposible, que sin esa corona no podría comer.

—¡Por lo que te dan de comer!

Encontré otro pretexto: que habían anotado mi corona en una lista durante una visita médica; ello podría traernos dificultades a los dos.

—¡Si no me das la corona te costará muy caro!

Ese muchacho, simpático e inteligente, de pronto ya no era el mismo. Sus ojos resplandecían de avidez. Le dije que tenía que pedir consejo a mi padre.

—Pregúntaselo a tu padre, pequeño. Pero quiero la respuesta mañana.

Cuando se lo dije a mi padre, palideció, quedó mudo un momento, y luego contestó:

—No, hijo, no podemos hacerlo.

—¡Se vengará de nosotros!

—No se atreverá.

Pero el otro sabía cómo hacerlo; conocía mi punto débil. Mi padre no había hecho nunca el servicio militar y no lograba marchar al paso. Pero aquí todos los desplazamientos en grupo debían hacerse marcando el paso. Fue la oportunidad de Franek para torturarlo y propinarle golpes feroces todos los días. ¡Izquierda, derecha: y bofetadas!

Decidí darle yo mismo lecciones a mi padre para enseñarle a cambiar de paso y sostener el ritmo. Nos pusimos a hacer ejercicios ante nuestro bloc. Yo ordenaba: «¡Izquierda, derecha!». Y mi padre ensayaba. Los detenidos empezaron a burlarse de nosotros:

—Miren al oficialito enseñando a marcar el paso al viejo... Eh, generalito, ¿cuántas raciones de pan te da el viejo por eso?

Pero los progresos de mi padre seguían siendo insuficientes y los golpes le continuaron lloviendo.

—Conque, ¿todavía no sabes marcar el paso, viejo holgazán?

Esas escenas se repitieron durante dos semanas. No podíamos más. Hubo que rendirse. Ese día, Franek estalló en una risa salvaje:

—Ya sabía, nene, ya sabía que te doblaría. Más vale tarde que nunca. Y porque me has hecho esperar eso te costará además una ración de pan. Una ración de pan para un compañero, un célebre dentista de Varsovia. Para que te extraiga la corona.

—¿Cómo? ¿Mi pan para que tú tengas *mi* corona? Franek sonreía.

—¿Qué querías? ¿Acaso que te rompa los dientes de un puñetazo?

Ese mismo día, en los servicios, el dentista varsoviano me arrancó la corona con ayuda de una cuchara herrumbrada.

Franek volvió a ser amable. De vez en cuando, hasta me daba un suplemento de sopa. Pero ello no duró mucho. Quince días más tarde, todos los polacos eran transferidos a otro campo. Había perdido mi corona por nada.

Algunos días antes de la partida de los polacos, hice una nueva experiencia.

Era un domingo por la mañana. Nuestro comando no tenía que ir a trabajar ese día. Pero, justamente, Idek no quiso oír hablar de quedarse en el campo. Tuvimos que ir al almacén. Ese repentino entusiasmo por el trabajo nos dejó estupefactos. En el almacén, Idek nos dejó con Franek, diciendo:

—Hagan lo que quieran. Pero hagan algo. Si no, tendrán noticias mías...

Y desapareció.

No sabíamos qué hacer. Cansados de permanecer en cuclillas, cada uno a su turno se puso a pasear por el almacén buscando algún trozo de pan que algún civil hubiera dejado olvidado.

Al llegar al extremo del edificio, oí un ruido que venía de una salita vecina. Me acerqué y vi, sobre un jergón, medio desnudos, a Idek con una joven polaca. Comprendí por qué Idek no había querido que nos quedáramos en el campo. ¡Desplazar cien prisioneros para acostarse con una muchacha! Me pareció tan cómico que estallé en una carcajada.

Idek, sobresaltado, se volvió y me vio, mientras la muchacha trataba de cubrirse el pecho. Hubiera querido escapar, pero mis piernas estaban como clavadas al suelo. Idek me agarró de la garganta y, con voz sorda, me dijo:

—Ya verás, nene... Ya verás lo que te cuesta abandonar el trabajo... Lo pagarás enseguida, nene... Y ahora, vuelve a tu sitio...

Media hora antes de la suspensión normal del trabajo, el kapo reunió a todo el comando. Pasaron lista. Nadie comprendía qué ocurría. ¿Pasar lista a esa hora? Pero yo sabía. El kapo pronunció un breve discurso:

—Un simple detenido no tiene derecho a inmiscuirse en los asuntos de otro. Uno de ustedes no parece haberlo comprendido. Trataré de hacérselo comprender de una vez por todas y claramente.

Sentí que el sudor me corría por la espalda.

—¡A-7713!

Avancé.

—¡Un cajón! —ordenó él.

Trajeron un cajón.

—¡Acuéstate encima! ¡Boca abajo!

Obedecí.

Luego sólo sentí los latigazos.

—¡Uno!... ¡Dos!... —contaba él.

Entre golpe y golpe hacía un intervalo. Sólo los primeros me dolieron verdaderamente. Lo oía contar:

—¡Diez!... ¡Once!...

Su voz era tranquila y me llegaba como a través de un muro espeso.

—¡Veintitrés!...

Todavía dos, pensaba yo a medias inconsciente. El kapo esperaba.

—¡Veinticuatro!... ¡Veinticinco!

Había terminado. Pero yo no me había dado cuenta, me había desmayado. Recuperé el sentido bajo la ducha de un balde de agua fría. Seguía tendido sobre el cajón. Sólo veía vagamente la tierra mojada junto a mí. Luego oí gritar a alguien. Debía de ser el kapo. Comencé a oír lo que aullaba:

—¡De pie!

Probablemente hice algunos movimientos para levantarme porque sentí que volvía a caer sobre el cajón. ¡Cómo hubiera querido poder levantarme!

—¡De pie! —aullaba a más y mejor.

«Si al menos hubiera podido responder», pensaba; decirle que no podía hacer un movimiento. Pero no lograba abrir los labios.

Por orden de Idek, dos detenidos me levantaron y me condujeron ante él.

—¡Mírame bien a los ojos!

Lo miré sin verlo. Pensaba en mi padre. Debía de sufrir mucho más que yo.

—¡Escúchame, hijo de perra! —me dijo Idek fríamente—. Esto es por tu curiosidad. ¡Recibirás cinco veces más si te atreves a contar lo que has visto! ¿Entendido?

Moví la cabeza afirmativamente, una vez, diez veces, la moví sin parar. Como si mi cabeza hubiera decidido decir sí sin detenerse jamás.

Un domingo, mientras la mitad de nosotros —entre ellos, mi padre— estaban trabajando, los demás —entre ellos, yo— gozaban en el bloc de una mañana de descanso.

Alrededor de las diez, las sirenas de alarma empezaron a rugir. Alerta. Los jefes de bloc nos reunieron corriendo en el interior de los blocs mientras los SS se refugiaban en los hangares. Como era relativamente fácil evadirse durante las alertas —los guardias abandonaban sus torrecillas y quedaba cortada la corriente eléctrica de las alambradas—, se había dado orden a los SS de abatir a quien se encontrara fuera de su bloc.

En algunos instantes el campo se asemejó a un navío evacuado. Ni un alma viviente en los senderos. Junto a la cocina, dos calderos de sopa caliente y humeante habían quedado abandonados, llenos a medias. ¡Dos calderos de sopa! ¡En el centro mismo del sendero, dos calderos de sopa sin nadie que los custodiara! ¡Un regio festín perdido, suprema tentación! Centenares de ojos los contemplaban, brillantes de deseo. Dos corderillos acechados por centenares de lobos. Dos corderos sin pastor exhibiéndose. Pero, ¿quién osaría?

El terror era más fuerte que el hambre. De pronto, vimos abrirse imperceptiblemente la puerta del bloc 37. Apareció un hombre arrastrándose como un gusano en dirección al caldero.

Centenares de ojos seguían sus movimientos. Centenares de hombres se arrastraban con él, se aferraban con él al pedregullo. Todos los corazones temblaban, pero sobre todo de deseo. Él se había atrevido.

Llegó al primer caldero y los corazones latieron más fuerte: lo había logrado. La envidia nos devoraba, nos consumía como si fuéramos de paja. Ni por un instante se nos ocurrió admirarlo. Pobre héroe que iba al suicidio por una ración de sopa y que nosotros asesinábamos mentalmente.

Tendido junto al caldero, intentó entretanto levantarse hasta el borde. Sea por debilidad o por temor, permaneció allí reuniendo sus últimas fuerzas, Por último, logró encaramarse hasta el borde del recipiente. Durante un momento pareció contemplarse en la sopa, como buscando el reflejo de su imagen fantasmal. Luego, sin motivo aparente, lanzó un aullido terrible, un estertor que yo no había oído nunca y, con la boca abierta, se arrojó de cabeza en el líquido todavía humeante. La detonación nos sobresaltó. Volviendo a caer en el suelo, con la cara manchada de sopa, el hombre se retorció unos segundos al pie del caldero y luego no se movió más.

Entonces comenzamos a oír los aviones. Casi enseguida las barracas comenzaron a temblar.

—¡Están bombardeando Buna! —gritó alguien.

Pensé en mi padre. Pero, pese a todo, me sentía feliz. Ver que el establecimiento era consumido por el incendio, ¡qué venganza! Es verdad que habíamos oído hablar de las derrotas de las tropas alemanas en diversos frentes, pero no sabíamos si había que darles demasiado crédito. ¡Ahora era algo concreto!

Ninguno de nosotros tenía miedo. Y, sin embargo, si una bomba hubiera caído sobre los blocs, habría producido centenares de víctimas en el acto. Pero nadie temía la muerte o, por lo menos, no esa muerte. Cada bomba que estallaba nos llenaba de alegría, nos devolvía la confianza en la vida.

El bombardeo duró más de una hora. Si hubiera podido durar diez veces diez horas... Luego se restableció el silencio. Al desaparecer en el viento el sonido del último avión norteamericano, volvimos a encontrarnos en nuestro cementerio. En el horizonte se elevaba una ancha estela de humo negro. Las sirenas volvieron a aullar. Era el fin de la alarma.

Todo el mundo salió de los blocs. Aspiramos a pleno pulmón el aire impregnado de fuego y humo, los ojos iluminados por la esperanza. Cerca del lugar donde se pasaba lista, había caído una bomba pero sin explotar. Tuvimos que trasportarla fuera del campo.

El jefe del campo, acompañado por su ayudante y por el kapo jefe, hicieron una gira de inspección por los senderos. La incursión había dejado en su rostro las huellas de un profundo temor.

En pleno centro del campo yacía, única víctima, el cuerpo del hombre con la cara manchada de sopa. Los calderos fueron devueltos a la cocina.

Los SS volvieron a sus puestos en las torrecillas, detrás de sus ametralladoras. El entreacto había terminado.

Al cabo de una hora, se vio regresar a los comandos, marcando el paso, como de costumbre. Con alegría divisé a mi padre.

—Muchos edificios fueron arrasados —me dijo—, pero el almacén no fue alcanzado...

Por la tarde, con gran entusiasmo, fuimos a recoger los escombros.

Una semana más tarde, al volver del trabajo, vimos en medio del campo, en el recinto donde se pasaba lista, una horca negra.

Nos enteramos de que la sopa sería distribuida sólo después del toque de llamada. Éste duró más tiempo que de costumbre. Las órdenes eran dadas en forma más seca que otros días y el aire tenía extrañas resonancias.

—¡Descúbranse! —rugió de pronto el jefe del campo.

Diez mil gorras se sacaron al mismo tiempo.

—¡Cúbranse!

Diez mil gorras volvieron a cubrir los cráneos con la rapidez del relámpago.

La puerta del campo se abrió. Apareció una brigada de SS que nos rodeó: un SS cada tres pasos. Desde las torrecillas, las ametralladoras estaban dirigidas hacia el recinto de llamada.

—Temen disturbios —murmuró Yulik.

Dos SS se habían dirigido hacia el calabozo. Volvieron custodiando al condenado. Era un joven de Varsovia. Tenía tras sí tres años de campo de concentración. Un muchacho fuerte y de buen porte, un gigante comparado conmigo.

De espaldas a la horca, mirando al jefe del campo, su juez, estaba pálido, pero parecía más conmovido que asustado. Sus manos encadenadas no temblaban. Sus ojos contemplaban fríamente a los centenares de guardias SS, a los millares de reclusos que lo rodeaban.

El jefe del campo empezó a leer el veredicto, marcando cada frase:

—En nombre de Himmler... el detenido número... ha robado durante la alerta... Según la ley... parágrafo... el detenido número... es condenado a la pena de muerte. Que sea una advertencia y un ejemplo para todos los detenidos.

Nadie se movió.

Sentí el latido de mi corazón. Los millares de personas que morían diariamente en los hornos crematorios de Auschwitz y Birkenau, habían cesado de conmoverme. Pero éste, apoyado en su armazón de muerte, éste me trastornaba.

—¿Terminará pronto esta ceremonia? Tengo hambre... —susurró Yulik.

A una señal del jefe del campo, el *lagerkapo* se acercó al condenado. Dos presos lo ayudaban en su tarea. Por dos platos de sopa.

El kapo quiso vendar los ojos del condenado, pero éste se negó.

Después de un largo momento de espera, el verdugo le puso la soga al cuello. Iba a dar a sus ayudantes la señal de retirar el cajón que estaba bajo los pies del condenado, cuando éste gritó con voz fuerte y serena:

—¡Viva la libertad! ¡Maldigo a Alemania! ¡Maldigo! ¡Mald...

Los verdugos habían terminado su trabajo.

Cortante como una espada, la orden atravesó el aire:

—¡Descúbranse!

Diez mil detenidos rindieron honores.

—¡Cúbranse!

Luego el campo entero tuvo que desfilar, bloc tras bloc,

ante el ahorcado y mirar los ojos apagados del muerto, su lengua colgante. Los kapos y los jefes de bloc obligaron a cada uno a mirar bien fijo ese rostro.

Después del desfile, se dio permiso para que volviéramos a los blocs para comer.

Recuerdo que esa noche la sopa me pareció excelente...

Presencié otras ejecuciones. Nunca vi llorar a uno solo de esos condenados. Hacía tiempo que esos cuerpos resecos habían olvidado el sabor amargo de las lágrimas.

Salvo una vez. El *oberkapo* del 52° comando de los cables era un holandés: un gigante que superaba los dos metros. Setecientos detenidos trabajaban bajo sus órdenes y todos lo querían como a un hermano. Nadie había recibido nunca una bofetada de su mano, un insulto de su boca.

Tenía a su servicio a un niño, un *pipel*, como se los denominaba. Un niño de cara fina y hermosa, algo increíble en ese campo.

(En Buna odiaban a los pipel: a menudo se mostraban más crueles que los adultos. Un día vi a uno de ellos, de trece años de edad, golpear a su padre porque no había hecho bien su cama. Como el viejo lloraba calladamente, el otro rugió: «Si no dejas de llorar enseguida, no te daré más pan. ¿Entiendes?». Pero el pequeño ayudante del holandés era adorado por todos. Tenía la cara de un ángel desdichado.)

Un día, saltó la central eléctrica de Buna. Llamada al lugar, la Gestapo llegó a la conclusión de que era un sabotaje. Se descubrió una pista. Ella conducía al bloc del oberkapo holandés. ¡Y allí se descubrió, en un registro, una cantidad importante de armas!

El oberkapo fue detenido inmediatamente. Fue torturado durante semanas enteras, pero en vano. No delató ningún nombre. Fue trasladado a Auschwitz. Y no se oyó hablar más de él.

Pero su pequeño pipel quedó en el calabozo del campo. Torturado igualmente, también permaneció mudo. Entonces los SS lo condenaron a muerte, como asimismo a otros dos detenidos a quienes se les habían encontrado armas.

Un día que volvíamos del trabajo, vimos tres horcas levantadas en el recinto de llamada, tres cuervos negros. Llamada. Los SS a nuestro alrededor, con las metralletas apuntándonos: la ceremonia tradicional. Tres condenados encadenados y, entre ellos, el pequeño pipel, el ángel de ojos tristes.

Los SS parecían más preocupados, más inquietos que de costumbre. Colgar a un chico ante millares de espectadores no era poca cosa. El jefe del campo leyó el veredicto. Todos los ojos estaban fijos en el niño. Estaba lívido, casi tranquilo, y se mordía los labios. La sombra de la horca lo cubría.

El lagerkapo, esta vez, se negó a servir de verdugo. Tres SS lo reemplazaron.

Los tres condenados subieron juntos a sus sillas. Los tres cuellos fueron introducidos al mismo tiempo en las sogas corredizas.

—¡Viva la libertad! —gritaron los dos adultos.

Pero el pequeño callaba.

—¿Dónde está el buen Dios, dónde está? —preguntó alguien detrás de mí.

A una señal del jefe de campo, las tres sillas cayeron.

Silencio absoluto en todo el campo. En el horizonte, el sol se ponía.

—¡Descúbranse! —aulló el jefe del campo. Su voz estaba ronca. Nosotros llorábamos.

—¡Cúbranse!

Luego comenzó el desfile. Los dos adultos ya no vivían. Su lengua colgaba hinchada, azulada. Pero la tercera soga no estaba inmóvil: el niño, muy liviano, vivía aún...

Más de media hora quedó así, luchando entre la vida y la muerte, agonizando ante nuestros ojos. Y nosotros teníamos que mirarlo bien de frente. Cuando pasé delante de él todavía estaba vivo. Su lengua estaba roja aún, sus ojos no se habían apagado.

Detrás de mí oí la misma pregunta del hombre:

—¿Dónde está Dios, entonces?

Y en mí sentí una voz que respondía:

—¿Dónde está? Ahí está, está colgado ahí, de esa horca...

Esa noche, la sopa tenía gusto a cadáver.

El verano tocaba a su fin. Terminaba el año judío.

La víspera de Rosh-Hashanah, último día de ese año maldito, todo el campo estaba electrizado por la tensión que reinaba en los corazones. A pesar de todo, era un día diferente a otros. El último día del año. La palabra «último» producía un sonido muy extraño. ¿Si fuera en verdad el último día?

Nos distribuyeron la comida de la noche, una sopa muy espesa, pero nadie la tocó. Querían esperar hasta después de la oración. En el recinto de llamada, rodeado de alambradas electrificadas, millares de judíos silenciosos con la cara descompuesta, se reunieron.

Aumentaba la oscuridad. De todos los blocs continuaban afluyendo otros reclusos, capaces de pronto de vencer al tiempo y al espacio, de someterlos a su voluntad. «¿Qué eres Tú, Dios mío, comparado con esta masa dolorosa que viene a gritarte su fe, su cólera, su rebeldía? —pensé rabioso—. ¿Qué significa Tu grandeza, Señor del Universo, frente a toda esta flaqueza, frente a esta descomposición y esta podredumbre? ¿Por qué turbar aún sus almas enfermas, sus cuerpos tullidos?».

Diez mil hombres habían venido para asistir al solemne oficio, jefes de blocs, kapos, funcionarios de la muerte.

—Alabad al Eterno...

Acababa de oírse la voz del oficiante. Al principio creí que era el viento.

—¡Alabado sea el nombre del Eterno!

Millares de bocas repitieron la bendición, se prosternaron como árboles en la tempestad.

¡Alabado sea el nombre del Eterno!

¿Por qué, por qué lo alabaría yo? Todas mis fibras se rebelaban. ¿Porque había hecho quemar a millares de niños en los fosos? ¿Porque hacía funcionar seis crematorios noche y día, hasta los días de Sabbat y los días de fiesta? ¿Porque en su omnipotencia había creado Auschwitz, Birkenau, Buna y tantas fábricas de la muerte? ¿Cómo decirle: «Bendito seas Tú, el Eterno, Señor del Universo, que nos has elegido entre todos los pueblos para ser torturados noche y día, para ver a nuestros padres, a nuestras madres, a nuestros hermanos terminar en el crematorio, alabado sea Tu Santo Nombre, Tú que nos has elegido para ser degollados en Tu altar»?

Oía la voz del oficiante elevándose, poderosa y entrecortada a la vez, en medio de las lágrimas, los sollozos, los suspiros de todos los asistentes:

—¡Toda la Tierra y el Universo son de Dios!

Se detenía a cada instante como si no tuviera fuerzas para encontrar el contenido de las palabras. La melopea se ahogaba en su garganta.

Y yo, el místico de antaño, pensaba: «Sí, el hombre es más fuerte, más grande que Dios. Cuando Tú fuiste defraudado por Adán y Eva los expulsaste del Paraíso. Cuando la generación de Noé Te desagradó, hiciste venir el Diluvio. Cuando Sodoma no obtuvo gracia ante Tus ojos, hiciste llover fuego y azufre sobre ella. Pero estos hombres a quienes Tú has engañado, a quienes Tú has dejado torturar, degollar, gasear, calcinar, ¿qué hacen? ¡Oran ante Ti! ¡Alaban Tu nombre!».

—¡Toda la creación testimonia la grandeza de Dios!

En otras épocas, mi vida culminaba el día de Año Nuevo. Sabía que mis pecados entristecían al Eterno e imploraba Su perdón. En otras épocas, creía profundamente que de uno solo de mis gestos, que de una sola de mis oraciones, dependía la salvación del mundo.

Ahora no imploraba ya más. No era capaz de gemir. Al contrario, me sentía muy fuerte. Yo era el acusador. Y el acusado, Dios. Mis ojos se habían abierto y yo estaba solo, terriblemente solo en el mundo, sin Dios, sin hombres. Sin amor ni compasión. No era más que cenizas, pero me sentía más fuerte que ese Todopoderoso al que habían ligado mi vida durante tanto tiempo.

En medio de esa reunión de orantes, yo era una especie de observador extraño.

El oficio terminó con el Kadish. Cada uno decía Kadish por sus padres, por sus hijos, por sus hermanos y por sí mismo.

Permanecimos un largo momento en el recinto de llamada. Nadie osaba romper ese milagro. Después llegó el momento de la puesta del sol y los detenidos volvieron a paso lento a sus blocs. ¡Oí que se deseaban un buen año!

Fui corriendo en busca de mi padre. Al mismo tiempo temía tener que desearle un feliz año en el cual ya no creía.

Estaba parado junto al bloc, apoyado contra la pared, encorvado, con los hombros abatidos como si llevara una pesada carga. Me acerqué a él, le tomé la mano y se la besé. Una lágrima cayó sobre ella. ¿Una lágrima de quién? ¿Mía? ¿Suya? No dije nada. Él tampoco. Nunca nos habíamos comprendido tan claramente.

El sonido de la campana nos volvió a la realidad. Había que ir a acostarse. Volvíamos de muy lejos. Agucé la mirada para ver la cara de mi padre, acurrucado abajo, tratando de sorprender una sonrisa o algo parecido en su cara consumida y envejecida. Pero nada. Ni la sombra de una expresión. Vencido.

Iom Kipur. El Día del Perdón.

¿Había que ayunar? La cuestión fue debatida ásperamente. Ayunar podía significar una muerte más segura, más rápida. Aquí se ayunaba todo el año. Todo el año era Iom Kipur. Pero otros decían que había que ayunar justamente porque era un peligro hacerlo. Había que mostrar a Dios que aun aquí, en este infierno cercado, éramos capaces de entonar Su alabanza.

Yo no ayuné. En primer lugar, por complacer a mi padre quien me había prohibido hacerlo. Además, porque no había ninguna razón para ese ayuno. Ya no aceptaba el silencio de Dios. Consumiendo mi escudilla de sopa, veía en ese gesto un acto de rebelión y de protesta contra Él.

Y mordisqueé mi pedazo de pan.

En el fondo de mi corazón, sentí que se había producido un gran vacío.

Los SS nos ofrecieron un buen regalo para el año nuevo.

Volvíamos del trabajo. Una vez franqueada la puerta del campo, sentimos algo anormal en el aire. El pase de lista duró menos que de costumbre. La sopa de la noche fue distribuida a todo correr y la tragamos enseguida, en medio de la angustia.

Yo ya no me encontraba en el mismo bloc que mi padre.

Me habían trasladado a otro comando, el de la construcción donde, durante doce horas diarias, tenía que arrastrar pesados bloques de piedra. El jefe de mi nuevo bloc era un judío alemán, de baja estatura y mirada aguda. Esa noche nos anunció que nadie podía abandonar el bloc después de la sopa de la noche. Y una palabra terrible circuló enseguida: selección.

Sabíamos lo que eso quería decir. Un SS iba a examinarnos. Cuando encontrara a uno débil, un «musulmán», como lo llamábamos, anotaría su número: apto para el crematorio.

Después de la sopa, todos se reunieron entre las camas. Los veteranos decían:

—Ustedes tienen suerte de haber sido traídos aquí tan tarde. Ahora es un paraíso comparado con lo que era el campo hace dos años. En aquel entonces, Buna era un verdadero infierno. No había agua, ni mantas, y menos sopa ni pan. De noche, dormíamos casi desnudos y hacía treinta grados bajo cero. Todos los días se recogían cadáveres por centenares. El trabajo era muy duro. Actualmente es un pequeño paraíso. Los kapos habían recibido órdenes de matar cada día cierto número de presos. Y cada semana, la selección. Una selección implacable... Sí, ustedes han tenido suerte.

—¡Basta! ¡Cállense! —imploré—. Cuenten sus historias mañana, otro día.

Lanzaron una carcajada. No en vano eran veteranos.

—¿Tienes miedo? Nosotros también teníamos miedo. Y había motivos para ello en el pasado.

Los ancianos permanecían en su rincón, mudos, inmóviles, abatidos. Algunos rezaban.

Una hora de espera. Dentro de una hora, íbamos a conocer el veredicto: la muerte o la prórroga.

¿Y mi padre? Sólo lo recordé entonces. ¿Cómo pasaría la selección? Había envejecido tanto...

Nuestro jefe de bloc estaba en los campos de concentración desde 1933. Ya había pasado por todos los mataderos, por todas las fábricas de la muerte. Alrededor de las nueve, se plantó en medio de nosotros:

—¡*Achtung!*

Enseguida se hizo el silencio.

—Escuchen bien lo que voy a decirles. (Por primera vez, sentía que le temblaba la voz.) Dentro de unos minutos comenzará la selección. Tendrán que desvestirse por completo. Luego pasarán uno tras otro ante los médicos SS Espero que todos consigan librarse. Pero deben acrecentar por sí mismos sus posibilidades. Antes de entrar en el cuarto de al lado muévanse un poco para reavivar el color. No caminen despacio, ¡corran! ¡Corran como si tuvieran el diablo en los talones! No miren a los SS. ¡Corran derecho hacia delante!

Se interrumpió un momento y agregó:

—¡Y, sobre todo, no tengan miedo!

Era un consejo que hubiéramos querido estar en condiciones de seguir.

Me desvestí, dejando mi ropa sobre la cama. Esa noche no había ningún peligro de que la hurtaran.

Tibi y Yossi, que habían cambiado de comando al mismo tiempo que yo, se acercaron para decirme:

—Quedémonos juntos. Nos sentiremos más seguros.

Yossi murmuró algo entre dientes. Debía de estar rezando. Nunca supe que Yossi fuera creyente. Siempre había creído lo contrario. Tibi callaba, muy pálido. Los detenidos del bloc estaban parados, desnudos, entre las camas. Es así como se ha de estar en el Juicio Final.

—¡Ya llegan!...

Tres oficiales SS rodeaban al famoso doctor Mengele, el mismo que nos había recibido en Birkenau. El jefe de bloc nos preguntó, mientras trataba de sonreír:

—¿Listos?

Sí, estabámos listos. Los médicos SS también. El doctor Mengele tenía una lista en la mano: nuestros números. Hizo una seña al jefe de bloc: «¡Pueden comenzar!». Como si se tratara de un juego.

Los primeros en pasar fueron las «personalidades» del bloc, *Stubenelteste*, kapos, capataces, ¡todos en perfectas condiciones físicas, naturalmente! Luego fue el turno de los simples detenidos. El doctor Mengele los observaba de pies a cabeza. De vez en cuando anotaba un número. Un solo pensamiento me embargaba: no dejar que me tomaran el número, no dejar que vieran mi brazo izquierdo.

Delante de mí sólo estaban Tibi y Yossi. Pasaron y tuve tiempo de ver que Mengele no había anotado sus números. Alguien me empujó. Era mi turno. Corrí sin mirar hacia atrás. La cabeza me daba vueltas: «Eres demasiado flaco, eres débil, eres demasiado flaco, eres apto para la chimenea...». La carrera me parecía interminable, me parecía estar corriendo desde hacía años... «Eres demasiado flaco, demasiado débil...». Al fin llegué, exhausto. Al recuperar el aliento, pregunté a Yossi y a Tibi:

—¿Me anotaron?

—No —contestó Yossi. Y agregó sonriente—: De todos modos, no hubieran podido, corrías demasiado rápido...

Me reí. Era feliz. Hubiera querido besarlos. ¡En ese momento poco me importaban los demás! No me habían anotado.

Aquellos cuyo número había sido anotado estaban aparte, abandonados del mundo entero. Algunos lloraban en silencio.

Los oficiales se alejaron. Apareció el jefe del bloc reflejando en su cara el cansancio de todos nosotros:

—Todo transcurrió bien. No se inquieten. A nadie le ocurrirá nada malo. A nadie...

Intentó sonreír de nuevo. Un pobre judío consumido, enflaquecido, lo interrogó ansiosamente, con voz temblorosa:

—Pero..., pero, *blockelteste*, sin embargo ¡a mí me anotaron!

El jefe de bloc estalló encolerizado: ¡cómo, no querían creerle!

—¿Qué quiere decir? ¿Que yo miento, tal vez? Les digo de una vez por todas: ¡no les sucederá nada malo! ¡A nadie! A ustedes les gusta hundirse en la desesperación, ¡imbéciles!

Sonó la campana indicando que la selección había terminado en todo el campo.

Empecé a correr con todas mis fuerzas hacia el bloc 36; en el camino me crucé con mi padre quien venía a mi encuentro.

—¿Y? ¿Pasaste?

—Sí. ¿Y tú?

—También.

¡Cómo se respiraba ahora! Mi padre tenía un regalo para mí: media ración de pan obtenida a cambio de un trozo de caucho encontrado en el almacén, que podía servir para confeccionar una suela de zapato.

La campana. Teníamos que separarnos e ir a acostarnos. Todo era reglamentado con esa campana. Ella me daba las órdenes y yo las ejecutaba automáticamente. La odiaba. Cuando me ocurría soñar en un mundo mejor, imaginaba únicamente un universo sin campanas.

Pasaron algunos días. No pensábamos más en la selección. Fuimos al trabajo como de costumbre y cargamos pesadas piedras en los vagones. Las raciones se habían hecho más reducidas: era el único cambio.

Nos habíamos levantado antes del alba como todos los días. Habíamos recibido el café negro y la ración de pan. Íbamos a dirigirnos a la cantera como siempre. El jefe del bloc llegó corriendo:

—Quédense un momento. Aquí tengo una lista de números. Los voy a leer. Todos aquellos que nombraré no irán esta mañana al trabajo: se quedarán en el campo.

Y con voz suave, leyó una decena de nombres. Comprendimos: eran los de la selección. El doctor Mengele no había olvidado.

El jefe del bloc se dirigió hacia su cuarto. Los diez prisioneros lo rodearon, aferrándose a sus ropas:

—¡Sálvenos! Usted nos prometió... Queremos ir a la cantera, tenemos bastante fuerza para trabajar. Somos buenos obreros. Podemos... queremos...

Trató de calmarlos, de tranquilizarlos sobre su suerte, de explicarles que el hecho de quedarse en el campo no quería decir nada, no tenía un significado trágico:

—Yo también me quedo todos los días...

Era un argumento muy endeble. Se dio cuenta de ello, no agregó una palabra más y se encerró en su cuarto.

Acababa de sonar la campana.

—¡En filas!

Poco importaba ahora que el trabajo fuera duro. Lo esencial era encontrarse bien lejos del bloc, lejos del crisol de la muerte, lejos del centro del infierno.

Vi a mi padre que corría en dirección a mí. De repente tuve miedo.

—¿Qué ocurre?

Sin aliento, no lograba abrir los labios.

—A mí también... a mí también... Me dijeron que me quedara en el campo.

Habían anotado su número sin que se diera cuenta.

—¿Qué vamos a hacer? —dije angustiado.

Pero fue él quien trató de tranquilizarme.

—Todavía no es seguro. Todavía tengo posibilidad de escapar... Hoy harán una segunda selección... una selección decisiva...

Yo callaba.

Él comprendió que el tiempo le faltaba y habló rápidamente: hubiera querido decirme tantas cosas. Las palabras se le embrollaban, su voz se ahogaba. Sabía que yo tendría que irme dentro de algunos instantes. Y él iba a quedar solo, tan solo...

—Toma este cuchillo —me dijo—, ya no tendré necesidad de él. Podrá servirte. Y toma también esta cuchara. No los vendas. ¡Rápido! ¡Vamos, toma esto que te doy!

La herencia...

—No hables así, padre. (Sentía que iba a estallar en sollozos.) No quiero que digas eso. Conserva la cuchara y el cuchillo. Los necesitas tanto como yo. Esta noche nos veremos, después del trabajo.

Me miró con ojos fatigados y velados por la desesperación.

Luego prosiguió:

—Te lo ruego... Tómalos, haz lo que te pido, hijo mío. No tenemos tiempo... Haz lo que te dice tu padre.

Nuestro kapo aulló la orden de ponerse en marcha.

El comando se dirigió hacia la puerta del campo. ¡Izquierda, derecha! Me mordí los labios. Mi padre se había quedado junto al bloc, apoyado contra la pared. Luego empezó a correr para alcanzarnos. Tal vez había olvidado decirme algo... Pero nosotros marchábamos demasiado rápidamente... ¡Izquierda, derecha!

Ya estábamos en la puerta. Nos contaron, en medio del estrépito de una música militar. Estábamos afuera.

Todo el día deambulé como un sonámbulo. De vez en cuando, Tibi y Yossi me decían alguna palabra amistosa. También el kapo trató de tranquilizarme. Ese día me había dado un trabajo más liviano. Sentía náuseas. ¡Qué bien me trataban! Como a un huérfano. Y pensé: «Aun ahora, mi padre me presta ayuda».

Yo mismo no sabía si quería que el día pasara rápidamente o no. Tenía miedo de encontrarme solo esa noche. ¡Qué bueno hubiera sido morir aquí!

Por fin tomamos el camino de regreso. ¡Cómo deseaba que nos hubieran dado orden de correr!

La marcha militar. La puerta. El campo.

Corrí hacia el bloc 36.

¿Todavía había milagros en la tierra? Estaba vivo. Se había salvado de la segunda selección. Todavía había podido probar que era útil... Le devolví el cuchillo y la cuchara.

Akiba Drumer nos abandonó, víctima de la selección. En los últimos tiempos, vagaba entre nosotros, perdido, con los ojos vidriosos, comunicándole a cada uno su agotamiento: «No puedo más... Todo ha terminado...». Imposible levantarle el ánimo. No escuchaba lo que se le decía. No hacía más que repetir que todo había terminado para él, que no podía afrontar más esa lucha, que no tenía ya fuerzas ni fe. Sus ojos, vacíos de pronto, no eran más que dos llagas abiertas, dos pozos de terror.

No era el único que había perdido la fe en esos días de selección. Conocí a un rabino de una pequeña ciudad de Polonia, un anciano encorvado, de labios siempre temblorosos. Todo el tiempo oraba, en el bloc, en la cantera, en la fila. Recitaba de memoria páginas enteras del Talmud, discutía consigo mismo, se planteaba preguntas y las respondía. Pero un día me dijo:

—Todo ha terminado. Dios no está ya con nosotros.

Y como si se hubiera arrepentido de haber pronunciado esas palabras, fría y secamente, agregó con voz apagada:

—Ya sé que no hay derecho a decir semejantes cosas. Lo sé bien. El hombre es demasiado pequeño, demasiado miserable e ínfimo para tratar de comprender las misteriosas vías de Dios. Pero, ¿qué puedo hacer? No soy un sabio, un justo, no soy un santo. Soy una simple criatura de carne y hueso. Sufro el infierno en mi alma y en mi carne. Tengo ojos y veo lo que aquí se hace. ¿Dónde está la Misericordia divina? ¿Dónde está Dios? ¿Cómo puedo creer, cómo se puede creer en ese Dios misericordioso?

Pobre Akiba Drumer, si hubiera podido seguir creyendo en Dios, considerando ese calvario como una prueba de Dios, no habría sido arrebatado por la selección. Pero, desde que experimentó las primeras fisuras en su fe, perdió el motivo para luchar y comenzó a agonizar.

Cuando llegó la selección, condenado de antemano, le tendió el cuello al verdugo. Sólo nos pidió:

—Dentro de tres días no estaré... Digan Kadish por mí.

Nosotros se lo prometimos: dentro de tres días, al ver elevarse el humo de la chimenea, pensaríamos en él. Reuniríamos diez hombres y haríamos un oficio especial. Todos sus amigos dirían Kadish.

Entonces se alejó en dirección al hospital, con paso casi firme, sin mirar hacia atrás. Una ambulancia lo esperaba para conducirlo a Birkenau.

Por aquel entonces, eran días terribles. Recibíamos más golpes que comida, estábamos abrumados de trabajo. Y tres días después de su partida, olvidamos decir Kadish por él.

El invierno había llegado. Los días se hicieron cortos y las noches resultaron casi insoportables. En las primeras horas del alba, el viento helado nos laceraba como un látigo. Nos dieron ropas de invierno: camisas rayadas un poco más gruesas. Los veteranos hallaron un nuevo motivo para burlarse:

—¡Ahora van a sentir de verdad el gusto del campo!

Íbamos al trabajo como de costumbre, con el cuerpo helado. Las piedras estaban tan frías que al tocarlas nuestras manos quedaban pegadas a ellas. Pero uno se habitúa a todo.

Para Navidad y Año Nuevo no se trabajó. Tuvimos derecho a una sopa menos líquida.

Hacia mediados de enero, mi pie derecho empezó a hincharse a causa del frío. Ya no podía apoyarlo en el suelo. Fui a ver al doctor. El médico, un gran médico judío, un detenido como nosotros, fue categórico: «¡Hay que operar! Si esperamos habrá que amputar los dedos del pie y tal vez la pierna».

¡Sólo eso me faltaba! Pero no tenía otra opción. El médico había decidido la operación y no había nada que hacer. En cuanto a mí, estaba contento de que la decisión hubiera partido de él.

Me hicieron acostar en una cama con sábanas blancas. Había olvidado ya que la gente duerme entre sábanas. El hospital no dejaba nada que desear: había pan bueno y sopa más espesa. Ni campana, ni llamada, ni trabajo. De vez en cuando, pude hacerle llegar un trozo de pan a mi padre.

A mi lado estaba acostado un judío húngaro atacado de disentería. Piel y huesos, y ojos exangües. Sólo oía su voz; era su única manifestación de vida. ¿De dónde sacaba fuerzas para hablar?

—No debes regocijarte demasiado pronto, pequeño. También aquí existe la selección. Incluso más a menudo que afuera. Alemania no necesita judíos enfermos. Alemania no me necesita. En el próximo transporte, tendrás un vecino nuevo. Escúchame pues, sigue mi consejo: ¡deja el hospital antes de la selección!

Esas palabras que salían de ultratumba, de una forma sin rostro, me llenaron de terror. Por cierto que el hospital era muy pequeño y si en esos días llegaban nuevos enfermos habría que hacerles sitio.

Pero tal vez mi vecino sin rostro, temiendo estar entre las primeras víctimas, simplemente quería expulsarme, dejar libre mi cama para tener una oportunidad de sobrevivir. Tal vez sólo quería atemorizarme. No obstante, ¿si lo que decía era cierto? Decidí esperar los acontecimientos.

El médico vino a anunciarme que me operarían al día siguiente.

—No tengas miedo —agregó—; todo pasará bien.

A las diez de la mañana me llevaron a la sala de operaciones. «Mi» doctor estaba presente. Eso me reconfortó. Sentí que en su presencia nada grave podía ocurrirme. Cada palabra suya era un bálsamo y cada una de sus miradas me llegaba como una señal de esperanza.

—Sentirás un poco de dolor —me dijo—, pero se te pasará. Aprieta los dientes.

La operación duró una hora. No me habían anestesiado. Yo no apartaba la mirada de mi médico. Luego sentí que me desvanecía...

Al abrir los ojos, en el primer momento sólo vi algo muy blanco, las sábanas, y luego entreví la cara del médico inclinada sobre mí:

—Todo fue bien. Eres valeroso, pequeño. Ahora te quedarás aquí dos semanas para recuperarte y todo habrá terminado. Comerás bien, tu cuerpo y tus nervios descansarán...

Yo seguía sólo el movimiento de sus labios. Apenas comprendía lo que decía, pero el zumbido de su voz me hacía bien. De pronto un sudor frío me cubrió la frente: ¡no sentía mi pierna! ¿Me la habían amputado?

—Doctor —balbucí—, doctor.

—¿Qué ocurre, pequeño?

No tenía valor para hacerle la pregunta.

—Doctor, tengo sed...

Ordenó que me trajeran agua. Sonrió y se preparó para irse a ver a otros enfermos.

—Doctor.

—¿Qué?

—¿Podré utilizar todavía mi pierna?

Dejó de sonreír. Yo sentí mucho miedo. Él me dijo.

—Pequeño, ¿confías en mí?

—Mucho, doctor.

—Bueno; escúchame bien: dentro de quince días estarás completamente restablecido. Podrás caminar como los demás. La planta de tu pie estaba llena de pus. Era necesario abrir esa bolsa. No te han amputado. Ya verás, dentro de quince días andarás como cualquier otro.

Sólo tenía que esperar los quince días.

Pero, desde el día siguiente al de mi operación, circuló por todo el campo el rumor de que el frente se había aproximado repentinamente. Se decía que el Ejército Rojo arremetía contra Buna: no era sino cuestión de horas.

Ya estábamos acostumbrados a este tipo de rumores. No era la primera vez que un falso profeta nos anunciaba la paz-en-el-mundo, los tratos-con-la-Cruz-Roja-para-liberarnos, y otras tonterías... Y a menudo le creíamos... Era una inyección de morfina.

Pero, esta vez, esas profecías parecían más sólidas. Las últimas noches habíamos oído a lo lejos el cañoneo.

Entonces mi vecino, el sin-rostro, habló:

—No se dejen ganar por las ilusiones. Hitler ha declarado que aniquilará a todos los judíos antes de que el reloj dé las doce campanadas, antes de que puedan escuchar la última.

Estallé:

—¿Y eso qué tiene que ver? ¿Acaso hay que considerar a Hitler como un profeta?

Sus ojos vacíos y helados quedaron fijos en mí, y terminó por decir con voz cansada:

—Tengo más confianza en Hitler que en cualquier otro. Es el único que cumplió sus promesas, todas sus promesas al pueblo judío.

Esa tarde, a las cuatro, como de costumbre, la campana llamó a todos los jefes de bloc para el informe.

Volvieron quebrantados. No lograban abrir la boca para pronunciar esa palabra: «evacuación». El campo iba a ser abandonado y nosotros seríamos enviados a la retaguardia. ¿Adónde? A algún lugar recóndito de Alemania. Hacia otros campos, ya que no escaseaban.

—¿Cuándo?

—Mañana por la noche.
—Tal vez los rusos lleguen antes...
—Tal vez.
Todos sabíamos bien que no.

El campo se había convertido en una colmena. La gente corría, se interpelaba. En todos los blocs se hacían preparativos para la marcha. Yo me había olvidado de mi pie enfermo. Un médico entró en la sala y anunció:

—Mañana, en cuanto caiga la noche, el campo se pondrá en marcha. Un bloc tras otro. Los enfermos pueden quedarse en la enfermería. No serán envacuados.

Esta noticia nos dio qué pensar. ¿Iban a dejar los SS a algunos centenares de detenidos pavoneándose en los pabellones hospitalarios esperando la llegada de sus liberadores? ¿Iban a permitir que los judíos oyeran el toque duodécimo de la hora? Era evidente que no.

—Todos los enfermos serán exterminados a quemarropa —dijo el sin-rostro—, y arrojados al crematorio en una última hornada.

—Seguramente que el campo está minado —observó otro—. Enseguida después de la evacuación, todo saltará.

En cuanto a mí, no pensaba en la muerte pero no quería separarme de mi padre. Habíamos sufrido, soportado tanto juntos: no era el momento de separarnos.

Corrí afuera en su busca. La nieve era espesa, las ventanas del bloc estaban veladas por la escarcha. Con un zapato en la mano, pues no podía calzarme el pie derecho, corrí sin sentir el dolor ni el frío.

—¿Qué hacemos?

Mi padre no respondió.

—¿Qué hacemos, padre?

Estaba sumido en sus meditaciones. La elección estaba en nuestras manos. Por una vez, podíamos decidir nuestra suerte nosotros mismos. Quedarnos los dos en el hospital donde yo podía hacerlo entrar como enfermo o como enfermero, gracias a mi doctor. O bien seguir a los otros.

Estaba decidido a acompañar a mi padre a donde fuera.

—Bueno, ¿qué hacemos, padre?

Él callaba.

—Dejemos que nos evacúen con los demás —le dije.

No respondió. Miraba mi pie.

—¿Crees que podrás caminar?

—Creo que sí.

—Con tal de que no tengamos que arrepentirnos, Eliézer.

Después de la guerra supe la suerte corrida por aquellos que permanecieron en el hospital. Sencillamente, fueron liberados por los rusos dos días después de la evacuación.

No volví más al hospital. Me dirigí a mi bloc. Mi herida se había reabierto y sangraba: bajo mis pies, la nieve enrojecía.

El jefe de bloc distribuía doble ración de pan y de margarina para el viaje. Se podía retirar del almacén la cantidad de trajes y camisas que uno quisiera.

Hacía frío. Todos se metieron en la cama.

La última noche en Buna. Una vez más, la última noche. La última noche en casa, la última noche en el ghetto, la última noche en el vagón y, ahora, la última noche en Buna. ¿Cuánto tiempo todavía se arrastraría nuestra vida de una «última noche» a otra?

No dormí en absoluto. A través de los vidrios escarchados estallaban resplandores rojizos. Los cañonazos desgarraban la tranquilidad nocturna. ¡Qué cerca estaban los rusos! Entre ellos y nosotros, una noche, nuestra última noche. De una cama a la otra, susurraban: «Con un poco de suerte, los rusos estarán aquí antes de la evacuación». Aún alentaba la esperanza.

Alguien gritó:

—Traten de dormir. Acumulen fuerzas para el viaje.

Eso me recordó las últimas recomendaciones de mi madre en el ghetto.

Pero no conseguía dormirme. El pie me ardía.

Por la mañana, el campo había cambiado de aspecto. Los detenidos se exhibían con extrañas vestimentas: parecía una mascarada. Cada cual se había puesto varios trajes, uno encima del otro, para protegerse mejor del frío. Pobres saltimbanquis, más anchos que altos, más muertos que vivos, pobres *clowns* cuyas caras fantasmales surgían entre un montón de ropas de presidiarios. Payasos.

Traté de encontrar un zapato bien ancho. En vano. Desgarré una manta y envolví mi pie enfermo. Luego me fui a vagabundear por el campo, en busca de un poco de pan y algunas patatas.

Algunos decían que nos conducían a Checoslovaquia. No: a Gros-Rosen. No: a Gleiwitz. No, a...

Dos de la tarde. La nieve continuaba cayendo copiosamente.

Ahora las horas transcurrían rápidamente. Había llegado el crepúsculo. El día se desvanecía en la bruma.

De pronto el jefe de bloc recordó que se habían olvidado de limpiar el pabellón. Ordenó a cuatro prisioneros que lavaran el suelo... ¡Una hora antes de dejar el campo! ¿Por qué? ¿Para quién?

—Para el ejército liberador —exclamó—. Que sepan que aquí vivían hombres y no cerdos.

Entonces, ¿éramos hombres? El bloc fue limpiado a fondo, lavado hasta sus mínimos recovecos.

A las seis sonó la campana. Doblaban a muerto, a entierro. El cortejo iba a ponerse en marcha.

—¡En fila! ¡Rápido!

En unos minutos estábamos todos en fila, cada bloc. Caía la noche. Todo estaba en orden, según el plan establecido.

Se encendieron los reflectores. Centenares de SS armados surgieron de la oscuridad, acompañados de perros policía. No cesaba de nevar.

Las puertas del campo se abrieron. Al otro lado parecía que la noche era más oscura aún.

Los primeros blocs se pusieron en marcha. Nosotros esperamos. Debíamos esperar la salida de los cincuenta y seis blocs que nos precedían. Hacía mucho frío. En el bolsillo tenía dos pedazos de pan. ¡Con qué apetito los hubiera comido! Pero no tenía derecho a hacerlo. Todavía no.

Se acercaba nuestro turno: bloc 53... bloc 55...

—Bloc 57, adelante, ¡marchen!

Nevaba sin cesar.

Un viento helado soplaba con violencia. Pero nosotros marchábamos sin descanso.

Los SS nos hicieron apurar el paso. «¡Más rápido, canallas, perros piojosos!». ¿Por qué no? El movimiento nos calentaba un poco. La sangre corría más fácilmente por nuestras venas. Sentíamos la sensación de revivir...

«¡Más rápido, perros piojosos!». Ya no caminábamos, corríamos. Como autómatas. Los SS corrían también, con las armas en la mano. Parecía que huíamos de ellos.

Noche cerrada. De vez en cuando estallaba una detonación en la oscuridad. Tenían orden de disparar sobre aquellos que no pudieran mantener el ritmo de la marcha. El dedo en el gatillo, no escatimaban los disparos. Si uno de nosotros se detenía un segundo, un disparo seco suprimía al perro piojoso.

Maquinalmente ponía un pie delante de otro. Arrastraba este cuerpo esquelético que todavía resultaba tan pesado. ¡Si hubiera podido librarme de él! A pesar de los esfuerzos que hacía para no pensar, sentía que éramos dos: mi cuerpo y yo. Y yo lo odiaba.

Me repetía: «No pienses, no te detengas, corre».

Junto a mí, los hombres se desplomaban en la nieve sucia. Disparos.

A mi lado marchaba un muchacho de Polonia que se llamaba Zalman. Trabajaba en Buna, en el depósito de material eléctrico. Se burlaban de él porque siempre estaba orando o meditando sobre algún problema talmúdico. Para él era una forma de escapar a la realidad, de no sentir los golpes...

De pronto fue atacado por retortijones de estómago. No podía continuar más. Tuvo que detenerse un momento. Yo le imploré:

—Zalman, espera un poco. Pronto nos detendremos todos. No correremos así hasta el fin del mundo.

Pero, mientras corría, empezó a desabrocharse y gritó:

—No puedo más. Me explota la barriga...

—Haz un esfuerzo, Zalman... Inténtalo...

—No puedo más —gemía él.

Bajándose el pantalón, se dejó caer.

Es la última imagen que tengo de él. No creo que lo haya ultimado un SS pues nadie lo había visto. Habrá muerto aplastado por los pies de los millares de hombres que seguían detrás.

Lo olvidé pronto. Volví a pensar en mí mismo. Debido a mi pie herido, cada paso me producía un estremecimiento. «Unos metros más —pensaba—, unos metros más y esto habrá terminado. Caeré. Una llamita roja... Un disparo». La muerte me circundaba hasta ahogarme. Se adhería a mí. Sentía que habría podido tocarla. La idea de morir, de no ser más, comenzaba a fascinarme. No existir más. No sentir más los horribles dolores de mi pie. No sentir más nada, ni cansancio, ni frío, nada. Saltar fuera de la fila, dejarse deslizar hacia el borde del camino...

La presencia de mi padre fue la única cosa que me lo impidió... Corría a mí lado, sin aliento, extenuado, acosado. No tenía derecho a morir. ¿Qué haría sin mí? Yo era su sostén.

Esos pensamientos me distrajeron durante un tiempo mientras continuaba corriendo sin sentir mi pie dolorido, sin darme cuenta siquiera de que corría, sin tener conciencia de poseer un cuerpo que trotaba sobre la carretera, en medio de otros miles.

Al volver en mí, traté de aminorar un poco el paso. Pero no había medios de hacerlo. Esas oleadas humanas afluían como una marea y me habrían aplastado como a una hormiga.

Estaba como sonámbulo. A veces cerraba los ojos y era como si corriera dormido. De vez en cuando, alguien me empujaba violentamente desde atrás y me despertaba. El otro rugía: «Corre más rápido. Si no quieres avanzar, deja paso a los demás». Pero me bastaba cerrar los ojos un segundo para ver desfilar todo un mundo, para soñar toda una vida.

Camino sin fin. Dejarse llevar por la avalancha, dejarse arrastrar por el ciego destino. Cuando los SS estaban fatigados, los relevaban. Pero a nosotros, nadie nos relevaba. Con los miembros transidos de frío a pesar de la carrera, con la garganta seca, hambrientos, sin aliento, continuábamos andando.

Éramos dueños de la naturaleza, dueños del mundo. Habíamos olvidado todo, la muerte, el cansancio, las necesidades naturales. Más fuertes que el frío y el hambre, más fuertes que los disparos y el deseo de morir, condenados y vagabundos, simples números, éramos los únicos hombres sobre la Tierra.

Por fin la estrella matutina apareció en el cielo gris. Una débil claridad comenzó a insinuarse en el horizonte. No podíamos más, no teníamos ya fuerzas, ni ilusiones.

El comandante anunció que ya habíamos hecho sesenta kilómetros desde la partida. Hacía tiempo que habíamos superado el límite del cansancio. Nuestras piernas se movían mecánicamente a pesar nuestro, sin nuestra participación.

Atravesamos una aldea abandonada. Ni un alma viviente. Ni un ladrido. Casas con las ventanas abiertas de par en par. Algunos se dejaron caer fuera de las filas para tratar de ocultarse en algún edificio desierto.

Todavía una hora de marcha y por fin llegó la orden de hacer alto.

Como un solo hombre, nos dejamos caer en la nieve. Mi padre me sacudió:

—Aquí no... Levántate... Un poco más lejos. Allá hay un cobertizo... Ven...

No tenías ganas ni fuerzas de levantarme. Sin embargo obedecí. No era un cobertizo sino una fábrica de ladrillos con el techo hundido, los vidrios rotos, las paredes sucias de barro. No era fácil entrar allí. Centenares de detenidos se apretujaban ante la puerta.

Al fin logramos entrar. También allí la nieve era espesa. Me dejé caer. Sólo entonces sentí todo mi cansancio. La nieve me pareció una alfombra suave, muy caliente. Y me dormí.

No sé cuánto tiempo dormí. Algunos instantes o una hora. Cuando desperté, una mano congelada me daba golpecitos en las mejillas. Intenté abrir los ojos: era mi padre.

¡Qué envejecido estaba desde la noche anterior! Su cuerpo estaba completamente encogido, apelotonado sobre sí mismo. Sus ojos petrificados, sus labios ajados, descompuestos. Todo en él trasuntaba una extrema lasitud. Su voz estaba húmeda de lágrimas y de nieve:

—No te dejes ganar por el sueño, Eliézer. Es peligroso dormirse en la nieve. Uno se duerme para siempre. Ven, pequeño mío, ven. Levántate.

¿Levantarme? ¿Cómo hubiera podido? ¿Cómo separarse de ese suave plumón? Oía las palabras de mi padre pero vacías de sentido, como si me hubiera pedido que cargara todo el cobertizo con mis brazos...

—Ven, hijo mío, ven...

Me levanté y apreté los dientes. Sosteniéndome con un brazo, me condujo afuera. No era nada fácil. Era tan difícil salir como entrar. Bajo nuestros pies, hombres aplastados, pisoteados, agonizaban. Nadie se cuidaba de ello.

Llegamos afuera. El viento helado me azotó la cara. Me mordí los labios sin cesar para que no se congelaran. A mi alrededor, todo parecía ejecutar la danza de la muerte. Era algo que producía vértigos. Andaba en medio de un cementerio. Entre cuerpos rígidos y trozos de leña. Ni un grito de socorro, ni una queja, sólo una agonía en masa, silenciosa. Nadie imploraba la ayuda de nadie. Morían porque había que morir. Nadie le ponía dificultades a la muerte.

En cada cuerpo rígido me veía a mí mismo. Y pronto no los vería siquiera, iba a ser uno de ellos. Era cuestión de horas.

—Ven, padre, volvamos al cobertizo.

No respondió. No miraba a los muertos.

—Ven, padre. Allá se está mejor. Podremos acostarnos un poco. Uno al lado del otro. Yo cuidaré de ti y tú de mí. No dejaremos que nos venza el sueño. Uno vigilará al otro.

Aceptó. Después de haber pisoteado a una cantidad de cuerpos y cadáveres, logramos volver a entrar en el cobertizo. Allí nos dejamos caer.

—No temas, hijito. Duerme, puedes dormir. Yo velaré.

—Primero tú, padre. Duerme.

Se negó. Me tendí y traté de dormir, de dormitar un poco, pero en vano. Dios sabe lo que hubiera pagado por poder dormitar unos instantes. Pero, en el fondo, comprendía que dormir significaba morir. Y algo en mí se rebelaba contra esa muerte. A mi alrededor ella se instalaba sin ruido, sin violencia. Atrapaba a alguien dormido, se insinuaba en él y lo devoraba poco a poco. A mi lado, alguien trataba de despertar a su vecino, tal vez su hermano, o un camarada. En vano. Desalentado en sus esfuerzos, se tendió a su vez al lado del cadáver y se durmió también él. ¿Quién iría a despertarlo? Extendiendo el brazo, lo toqué:

—Despierta, no hay que dormir aquí...

Entreabrió los párpados:

—No me des consejos —murmuró con voz apagada—. Estoy reventado. Déjame en paz. Fuera.

También mi padre dormitaba tranquilamente. No pude ver sus ojos. La gorra le cubría la cara.

—Despierta —le murmuré al oído.

Se sobresaltó. Sentándose, miró a su alrededor, perdido, estupefacto. La mirada de un huérfano. Dirigió una mirada circular a su alrededor como si de pronto hubiera decidido levantar el inventario de todo para saber dónde se encontraba, en qué sitio, cómo y por qué. Luego sonrió.

Recordaré siempre esa sonrisa. ¿De qué mundo venía?

La nieve continuaba cayendo en copos espesos sobre los cadáveres.

La puerta del cobertizo se abrió. Apareció un anciano, los bigotes escarchados, los labios azules de frío. Era Rabí Eliau, el rabino de una pequeña comunidad de Polonia. Un hombre muy bueno a quien todo el mundo quería en el campo, hasta los kapos y los jefes de blocs. Pese a los sufrimientos y desgracias, su cara continuaba irradiando su pureza interior. En Buna, era el único rabino a quien nunca se omitía denominar «rabí». Parecía uno de esos profetas de antaño, siempre en medio de su pueblo para consolarlo. Y, hecho extraño, sus palabras de consuelo no sublevaban a nadie. Realmente los apaciguaba.

Entró en el cobertizo y sus ojos, más brillantes que de costumbre, parecieron buscar a alguien:

—¿Han visto tal vez a mi hijo en alguna parte?

En medio de la confusión había perdido a su hijo. En vano lo había buscado entre los agonizantes. Luego arañó la nieve en busca de su cadáver. Sin resultado.

Durante tres años habían resistido juntos. Siempre uno al lado del otro, en los sufrimientos, en los golpes, en la ración de pan y en la oración. Tres años, de campo en campo, de selección en selección. Y ahora —ahora que el fin parecía próximo— el destino los separaba. Al llegar junto a mí, Rabí Eliau murmuró:

—Ocurrió en el camino. Nos perdimos de vista durante el trayecto. Yo quedé un poco atrás en la columna. No tenía ya fuerzas para correr. Y mi hijo no se dio cuenta. No sé nada de él. ¿Dónde desapareció? ¿Dónde encontrarlo? ¿Tal vez lo vieron en alguna parte?

—No, Rabí Eliau, no lo he visto.

Entonces se alejó como había venido: como una sombra barrida por el viento.

Ya había franqueado la puerta cuando recordé de repente que había visto a su hijo correr a mi lado. ¡Lo había olvidado y no se lo había dicho al Rabí Eliau!

Luego recordé otra cosa: su hijo lo había visto perder terreno, cojear y quedar atrás en la columna. Lo había visto. Y había continuado corriendo adelante, dejando que se agrandara la distancia entre los dos.

Un pensamiento terrible se insinuó en mi espíritu: ¡había querido desembarazarse de su padre! Había sentido que su padre flaqueaba, había creído que era el fin y había buscado esa separación para librarse de esa carga, para librarse de ese fardo que podía disminuir su propia capacidad de continuar.

Yo había hecho bien en olvidar eso. Y me sentí feliz de que Rabí Eliau continuara buscando a su hijo querido.

A pesar mío, un ruego brotó en mi corazón hacia ese Dios en el cual ya no creía.

—Dios mío, Señor del Universo, dame fuerzas para que jamás haga lo que hizo el hijo de Rabí Eliau.

En el patio se oyeron gritos, en medio de la noche que caía. Los SS ordenaban volver a formar filas.

Proseguimos la marcha. Los muertos quedaron en el patio, bajo la nieve, como guardias fieles asesinados y sin sepultura. Nadie había recitado por ellos la oración de los muertos. Los hijos abandonaron los despojos de sus padres sin una lágrima.

En el camino, nevaba, nevaba, nevaba sin fin. Marchábamos más lentamente. Los guardias mismos parecían fatigados. El pie herido había cesado de hacerme sufrir. Debía de estar completamente helado. Ese pie para mí no existía. Se había separado de mi cuerpo como la rueda de un coche. Tanto peor. Tenía que hacerme a la idea: viviría con una sola pierna. Lo esencial era no pensar en eso. Sobre todo en ese momento. Dejar los pensamientos para más tarde.

Nuestra marcha había perdido toda apariencia de disciplina. Cada cual iba como quería, como podía. Ya no se oían disparos. Los guardias debían de estar cansados.

Pero la muerte no tenía ninguna necesidad de ayuda. El frío hacía concienzudamente su trabajo. A cada paso alguien se desplomaba dejando de sufrir.

De vez en cuando, los oficiales SS recorrían con sus motocicletas la columna para sacudir la creciente apatía:

—¡Aguanten! ¡Ya llegamos!

—¡Valor! ¡Algunas horas todavía!

—¡Ya llegamos a Gleiwitz!

Esas palabras de aliento, aunque vinieran de boca de nuestros asesinos, nos producían un gran bienestar. Ahora nadie quería abandonar la partida, justo antes del fin, ya tan cerca del objetivo. Nuestros ojos escrutaban el horizonte en busca de las alambradas de Gleiwitz. Nuestro único deseo era llegar lo más pronto posible.

La noche se acercaba. La nieve cesó de caer. Todavía caminamos muchas horas y sólo descubrimos el campo cuando estuvimos ante la puerta.

Los kapos nos instalaron rápidamente en las barracas. La gente se empujaba, se atropellaba, como si hubiera sido el refugio supremo, la puerta hacia la vida. Andábamos sobre cuerpos doloridos. Pisoteábamos caras deshechas. Ni un grito; algunos gemidos. Nosotros mismos, mi padre y yo, fuimos arrojados al suelo por esa marea incontenible. Bajo nuestros pies alguien exhaló un estertor:

—¡Me están aplastando... piedad!

Una voz que no me era desconocida.

—¡Me están aplastando... piedad! ¡Piedad!

La misma voz apagada, el mismo estertor, ya escuchado en alguna parte. Esa voz me había hablado un día. ¿Dónde? ¿Cuándo? ¿Hacía años? No, debía de haber sido en el campo.

—¡Piedad!

Sentí que lo aplastaba. Que le cortaba la respiración. Quise levantarme, hice esfuerzos para apartarme, para que pudiera respirar. Pero yo mismo era aplastado por el peso de otros cuerpos. Respiraba con dificultad. Hundía mis uñas en caras desconocidas. Mordía a mi alrededor para buscar acceso al aire. Nadie gritaba.

De pronto recordé. ¡Yulik! Ese muchacho de Varsovia que tocaba el violín en la orquesta de Buna...

—Yulik, ¿eres tú?

—Eliézer... Los veinticinco latigazos... Sí... Recuerdo.

Se calló. Transcurrió un largo momento.

—¡Yulik! ¿Me oyes, Yulik?

—Sí... —dijo con voz débil—. ¿Qué quieres?

No estaba muerto.

—¿Cómo te sientes, Yulik? —pregunté, no tanto para conocer su respuesta como para saber si estaba vivo.

—Bien, Eliézer... Voy bien... Poco aire... Cansado. Tengo los pies hinchados. Es bueno descansar, pero mi violín...

Creí que había perdido la razón. ¿Qué tenía que ver aquí el violín?

—¿Tu violín, qué?

Jadeaba:

—Sí... tengo miedo... que se rompa... mi violín... Lo... lo traje conmigo.

No pude responderle. Alguien estaba acostado cuan largo era sobre mí y me había cubierto la cara. No podía ya respirar, ni por la boca, ni por la nariz. El sudor me chorreaba por la frente y la espalda. Era el fin, el término de la marcha. Una muerte silenciosa, asfixiado. Sin medios de gritar, de pedir socorro.

Traté de desembarazarme de mi invisible asesino. Mi deseo de vivir estaba concentrado en las uñas. Arañaba, luchando por una bocanada de aire. Laceraba una carne putrefacta que no respondía. No podía desprenderme de esa masa que me aplastaba el pecho. ¿Quién sabe? ¿No estaría luchando con un muerto?

Nunca lo sabré. Lo único que puedo decir es que pude

dominarlo. Logré abrir un hueco entre esa muralla de agonizantes, un pequeño hueco a través del cual pude aspirar un poco de aire.

—Padre, ¿cómo te sientes? —pregunté en cuanto pude pronunciar una palabra.

Sabía que no debía de estar muy lejos de mí.

—¡Bien! —respondió una voz lejana, que parecía venir del otro mundo—. Trato de dormir.

Trataba de dormir. ¿Con razón o no? ¿Se podía dormir aquí? ¿No era peligroso dejar que se desvaneciera la vigilancia tan siquiera un minuto mientras la muerte podía abatirse sobre uno a cada momento?

Estaba discurriendo de ese modo cuando escuché el sonido de un violín. El sonido de un violín en la barraca oscura donde los muertos se amontonaban sobre los vivos. ¿Quién era el loco que tocaba el violín aquí, al borde de su propia tumba? ¿O era sólo una alucinación?

Debía de ser Yulik.

Tocaba un fragmento de un concierto de Beethoven. Nunca escuché sonidos tan puros. En medio de un silencio tal.

¿Cómo había logrado liberarse? ¿Escurrirse debajo de mi cuerpo sin que yo lo sintiera?

La oscuridad era total. Escuchaba sólo ese violín y era como si el alma de Yulik le sirviera de arco. Tocaba su vida. Toda su vida se deslizaba sobre las cuerdas. Sus esperanzas perdidas. Su pasado calcinado, su porvenir desvanecido. Tocaba lo que nunca más podría tocar.

Jamás podré olvidar a Yulik. ¡Cómo podría olvidar ese concierto en medio de un público de agonizantes y de muertos! Aún ahora, cuando oigo tocar a Beethoven, mis ojos se cierran y, en la oscuridad, surge la cara pálida y triste de mi camarada polaco que con el violín decía su adiós a un auditorio de moribundos.

No sé cuánto tiempo tocó. El sueño me venció. Cuando desperté, divisé, a la luz del día, a Yulik frente a mí, apelotonado sobre sí mismo, muerto. Junto a él yacía su violín, aplastado, pisoteado, pequeño cadáver insólito y conmovedor.

Permanecimos tres días en Gleiwitz. Tres días sin comer ni beber. No teníamos permiso de abandonar la barraca. Los SS vigilaban la puerta.

Tenía hambre y sed. Por el aspecto de los demás, yo debía de estar muy sucio y desaliñado. El pan que nos habíamos llevado de Buna había sido devorado hacía mucho tiempo. Y quién sabe cuándo nos darían otra ración.

El frente nos perseguía. Oíamos nuevos cañonazos, muy próximos. Pero no teníamos ya fuerzas ni valor para pensar que los nazis no tendrían tiempo de evacuarnos, que los rusos llegarían pronto.

Nos enteramos de que íbamos a ser deportados al centro de Alemania.

En la madrugada del tercer día, nos sacaron de las barracas. Cada cual se había echado sobre las espaldas algunas mantas, como chales de oración. Nos dirigieron hacia una puerta que separaba el campo en dos. Allí estaba parado un grupo de SS Un rumor recorrió las filas: ¡una selección!

Los oficiales SS hacían la clasificación. Los débiles, a la izquierda. Los que caminaban bien: a la derecha.

Mi padre fue enviado a la izquierda. Corrí detrás de él. Un oficial SS rugió a mis espaldas:

—¡Vuelve aquí!

Me escurrí entre los otros. Muchos SS se precipitaron en mi seguimiento originando una confusión tal que mucha gente de la izquierda pudo volver a la derecha y, entre ellos, mi padre y yo. No obstante hubo algunos disparos y algunos muertos.

Nos hicieron salir a todos del campo. Después de media hora de marcha, llegamos al centro de un campo cortado por vías férreas. Debíamos esperar allí la llegada del tren.

La nieve caía copiosamente. Prohibición de sentarse, de moverse.

La nieve comenzaba a formar una capa espesa sobre nuestras mantas. Nos trajeron pan, la ración habitual. Nos arrojamos sobre él. Algunos tuvieron la idea de aplacar la sed tomando nieve. Pronto otros los imitaron. Como no teníamos permiso para inclinarnos, cada uno había sacado su cuchara y comía la nieve acumulada sobre la espalda del vecino. Un bocado de pan y una cucharada de nieve. Eso hizo reír a los SS que observaban el espectáculo.

Las horas pasaban. Nuestros ojos estaban fatigados de escrutar el horizonte para ver la llegada del tren liberador. Tan sólo muy tarde en la noche hizo su aparición. Un tren infinitamente largo, formado de vagones para ganado, sin techo. Los SS nos empujaron adentro, un centenar por vagón: ¡estábamos tan flacos! Terminado el embarque, el tren comenzó a moverse.

Apretujados uno contra el otro para tratar de resistir el frío, con la cabeza vacía y pesada a la vez, en la mente un torbellino de recuerdos enmohecidos. La indiferencia embotaba el alma. ¿Aquí o en otra parte, qué importaba? ¿Reventar hoy, mañana o más adelante, qué importaba? La noche se hacía larga, larga como para no terminar jamás.

Al fin, cuando una claridad gris apareció en el horizonte, me descubrió una confusión de formas humanas, con la cabeza hundida entre los hombros, contraídas, acurrucadas unas contra otras, como un campo de losas sepulcrales cubiertas de polvo bajo los primeros resplandores del alba. Traté de distinguir a aquellos que vivían todavía de los que ya no existían. Pero no había ninguna diferencia. Mi mirada se detuvo largamente sobre uno que, con los ojos abiertos, miraba al vacío. Su cara lívida estaba cubierta de una capa de escarcha y de nieve.

Mi padre estaba encogido junto a mí, envuelto en su manta, con los hombros cubiertos de nieve. ¿Y si había muerto también? Lo llamé. Ninguna respuesta. De haber podido habría gritado. Él no se movía.

De pronto se hizo en mí esta evidencia: ya no había razón para vivir, no había razón para luchar.

El tren se detuvo en medio de un campo desierto. La brusca parada despertó a algunos que dormían. Se incorporaron y lanzaron una mirada asombrada a su alrededor.

Afuera los SS pasaban gritando:

—¡Arrojen todos los muertos! ¡Todos los cadáveres afuera!

Los que vivían se alegraron. Tendrían más espacio. Algunos voluntarios se pusieron a trabajar. Tocaban a los que se habían quedado acurrucados.

—¡Aquí hay uno! ¡Llévenlo!

Lo desvestían y los sobrevivientes se repartían sus ropas, luego dos «sepultureros» lo agarraban de la cabeza y los pies y lo arrojaban fuera del vagón, como una bolsa de harina.

Por todas partes se oía llamar:

—¡Vengan aquí! ¡Hay otro! Mi vecino. No se mueve.

Sólo desperté de mi apatía cuando dos hombres se acercaron a mi padre. Me arrojé sobre su cuerpo. Estaba frío. Lo abofeteé, le froté las manos, y grité:

—¡Padre, padre! Despierta. Van a arrojarte del vagón...

Su cuerpo estaba inerte.

Los dos sepultureros me habían agarrado por el cuello:

—Deja. Ya ves que está muerto.

—¡No! —grité—, ¡no está muerto! ¡Todavía no!

Volví a golpearlo a más y mejor. Al cabo de un momento, mi padre entreabrió los párpados sobre sus ojos vidriosos. Respiraba débilmente.

—Ya lo ven —exclamé.

Los dos hombres se alejaron.

De nuestro vagón descargaron una veintena de cadáveres. Luego el tren prosiguió su marcha dejando tras de sí algunos centenares de seres abandonados, desnudos y sin sepultura en un campo nevado de Polonia.

No recibíamos ningún alimento. Vivíamos a base de nieve: ella hacía las veces de pan. Los días se parecían a las noches y las noches dejaban en nuestra alma las heces de su oscuridad. El tren avanzaba lentamente deteniéndose a menudo algunas horas y luego continuaba. No cesaba de nevar. Durante días y noches seguimos acurrucados unos contra otros sin decir palabra. No éramos sino cuerpos congelados. Con los párpados cerrados, sólo esperábamos la próxima parada para descargar a nuestros muertos.

Diez días, diez noches de viaje. A veces atravesábamos localidades alemanas. Generalmente muy temprano de mañana. Los obreros iban a su trabajo. Se detenían y nos seguían con la mirada, no demasiado asombrados.

Un día que nos habíamos detenido, un obrero sacó de su mochila un trozo de pan y lo arrojó dentro del vagón. Se produjo una avalancha. Decenas de hambrientos se mataban entre sí por algunas migajas. Los obreros alemanes miraban con gran curiosidad el espectáculo.

Años más tarde, asistí a un espectáculo del mismo tipo en Aden. Los pasajeros de nuestra nave se divertían arrojando monedas a los «nativos» que se sumergían para traerlas. Una parisiense de aspecto aristocrático se divertía mucho con ese juego. De pronto vi a dos niños que luchaban a muerte, tratando de estrangularse mutuamente, e imploré a la dama:

—¡Le ruego, no arroje más monedas!

—¿Por qué? —contestó—. Me gusta practicar la caridad...

En el vagón donde había caído el pan se entabló una verdadera batalla. Se arrojaban unos contra otros, se pateaban, se despedazaban, se mordían. Bestias de presa frenéticas, con un odio animal en los ojos; una vitalidad extraordinaria se apoderó de ellos volviendo más punzantes sus dientes y sus uñas.

Un grupo de obreros y curiosos se había reunido a lo largo del tren. Sin duda nunca habían visto un tren con semejante cargamento. Pronto, aquí y allá, los trozos de pan empezaron a caer en los vagones. Los espectadores contemplaban a esos hombres esqueléticos que se mataban entre sí por un bocado.

Un trozo cayó en nuestro vagón. Decidí no moverme. Además, sabía que no tendría fuerzas para luchar contra esas decenas de hombres enfurecidos. No lejos de mí un anciano se arrastraba a cuatro patas. Acababa de apartarse de la pelea. Se llevaba la mano al corazón. Al principio creí que había recibido un golpe en el pecho. Pero después comprendí: bajo la chaqueta llevaba un trozo de pan. Con rapidez extraordinaria, lo extrajo y se lo llevó a la boca. Sus ojos se iluminaron; una sonrisa semejante a una mueca resplandeció en su rostro muerto. Enseguida se apagó. Una sombra acababa de alargarse a su lado. Y esa sombra se arrojó sobre él. Molido a golpes, el viejo gritaba:

—¡Meir, mi pequeño Meir! ¿No me reconoces? Soy tu padre... Me estás matando... Asesinas a tu padre... Tengo pan para ti también... para ti también...

Y se desplomó. Todavía tenía en el puño cerrado un trocito de pan. Quiso llevárselo a la boca. Pero el otro se arrojó sobre él y se lo arrebató. Entonces el anciano murmuró algo, lanzó un estertor y murió en medio de la indiferencia general. Su hijo lo registró, tomó el trozo de pan y comenzó a devorarlo. No pudo ir lejos. Dos hombres lo habían visto y se precipitaron sobre él. Otros se agregaron a ellos. Cuando se apartaron, a mi lado había dos muertos, padre e hijo. Yo tenía quince años.

En nuestro vagón se encontraba un amigo de mi padre, Meir Katz. Había trabajado en Buna como jardinero y, de vez en cuando, nos traía alguna hortaliza. No tan mal alimentado, había soportado mejor la detención. Debido a su relativo vigor, lo habían designado responsable de nuestro vagón.

Al tercer día de nuestro viaje desperté de pronto sintiendo en mi garganta dos manos que trataban de estrangularme. Apenas tuve tiempo de gritar: «¡Padre!».

Sólo esa palabra. Sentía que me ahogaba. Pero mi padre se había despertado y agarraba a mí agresor. Demasiado débil para vencerlo, tuvo la idea de llamar a Meir Katz:

—¡Ven, ven rápido! ¡Están estrangulando a mi hijo!

Unos minutos después, me habían liberado. Siempre ignoré la razón por la cual aquel hombre quiso estrangularme.

Pero algunos días más tarde, Meir Katz se dirigió a mi padre:

—Shlomo, me siento débil. Pierdo las fuerzas. No resisto más...

—¡No te abandones! —trató de animarlo mi padre—. ¡Hay que resistir! ¡No pierdas la confianza en ti!

Pero Meir Katz gemía sordamente en lugar de responder:

—¡No puedo más, Shlomo!... ¿Qué puedo hacer?... No puedo más...

Mi padre lo tomó del brazo. Y Meir Katz, el hombre fuerte, el más vigoroso de todos nosotros, lloraba. Su hijo le había sido arrebatado en la primera selección y sólo ahora lo lloraba. Sólo ahora se desmoronaba. No podía más. Estaba acabado.

El último día de nuestro viaje se levantó un terrible viento; y la nieve no cesaba de caer. Sentíamos que el fin estaba cercano, el verdadero fin. No íbamos a poder resistir mucho tiempo bajo ese viento glacial, en medio de esa tormenta.

Alguien se levantó y gritó:

—Con un tiempo así no hay que quedarse sentados. ¡Nos vamos a congelar! Levántense, movámonos un poco...

Todos nos levantamos. Cada cual se envolvió más estrechamente en su manta empapada. Y tratamos de dar algunos pasos, de dar vueltas en el mismo lugar.

De pronto se elevó un grito en el vagón, el grito de una bestia herida. Alguien que había dejado de existir.

Otros, que se sentían igualmente a punto de morir, imitaron ese grito. Y sus gritos parecían venir de ultratumba. Pronto todo el mundo gritaba. Quejidos, gemidos. Gritos de angustia lanzados a través del viento y de la nieve.

El contagio ganó a los otros vagones. Y centenares de gritos se elevaron al unísono. Sin saber contra qué. Sin saber por qué. El estertor de agonía de todo un convoy que sentía llegar su fin. Todos iban a terminar aquí. Todos los límites habían sido superados. Nadie tenía ya fuerzas. Y la noche iba a ser larga todavía.

Meir Katz gemía:

—¿Por qué no nos fusilan enseguida?

Esa misma noche llegamos a destino.

Era ya muy tarde. Los guardias vinieron a buscarnos. Los muertos fueron abandonados en los vagones. Sólo aquellos que todavía podían tenerse en pie pudieron bajar.

Meir Katz permaneció en el tren. El último día había sido el más mortal. Al vagón habíamos subido un centenar. Bajamos una docena. Entre ellos, mi padre y yo.

Habíamos llegado a Buchenwald.

En la puerta del campo, los oficiales SS nos esperaban. Nos contaron. Luego fuimos llevados hacia el recinto para pasar lista. Las órdenes nos eran dadas por altavoces: «En filas de cinco». «Por grupos de cien». «Cinco pasos adelante».

Apreté fuerte la mano de mi padre. El antiguo temor familiar: no perderlo.

Cerca de nosotros se alzaba la alta chimenea del horno crematorio. Ya no nos impresionaba. Apenas si atraía nuestra atención. Un veterano de Buchenwald nos dijo que íbamos a tomar una ducha y luego seríamos repartidos en los blocs. La idea de tomar un baño caliente me fascinaba. Mi padre callaba. Respiraba pesadamente a mi lado.

—Padre —le dije—, todavía un momento. Pronto podremos acostarnos. En una cama. Podrás descansar...

No respondió. Yo mismo estaba tan cansado que su silencio me dejó indiferente. Mi único deseo era tomar el baño lo más rápidamente posible y tenderme en la cama.

Pero no era fácil llegar hasta las duchas. Centenares de detenidos se amontonaban allí. Los guardias no lograban mantener el orden. Golpeaban a diestra y siniestra sin resultado visible. Otros, que no tenían fuerzas para empujar, ni tampoco para mantenerse en pie, se sentaron en la nieve. Mi padre quiso imitarlos.

Empezó a gemir.

—No puedo más... Todo ha terminado... Voy a morir aquí...

Me arrastró hasta un montículo de nieve de donde emergían formas humanas, girones de mantas.

—Déjame —me pidió—, no puedo más... Ten piedad de mí... Esperaré aquí que podamos entrar en los baños... Vendrás a buscarme.

Hubiera llorado de rabia. Haber sufrido tanto, haber soportado tanto, y ahora ¿iba a dejar morir a mi padre? ¿Ahora que íbamos a poder tomar un buen baño caliente y esperar?

—¡Padre! —aullé—. ¡Levántate de aquí! ¡Enseguida! Vas a matarte...

Y lo agarré de un brazo. Él continuaba quejándose:

—No grites, hijo mío... Ten piedad de tu anciano padre... Déjame descansar aquí... Un poco... Te lo ruego, estoy tan cansado... tan agotado...

Se había vuelto semejante a un niño: débil, temeroso, vulnerable.

—Padre —le contesté—, no puedes quedarte aquí.

Le señalé los cadáveres que había a su alrededor: ellos también habían querido descansar.

—Ya lo veo, hijo mío, lo veo muy bien. Déjalos dormir. No han cerrado los ojos desde hace tanto tiempo... Están extenuados... extenuados...

Su voz era tierna.

Yo aullé en el viento:

—¡No despertarán nunca más! Nunca más, ¿comprendes?

Discutimos así largo rato. Sentía que no era con él que

yo discutía sino con la misma muerte, con la muerte que él ya había elegido.

Las sirenas comenzaron a aullar. Alerta. Las lámparas de todo el campo se apagaron. Los guardias nos empujaron hacia los blocs. En un abrir y cerrar de ojos no quedó nadie en el recinto de llamada. Estábamos demasiado felices de no tener que quedarnos por más tiempo afuera, bajo el viento glacial. Nos dejamos caer sobre las tablas. Había camas de varios pisos. Los calderos de sopa, a la puerta de entrada, no habían hallado adherentes. Lo único que contaba era dormir.

Ya era de día cuando desperté. Entonces recordé que tenía un padre. Durante la alerta, había seguido a la avalancha sin ocuparme de él. Sabía que estaba agotado, al borde de la agonía, y sin embargo lo había abandonado.

Fui en su busca.

Pero, en ese momento surgió en mí el pensamiento: «¡Y, si no lo encuentro! Si pudiera desembarazarme de ese peso muerto, para poder luchar con todas mis fuerzas por mi propia supervivencia, ocuparme sólo de mí mismo». Enseguida sentí vergüenza, para toda la vida, de mí mismo.

Anduve horas enteras sin encontrarlo. Luego llegué a un bloc donde distribuían «café» negro. La gente hacía cola, se agolpaba luchando a brazo partido.

Una voz suplicante, doliente, me llegó desde la espalda:

—Eliézer, hijo mío... Tráeme... un poco de café...

Corrí hacia él.

—¡Padre! Te estuve buscando tanto tiempo... ¿Dónde estabas? ¿Dormiste?... ¿Cómo te sientes?

Debía de estar ardiendo de fiebre. Como una bestia salvaje, me abrí paso hasta el caldero de café. Y conseguí llevarme un tarrito. Tomé un trago. El resto era para él.

No olvidaré jamás la gratitud que iluminó sus ojos cuando tragó ese brebaje. El agradecimiento de un animal. Con esos pocos tragos de agua caliente le había procurado, sin duda, más satisfacciones que durante toda mi infancia...

Estaba tendido sobre el suelo, lívido, con los labios pálidos y resecos, sacudido por escalofríos. No pude quedarme más a su lado. Habían dado orden de abandonar el lugar para hacer la limpieza. Sólo los enfermos podían quedarse.

Permanecimos cinco horas afuera. Nos distribuyeron la sopa. Cuando nos permitieron volver a los blocs, corrí a ver a mi padre:

—¿Has comido?

—No.

—¿Por qué?

—No nos dieron nada... Dijeron que estábamos enfermos, que pronto moriríamos y que sería una lástima desperdiciar la comida... No puedo más...

Le di lo que me quedaba de la sopa. Pero tenía un peso en el corazón. Sentía que se la había dado contra mi voluntad. Como el hijo de Rabí Eliau, no había resistido la prueba.

Cada día se iba debilitando más, con la mirada turbia, el rostro color de hojas muertas. Al tercer día de nuestra llegada a Buchenwald todo el mundo tuvo que ir a las duchas. Hasta los enfermos, que debían pasar los últimos.

Al volver del baño, tuvimos que esperar largo rato afuera. Todavía no habían terminado la limpieza de los blocs.

Al ver de lejos a mi padre, corrí a su encuentro. Pasó

junto a mí como una sombra y siguió de largo sin detenerse, sin mirarme.

Lo llamé pero no se volvió. Corrí a su lado:

—Padre, ¿adónde vas?

Me miró y su mirada era lejana, resplandeciente, una cara distinta. Después de un momento siguió andando.

Atacado de disentería, mi padre estaba acostado en su cucheta y otros cinco enfermos con él. Yo estaba sentado a su lado, sin atreverme a creer que de nuevo podría escapar a la muerte. Sin embargo, hacía todo lo posible para darle ánimos.

De pronto se incorporó en su cucheta y acercó sus labios a mi oído:

—Eliézer... Tengo que decirte donde está el oro y la plata que he enterrado... En el sótano... ¿sabes?...

Se puso a hablar más y más rápidamente, como si temiera no tener ya tiempo para decírmelo todo. Traté de explicarle que todavía no había terminado todo, que volveríamos juntos a casa, pero él no quería escucharme. No podía escucharme. Estaba extenuado.

Un hilo de baba, mezclado con sangre, le corría por los labios. Había cerrado los ojos. Su respiración se hizo jadeante.

Conseguí cambiar con un detenido del bloc mi catre por una ración de pan. Por la tarde llegó el doctor. Fui a decirle que mi padre estaba muy grave.

—¡Tráelo!

Le expliqué que no podía tenerse en pie. Pero el médico no quiso escuchar nada. Como pude, llevé a mi padre. Lo miró y luego lo interrogó secamente:

—¿Qué quieres?

—Mi padre está enfermo —contesté en su lugar— ... Disentería...

—¿Disentería? No es asunto mío. Yo soy cirujano. ¡Vayan! ¡Dejen sitio a otros!...

Mis protestas no sirvieron de nada.

—No puedo más, hijo... Llévame de nuevo a la cucheta...

Lo volví a llevar y lo ayudé a acostarse. Tiritaba.

—Trata de dormir un poco, padre. Trata de dormir...

Su respiración era pesada, entrecortada. Tenía los ojos cerrados. Pero yo estaba persuadido de que veía todo. Ahora veía la verdad de todas las cosas.

Llegó otro doctor al bloc. Pero mi padre no quiso levantarse. Sabía que sería inútil.

Por otra parte, ese médico sólo venía para acabar con los enfermos. Le oí gritarles que eran unos haraganes, que solamente querían quedarse en cama... Pensé saltarle al cuello y estrangularlo. Pero no tenía ni valor, ni fuerzas.

Estaba atornillado a la agonía de mi padre. Las manos me dolían de tan crispadas que las tenía. ¡Estrangular al doctor y a los demás! ¡Incendiar el mundo! ¡Asesinos de mi padre! Pero el crimen me quedó en la garganta.

Al volver de la distribución de pan, encontré a mi padre llorando como un niño:

—¡Hijo, me pegan!

—¿Quiénes?

Creí que deliraba.

—El francés... y el polaco... Me han pegado...

Una llaga más en el corazón, un odio suplementario. Al menos, una razón de vivir.

—Eliézer... Eliézer... Diles que no me peguen... No les hice nada... ¿Por qué me golpean?

Empecé a insultar a mis vecinos. Ellos se burlaron de mí. Les prometí pan, sopa. Y ellos reían. Luego se encolerizaron: no podían soportar más a mi padre, decían, que no podía arrastrarse afuera para hacer sus necesidades.

Al día siguiente se quejó de que le habían quitado su pan.

—¿Mientras dormías?

—No. No dormía. Se arrojaron sobre mí. Me arrancaron mi pan... Me pegaron... Otra vez... No puedo más, hijo mío... Un poco de agua...

Sabía que no debía beber. Pero me imploró tanto que cedí. Para él, el agua era el peor veneno, pero ¿qué podía hacer? Con agua, sin agua, de todos modos terminaría pronto...

—Tú, al menos, ten piedad de mí...

¡Tener piedad de él! ¡Yo, su único hijo!

Así transcurrió una semana.

—¿Ése es tu padre? —me preguntó el responsable del bloc.

—Sí.

—Está muy enfermo.

—El doctor no quiere hacer nada por él.

Me miró a los ojos:

—El doctor no *puede* hacer nada por él. Y tú tampoco.

Apoyó su gruesa mano velluda sobre mi hombro y agregó:

—Escúchame bien, pequeño. No olvides que estás en un campo de concentración. Aquí cada uno debe luchar por sí mismo y no pensar en los demás. Ni siquiera en su padre. Aquí no hay padre que valga, ni hermano, ni amigo. Cada uno vive y muere para sí, solo. Te ofrezco un consejo: no des más tu ración de pan y sopa a tu viejo padre. No puedes hacer nada por él. Y te matas a ti mismo. Al contrario, deberías recibir su ración...

Lo escuché sin interrumpirlo. «Tiene razón», pensaba en lo más recóndito de mí mismo, sin atreverme a confesarlo. «Demasiado tarde para salvar a tu padre», pensaba. «Podrías tener dos raciones de pan, dos raciones de sopa...».

Sólo por una fracción de segundo, me sentí culpable. Corrí a buscar un poco de sopa y se la di a mi padre. Pero no tenía ningunas ganas de tomarla; sólo quería agua.

—No tomes agua, come la sopa...

—Estoy ardiendo... ¿Por qué eres tan malo conmigo, hijo?... Agua...

Le traje agua. Luego salí del bloc para la llamada. Pero volví sobre mis pasos. Me acosté en la cucheta de arriba. Los enfermos podían quedarse en el bloc. Por lo tanto estaría enfermo.

No quería apartarme de mi padre.

Ahora alrededor reinaba el silencio, sólo interrumpido por quejidos. Delante del bloc, los SS impartían órdenes. Un oficial pasó entre las camas. Mi padre imploró:

—Hijo, más agua... tengo sed... Mis tripas...

—¡Silencio allí! —aulló el oficial.

—Eliézer —continuó mi padre—, agua...

El oficial se acercó a él y le gritó que se callara. Pero mi padre no le oía. Continuaba llamándome. Entonces el oficial le asestó un violento cachiporrazo en la cabeza.

No me moví. Tenía miedo, mi cuerpo temía recibir también el golpe.

Mi padre lanzó otro estertor, y fue mi nombre: «¡Eliézer!».

Todavía lo veía respirar agitadamente. Yo no me movía.

Cuando volví después del pase de lista, todavía pude ver que sus labios temblorosos murmuraban algo. Inclinado sobre él permanecí más de una hora contemplándolo para grabar en mí su rostro ensangrentado, su cabeza destrozada.

Luego tuve que ir a acostarme. Trepé a mi cucheta, encima de mi padre que todavía vivía. Era el 28 de enero de 1945.

Desperté el 29 de enero a la madrugada. En lugar de mi padre yacía otro enfermo. Debían de habérselo llevado antes del amanecer para trasladarlo al crematorio. Tal vez respiraba aún...

No hubo oraciones en su tumba. Ni una vela encendida en memoria suya. Su postrera palabra había sido mi nombre. Una llamada a la cual yo no había respondido.

No lloré y me hizo daño no poder llorar. Pero ya no me quedaban lágrimas. Y, en el fondo de mí mismo, si hubiera hurgado en las profundidades de mi conciencia débil, tal vez habría encontrado algo parecido a esto: «¡Al fin libre!...».

Todavía tuve que quedarme en Buchenwald hasta el 11 de abril. No hablaré de mi vida durante esa época. No tenía ya ninguna importancia. Después de la muerte de mi padre, ya nada me importaba.

Fui trasladado a un bloc de niños, donde éramos seiscientos.

El frente se acercaba.

Pasaba mis días en total inactividad. Con un solo deseo: comer.

No pensaba más en mi padre ni en mi madre.

De vez en cuando se me ocurría soñar. Con un poco de sopa. Con un suplemento de sopa.

El 5 de abril, la rueda de la historia dio una vuelta.

Fue al atardecer. Estábamos todos parados en el bloc esperando que un SS viniera a pasar lista. Tardó en venir. Tal retraso no se había producido nunca, según recordaban los buchenwaldenses.

Debía de ocurrir algo.

Dos horas más tarde, los altavoces empezaron a trasmitir una orden del jefe del campo: todos los judíos debían dirigirse al recinto de llamada.

¡Era el fin! Hitler iba a cumplir su promesa.

Los niños de nuestro bloc se dirigieron hacia el recinto. No se podía hacer otra cosa: Gustav, el responsable del bloc, nos hablaba con su bastón... Pero, en el trayecto, encontramos a unos reclusos que nos susurraron:

—Vuelvan a su bloc. Los alemanes quieren fusilarlos. Vuelvan a su bloc y no se muevan de allí.

Volvimos al bloc. En el camino nos enteramos de que la organización de la resistencia del campo había decidido no abandonar a los judíos e impedir su exterminio.

Como se hacía tarde y el desorden era grande —innumerables judíos se habían hecho pasar por no judíos—, el jefe del campo decidió que al día siguiente se haría un pase de lista general. Todo el mundo debería presentarse a él.

El pase de lista tuvo lugar. El jefe del campo anunció que el campo de Buchenwald sería liquidado. Diez blocs de deportados serían evacuados cada día. A partir de ese momento, no hubo ya distribución de pan ni de sopa. Y comenzó la evacuación. Cada día algunos millares de detenidos atravesaban la puerta del campo y no volvían más.

El 10 de abril, todavía estábamos unos veinte mil en el campo, entre ellos unos centenares de niños. Decidieron evacuarnos a todos de una sola vez. Hasta la noche. Luego harían saltar el campo.

Estábamos entonces apiñados en el inmenso recinto de llamada, en filas de cinco, esperando que se abriera el portón. De pronto, empezaron a aullar las sirenas. Alerta. Volvimos a los blocs. Era demasiado tarde para evacuarnos esa noche. La evacuación fue postergada para el día siguiente.

El hambre nos torturaba; no habíamos comido nada

desde hacía seis días, salvo un poco de hierba y algunas cáscaras de patatas encontradas en los alrededores de las cocinas.

A las diez de la mañana, los SS se dispersaron a través del campo y comenzaron a rechazar a las últimas víctimas hacia el recinto de llamada.

El movimiento de resistencia decidió entonces entrar en acción. Por todas partes surgieron hombres armados. Ráfagas. Estallidos de granadas. Los niños permanecimos boca abajo en el piso del bloc.

La batalla no duró mucho. Alrededor de mediodía todo había vuelto a la tranquilidad. Los SS habían huido y los resistentes habían tomado la dirección del campo.

Aproximadamente a las seis de la tarde, el primer tanque americano se presentó a las puertas de Buchenwald.

Nuestro primer gesto de hombres libres fue lanzarnos sobre las vituallas. No pensábamos más que en eso. Ni en la venganza, ni en nuestros padres. Sólo el pan.

Y aun cuando ya no teníamos hambre, nadie pensó en la venganza. Al día siguiente, algunos jóvenes corrieron a Weimar a juntar patatas, buscar ropas... y acostarse con las muchachas. Pero de la venganza ni rastros.

Tres días después de la liberación de Buchenwald, caí muy enfermo: una intoxicación. Fui transferido al hospital y pasé dos semanas entre la vida y la muerte.

Un día pude levantarme, después de reunir todas mis fuerzas. Quise verme en el espejo que estaba colgado en la pared de enfrente. Desde el ghetto no había visto mi cara.

En el fondo del espejo, un cadáver me contemplaba.

Su mirada en mis ojos no me abandona más.

EL ALBA

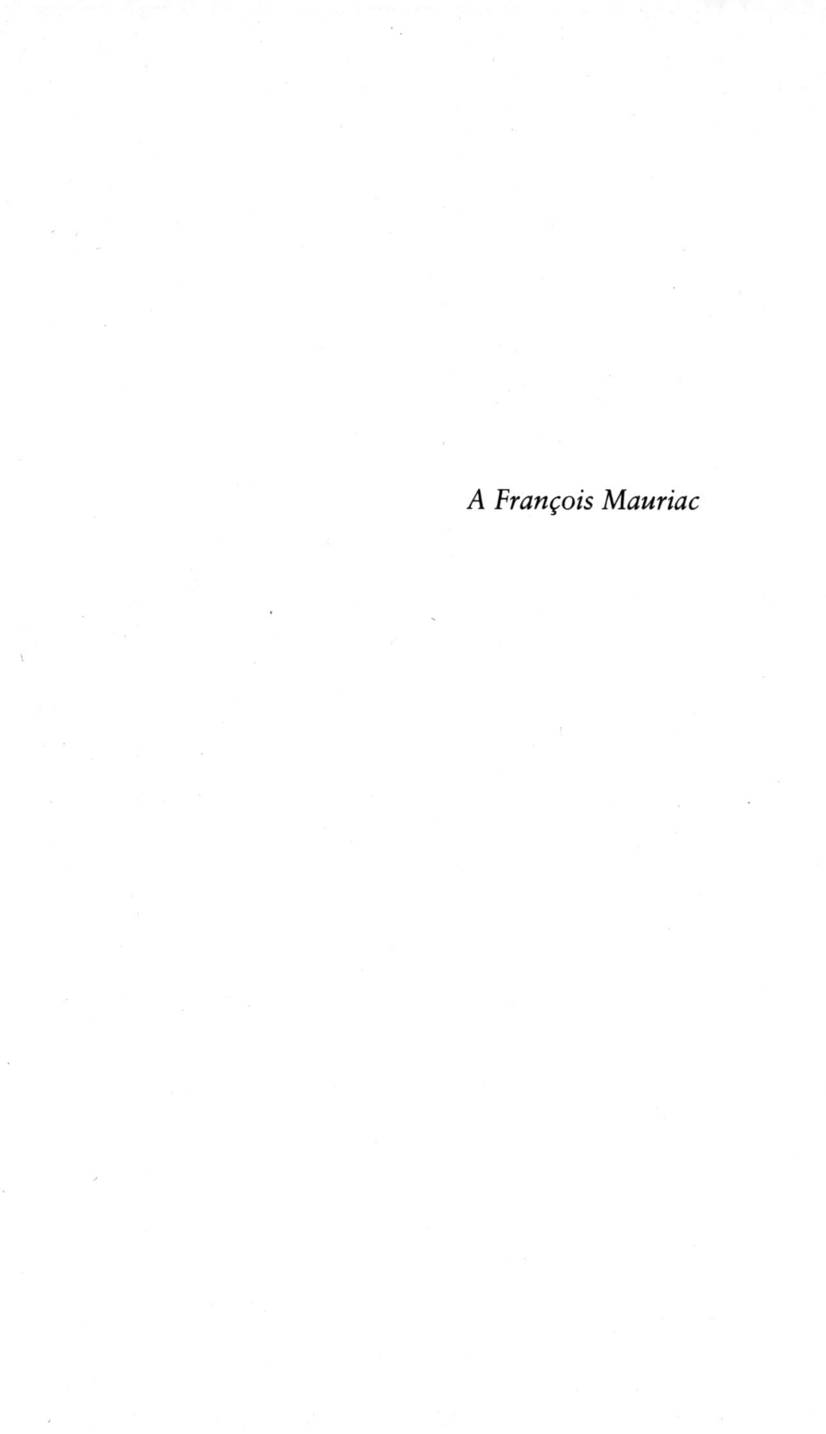

A François Mauriac

Un niño se puso a llorar en alguna parte. En la casa de enfrente una mujer de edad cerró las persianas. Hacía calor. Las noches de otoño son cálidas en Palestina.

De pie junto a la ventana, yo miraba el crepúsculo transparente que, al caer sobre la ciudad, la volvía más inmóvil, más irreal, más lejana, más silenciosa de lo que era.

«Mañana mataré a un hombre», pensaba por centésima vez, mientras me preguntaba si el niño que lloraba y la mujer de enfrente lo sabían.

No conocía a ese hombre. Para mí no tenía todavía rostro ni existencia bien definidos. No sabía nada de él. No sabía si se rascaba la nariz al comer, si hablaba o callaba cuando hacía el amor, si le gustaba odiar, si engañaba a su mujer, a su Dios, o a su porvenir. Lo único que sabía es que era inglés; que era mi enemigo. Y eso, ¿quién no lo sabía?

—No te atormentes —murmuró Gad—, estamos en guerra.

Apenas se le podía oír. Quise decirle que hablara fuerte, que nadie lo oiría. El niño, que seguía llorando, ahogaba todo ruido. Pero no pude abrir la boca. Pensaba en el hombre que moriría mañana. «Mañana —pensé—, estaremos ligados uno al otro por toda la eternidad, como sólo pueden estarlo el verdugo y su víctima».

—Es de noche —dijo Gad—. ¿Quieres que encienda?

Moví la cabeza negativamente. Todavía no estaba completamente oscuro. La cara no estaba aún ahí, en la ventana. Era ella la que me decía siempre el momento exacto en que la noche reemplazaba al día.

Un mendigo me había enseñado el arte de saber separar el día de la noche. Lo encontré una noche de invierno, en la sinagoga caldeada al máximo, donde acababa de recitar mis oraciones. Era alto, flaco, tenebroso. Estaba vestido (pobremente) de negro y sus ojos abismaban su mirada en una fuente que no era de este mundo.

Ocurrió a comienzos de la guerra. Yo tenía doce años. Mis padres estaban vivos aún y Dios habitaba todavía en nuestra pequeña ciudad.

—¿Es usted extranjero? —pregunté al mendigo.

—No soy de aquí —respondió con una voz que más que hablar escuchaba.

Yo, a los mendigos los quería y los temía a la vez. Sabía que hay que ser bueno con ellos pues nunca se sabe si son verdaderos mendigos. A menudo, nos dice la literatura jasídica, es el profeta Elías que se viste de mendigo para visitar la Tierra y el corazón de los hombres. Si uno es bueno con él, le ofrenda la eternidad. Pero el profeta Elías no es el único a quien le gusta pasearse vestido de mendigo. El Ángel de la Muerte también se divierte asustándonos en esa forma. La imprudencia es peligrosa con él: es capaz de arrebatarle a uno la vida o el alma.

En la sinagoga, el extranjero me dio miedo. Le pregunté si tenía hambre: no, no tenía hambre. ¿Tenía necesidad de algo? No, no necesitaba nada. Yo quería hacer algo por él, pero no sabía qué.

La sinagoga estaba vacía. Las velas irían a apagarse de un momento a otro. Estábamos solos. Poco a poco, sentí que me invadía una profunda angustia. Sabía que no debía permanecer con él en la sinagoga a medianoche. Pues, a medianoche, los muertos se levantan de sus tumbas y vienen para hacer sus plegarias. Si uno se encuentra allí, pueden llevárselo consigo para salvaguardar su secreto.

—Venga a casa —dije al mendigo—. Allí tendrá comida y una cama para dormir.

—No duermo nunca —respondió el mendigo.

Ahora estaba seguro de que no era un mendigo...

Le dije que tenía que volver a mi casa y se ofreció a acompañarme un trecho del camino. Mientras caminábamos por las callejuelas cubiertas de nieve, me preguntó si le tenía miedo a la oscuridad.

—Sí —le contesté—, le tengo miedo a la oscuridad. Hubiera querido agregar que también le tenía miedo a él, pero estaba seguro de que lo sabía.

—No hay que tenerle miedo a la oscuridad —me advirtió mientras me tomaba del brazo (lo que me hizo estremecer)—. La noche es más clara que el día. Se piensa mejor, se ama mejor, se sueña mejor de noche. De noche todo se vuelve más intenso, más verdadero. Una frase pronunciada de día adquiere un sentido diferente, más profundo, de mayores alcances, cuando su eco nos llega de noche. La tragedia de los hombres es que no saben cuándo es de noche y cuándo es de día. Dicen de noche las cosas que deberían decir de día.

Al llegar a la puerta de nuestra casa, se detuvo. Le pregunté si no quería entrar. No, no quería. Tenía que irse. Pensé: «Va a volver a la sinagoga para recibir a los muertos a medianoche».

—Escucha —me dijo, y los dedos de su mano se cerraron sobre mi brazo—, voy a enseñarte el arte de separar el día de la noche. Mira siempre a la ventana y, si no está a tu alcance, mira los ojos de un ser humano; si ves en ellos una cara, cualquiera, sabrás que la noche ha ocupado el lugar del día. Pues, has de saber que la noche posee un rostro.

Luego, sin darme tiempo para contestarle algo, me dijo adiós y desapareció en la nieve.

Desde entonces, todas las tardes, a la hora del crepúsculo, me gustaba pararme junto a una ventana para contemplar la llegada de la noche. Del otro lado de la ventana había siempre una cara. Pero no siempre era la misma, pues la noche tampoco es siempre la misma. Al comienzo, era la cara del mendigo. Después de la muerte de mi padre, fue la suya que me miraba con los ojos inmensos de la muerte y del recuerdo. A veces, fueron seres desconocidos quienes aportaron a la noche su cara bañada en lágrimas o su sonrisa olvidada. No sabía nada de ellos, salvo que estaban muertos.

—No te atormentes —dijo Gad—. No te atormentes en la oscuridad. Estamos en guerra.

Pensé en el hombre a quien iba a matar al alba y pensé también en el mendigo. De pronto, un estremecimiento me recorrió la espalda. Un pensamiento absurdo pasó por mi mente: «¿No sería al mendigo a quien iba a matar al alba?».

Afuera, el crepúsculo terminó abruptamente, como ocurre a menudo en el Medio Oriente. El niño seguía llorando y me pareció que su llanto era más triste que antes. Ahora la ciudad se asemejaba a un barco fantasma. Se sumergía en la noche silenciosamente.

Miré hacia la ventana donde, desde las profundidades de la noche, comenzaba a formarse un rostro hecho de jirones de sombras. Sentí un dolor agudo en la garganta.

Un dolor que me destrozaba el alma. Asombrado, no podía separar la mirada de ese rostro.

Era el mío.

Una hora antes, Gad me había anunciado la decisión del Viejo: la ejecución tendría lugar al día siguiente al amanecer. Todos los condenados mueren al alba.

La decisión del Viejo no había sido una sorpresa para mí. La esperaba. Todo el mundo la esperaba. Los habitantes de Palestina lo sabían: el Movimiento cumple su palabra. Siempre. Los ingleses también lo sabían.

Un mes antes, uno de nuestros combatientes, herido durante una operación terrorista, había sido apresado por la policía. Sobre él habían encontrado armas. Aplicando las leyes marciales promulgadas en el país, un tribunal militar había dado el veredicto que se suponía: la muerte por la horca.

Era la décima condena a muerte que nos infligían las autoridades mandatarias. El Viejo había decidido que era suficiente: no podía permitir que los ingleses transformaran la Tierra Santa en un cadalso. Por lo tanto, anunció la nueva política del Movimiento: represalias.

Mediante afiches pegados de noche y emisiones de radios clandestinas, el Movimiento lanzó a los ingleses una solemne advertencia: «No ahorquen a David ben Moshe: no lo ahorquen, pues su muerte les costará cara. En adelante, por cada combatiente judío que sea colgado, una madre inglesa llorará la muerte de su hijo».

Para dar más peso a nuestras palabras, el Viejo dio orden de tomar un rehén, preferentemente un oficial. La suerte quiso que fuese un capitán llamado John Dawson. Se paseaba solo, al atardecer, y nuestros hombres estaban al acecho de oficiales ingleses que se pasearan solos al atardecer.

El rapto de John Dawson produjo un estallido de tensión muy grande en el país. El ejército británico proclamó el toque de queda por cuarenta y ocho horas. Cada casa fue registrada de arriba abajo. Centenares de sospechosos fueron detenidos. En todos los cruces de caminos se situaron tanques. Los techos de las casas fueron transformados en nidos de ametralladoras. En las esquinas de las calles hicieron su aparición las alambradas. Palestina se transformó en una gigantesca prisión.

Pero, en el corazón de esa prisión de enormes dimensiones, se hallaba otra: la del Movimiento en que se guardaba a un rehén que resultó inhallable para sus hermanos de armas.

El alto comisario para Palestina advirtió a la población, en una proclama breve y aterradora, que ella sería considerada responsable si John Dawson, capitán al servicio de Su Majestad, fuera ejecutado por los terroristas.

La calle se atemorizó. El término «pogrom» era mencionado en las conversaciones.

—¿Crees que son capaces de hacerlo?

—¿Por qué no?

—No se atreverán.

—¿Por qué no?

—El mundo no dejará que lo hagan.

—¿Por qué? Recuerda a Hitler; el mundo lo dejó hacer.

La situación era grave; los dirigentes sionistas, predicando la prudencia y condenando el terrorismo, inmediatamente se pusieron al habla con el Viejo. Le suplicaban: «No vayan demasiado lejos; se juega la vida misma del país; no maten al oficial británico; se habla de pogrom, de venganzas; ustedes ponen en peligro la vida de mujeres y hombres inocentes».

El Viejo les respondió: «Si David ben Moshe muere,

John Dawson morirá también. Si el Movimiento retrocede, será una victoria para los ingleses; sería un signo de debilidad de nuestra parte; sería una confesión de impotencia; sería como si dijéramos a los ingleses: "Adelante, son dueños de colgar a los jóvenes judíos que les hacen frente". No, el Movimiento no retrocederá. El lenguaje que ellos comprenden es la violencia. Hombre por hombre. Muerte por muerte».

La lucha atrajo la atención del mundo entero. La gran prensa publicó titulares en París, Londres, Nueva York. Una decena de enviados especiales volaron hasta Lydda. David ben Moshe y John Dawson compartieron las primeras planas de diarios y revistas. Jerusalén había vuelto a ser el centro del universo. En Londres, una mujer fue recibida en audiencia por el ministro de Colonias; intervino en favor del terrorista judío.

Era la madre de John Dawson. Imploró gracia para David ben Moshe, cuya vida estaba ligada a la de su hijo. El ministro, grave y sonriente, le respondió: «No tema nada, señora. Los judíos no se atreverán. Usted los conoce: gritan, lloran, pronuncian palabras cuyo sentido mismo les inspira temor. No, señora, tranquilícese. Su hijo no morirá».

El alto comisionado no estaba tan convencido. Envió un cable al *Colonial Office* recomendando conceder la gracia. El motivo: ese gesto nos atraerá la simpatía y el apoyo de la opinión pública, tanto en Palestina como en el extranjero.

La respuesta de Londres le llegó por teléfono. El ministro mismo estaba al habla. El pedido había sido examinado en sesión del gabinete. Dos miembros del Gobierno lo habían apoyado. Los demás se opusieron a él. En primer lugar por razones políticas, pero también porque en ello se jugaba el prestigio de la corona, del Imperio. Esa gracia sería interpretada como signo de debilidad. Y ello podría estimular a otros jóvenes, sedicentemente idealistas, de otras colonias. Dirían: «En Palestina, un grupo de terroristas le dice a Gran Bretaña lo que debe o no debe hacer». «Seremos el hazmerreír del mundo —agregó—. Por otra parte, piense también en la Cámara de los Comunes. La oposición, que ya se anotó puntos, nos barrerá».

—Entonces, ¿es no? —preguntó el alto comisionado para Palestina.

—Es no.

—¿Y John Dawson, Excelencia?

—No se atreverán.

—Me permito expresar una opinión contraria.

—Está en su derecho.

Algunas horas más tarde, la radio oficial de Jerusalén anunciaba: «La ejecución de David ben Moshe tendrá lugar mañana de madrugada, en la prisión de Acre. Los padres del condenado han sido autorizados esta tarde para hacerle una visita y decirle adiós. El alto comisionado llama a la población a mantenerse en calma».

Luego siguieron otras informaciones: «En las Naciones Unidas se preparan para el debate sobre Palestina; en el Mediterráneo, dos barcos que llevaban a bordo emigrantes ilegales hacia Haifa, fueron inspeccionados; los pasajeros serán internados en Chipre. Accidente de auto en Natanya: un muerto, dos heridos. El tiempo que hará mañana: cálido, cielo claro, visibilidad ilimitada. Repetimos nuestro primer boletín: David ben Moshe, condenado a muerte por actos de terrorismo, será ejecutado...».

El locutor no había dicho nada sobre John Dawson. Pero todos aquellos que escuchaban, sobrecogidos de angustia, sabían: morirá. El capitán inglés seguirá a David ben Moshe en su muerte. El Movimiento mantendrá su palabra.

—¿Quién ejecutará a John Dawson? —pregunté a Gad.

—Tú —respondió.

—¿Yo? —pregunté sorprendido. No daba crédito a mis oídos.

—Tú —repitió Gad. Después de un momento, agregó—: Son órdenes del Viejo.

Tuve la impresión de haber recibido un puñetazo en pleno rostro. La tierra se abrió bajo mis pies y sentía que caía en un vacío donde toda existencia toma la forma de una pesadilla.

—Es la guerra —dijo Gad.

Su voz me llegaba de lejos, de tan lejos que apenas podía oírlo.

—Es la guerra. No te atormentes.

«Mañana mataré a un hombre», pensé en mi caída. «Yo mataré a un hombre».

Me llamo Elisha.

En la época en que se desarrollaba esta historia, yo tenía dieciocho años. Fue Gad quien me hizo venir a Palestina; fue él quien me hizo ingresar al Movimiento; fue él quien me transformó en terrorista.

Me había encontrado con él en París, donde había ido a vivir al finalizar la guerra. Llegué directamente de Buchenwald.

Cuando el campo fue liberado por el ejército norteamericano, me ofrecieron repatriarme a mi casa. Pero rechacé la oferta. No quería revivir mi infancia; no quería volver a ver nuestra casa, ocupada, sin duda, por gente extraña. Sabía que mis padres no vivían ya; sabía también que mi ciudad natal estaba bajo la ocupación soviética. ¿Para qué volver? «No, gracias —respondí—. No quiero volver a mi casa».

—¿Adónde quieres ir? —me preguntaron.

Les respondí que no sabía, que me daba lo mismo. Iría a cualquier parte.

Después de permanecer cinco semanas en el Buchenwald liberado, me metieron en un tren que iba a París. Francia me ofrecía refugio. Al llegar a París, una institución de ayuda me envió a pasar un mes de vacaciones —para que pudiera restablecerme— a un campamento de jóvenes, en Normandía.

De regreso en París, la misma institución de ayuda me procuró una habitación, en la calle Marois, y me asignó una pequeña suma que me permitió vivir y pagarme las lecciones de francés que un señor bigotudo —cuyo nombre he olvidado— me daba todos los días, salvo sábados y domingos. Deseaba adquirir el dominio suficiente de la lengua francesa para seguir cursos de filosofía en la Sorbona.

La filosofía me atraía: quería comprender el sentido de los acontecimientos de los cuales había sido víctima. Ese grito de dolor, de cólera, que había lanzado en el campo contra Dios y contra el hombre que sólo se le parece por lo cruel, quería volver a oírlo en términos actuales, analizarlo en un clima de distensión.

Me obsesionaban tantas preguntas. ¿Dónde se encuentra a Dios? ¿En el sufrimiento o en su negación? ¿Cuándo es humano un hombre? ¿Diciendo sí o gritando no? ¿A dónde conduce el sufrimiento al hombre? ¿A la pureza o a la bestialidad?

«La filosofía me dará respuesta a estas preguntas», pensaba. «Disipará mis dudas, mis recuerdos, mis sentimientos de culpabilidad. Los disipará o, al menos, los clarificará, los cristalizará».

Tenía el propósito de inscribirme en la Sorbona y seguir los cursos regularmente.

Pero no hice nada.

Fue Gad quien me apartó de mis estudios. Si aún hoy día sólo soy interrogación, a él le incumbe la responsabilidad.

Una tarde llamaron a la puerta de mi cuarto. Abrí preguntándome quién podía ser. No tenía amigos en París. No conocía a nadie y me pasaba la mayor parte del tiempo sentado en mi cuarto con un libro, o con la mano ante los ojos, ante el pasado.

—Quisiera hablarle.

El hombre que estaba parado frente a la puerta entreabierta era joven, alto, esbelto. Llevaba un impermeable que le daba un aire de policía o de aventurero.

—Entre —le dije después que él ya hubo entrado en la habitación.

No se quitó el impermeable. Silencioso, se acercó a la mesa, tomó en sus manos algunos libros que estaban apilados en ella y los hojeó con aire ausente; luego los dejó caer. Entonces levantó la vista hacia mí.

—Sé quien es usted —me dijo—. Lo sé todo sobre usted.

Tenía la mirada acerada, enérgica, el pelo enmarañado. Un mechón le caía sin cesar sobre la frente. Su boca era dura, casi cruel, y acentuaba la bondad, la inteligente intensidad de su mirada.

—Tiene usted más suerte que yo —le respondí—. Yo sé muy pocas cosas sobre mí mismo.

Una sonrisa asomó a sus labios.

—No he venido a hablarle de su pasado —agregó.

—El futuro sólo tiene para mí un interés muy limitado —respondí.

Continuó sonriendo.

—¿El futuro? —preguntó—. ¿No le interesa?

Me sentía incómodo en su presencia. No lo comprendía. Se me escapaba el sentido de sus preguntas. Algo en él me irritaba. Tal vez su superioridad sobre mí por el hecho de que supiera quién era yo, mientras que yo ignoraba hasta su nombre. Me dirigía una mirada que reflejaba tanta familiaridad, tanta expectativa, que por un momento pensé que se había equivocado de persona y que no venía a verme a mí sino a algún otro.

—¿Quién es usted? —le pregunté—. ¿Quién es? ¿Qué quiere de mi futuro?

—Me llamo Gad —respondió con voz profunda, concentrada, como si me ofreciera una frase cabalística que contuviera respuestas a todas las preguntas. Me dijo: «Me llamo Gad», como Dios dice: «Yo soy el que Soy».

—Bueno —contesté, curioso e inquieto a la vez—. Usted se llama Gad. Encantado. Y ahora que se han hecho las presentaciones, tal vez podría decirme el objeto de su visita. ¿Qué quiere de mí?

Sentí que su mirada penetraba hasta el fondo de mi ser. La dejó fija en mí algunos instantes y después, con voz tranquila, natural, empleando un tono oficinesco, respondió:

—Quiero que me entregue su futuro.

De niño, educado en un medio jasídico, había oído hablar mucho de extrañas historias sobre el Meshulah, ese mensajero misterioso del destino, que puede hacer cualquier cosa, en cualquier momento y en cualquier forma. Ese mensajero —cuya voz lo hace a uno estremecer— es todopoderoso, puesto que su misión lo supera a él y nos supera a nosotros. Cada palabra que pronuncia proviene del absoluto, del infinito: su sentido atrae y atemoriza al mismo tiempo. «Sin duda, Gad es un Meshulah», pensé. No era su apariencia física lo que me hacía pensar así: era su voz, era lo que esa voz decía.

—¿Quién es usted? —pregunté de nuevo.

Me daba miedo. En mi interior, algo me decía que, al final del camino que recorrería con él, iba a esperarme un hombre que se me parecería y al que odiaría. Creo que ya entonces sabía que algún día mataría a un hombre.

—Soy un mensajero.

Sentí que me ponía lívido. Así pues, lo había adivinado. Era un mensajero. El hombre del destino. Nada podía negársele. Es preciso darle todo, hasta la esperanza, si la reclama.

—Quiere mi futuro —le dije—. ¿Qué hará usted con él?

Volvió a sonreír, pero su sonrisa era fría, distante, hermética. Así sonríe aquel que posee un poder sobre los hombres.

—Haré con él un grito —y un extraño resplandor encendió las tinieblas de sus ojos—. Al principio un grito de desesperación, de esperanza después. Al fin será un grito de victoria.

Me senté en la cama ofreciéndole la única silla que tenía en la habitación. Pero siguió de pie. En las leyendas jasídicas, el Mensajero está siempre de pie como si su cuerpo tuviera que servir, en todo momento, de lazo de unión entre el cielo y la tierra.

Quieto, con la cabeza inclinada sobre el hombro derecho, cubierto con su impermeable —del cual parecía no separarse nunca—, con la mirada y los labios ardientes, empezó a hablar del Movimiento.

Fumaba mucho. Pero, aun al encender un cigarrillo, mantenía su mirada oblicua sobre mí y no interrumpía la avalancha de sus palabras.

Gad habló hasta la madrugada y yo lo escuchaba con los ojos y el alma extasiados. Así había escuchado de niño a mi viejo maestro, de barba amarillenta, que me hizo descubrir el universo misterioso de la Cábala, donde toda idea es una historia, donde toda historia —aun la que relata la vida de una sombra— es una chispa de la eternidad.

Esa noche, Gad me habló de Palestina, del sueño milenario de los judíos de establecer allí una patria independiente y libre, donde todos los actos humanos serían actos libres.

Me describió la lucha encarnizada que el Movimiento terrorista llevaba contra los ingleses.

—El gobierno inglés ha enviado cien mil soldados para mantener lo que llama el orden. Nosotros, quiero decir el Movimiento, sólo somos un centenar de camaradas. Pero les hacemos temblar. ¿Entiende? Hacemos temblar a los ingleses —exclamó, y vi en el negro de sus ojos un centenar de chispas que hicieron temblar a cien mil uniformes.

Era la primera vez en mi vida que oía una historia judía en la que no eran los judíos los que temblaban. Hasta entonces había creído que la misión del judío consistía en ser el temblor de la Historia más bien que el viento que la hace temblar.

—Los paras, los perros policía, los tanques, los aviones, las ametralladoras, los verdugos, todos tiemblan —repitió Gad—. La Tierra Santa se ha convertido en una tierra de terror. No se atreven a salir a la calle de noche; no se atreven a mirar a una muchacha en los ojos por temor a que les dispare una bala en el vientre; no se atreven a acariciar la cabeza de un niño por temor de que les arroje una granada a la cara. No se atreven a hablar. No se atreven a callar. Tienen miedo.

Durante horas enteras, Gad me describió las noches azules de Palestina, su belleza serena y tranquila. Usted pasea al atardecer con una mujer, le dice que la ama, que es hermosa, y veinte siglos se enteran al instante. Pero las noches no son fuente de belleza en lo que respecta a los ingleses. Para ellos se abren y se cierran como tumbas. Cada atardecer, uno, dos, diez soldados entran en la noche para no salir.

Gad me explicó lo que esperaba de mí: que lo acompañara abandonando todo y uniéndome a la lucha. El Movimiento necesitaba fuerzas nuevas, refuerzos. El Movimiento necesitaba jóvenes que le ofrecieran su porvenir. La suma de esos futuros era la liberación de Israel, era el porvenir de Palestina.

Era la primera vez que oía hablar de todo eso. En casa, mis padres no eran sionistas. Sión, para mí, era una idea santa, divina, una esperanza mesiánica, una plegaria, un latido del corazón, y no un lugar geográfico, una realidad política, una causa en cuyo nombre se moría y se mataba.

Los relatos de Gad me fascinaban. Vi en él a un príncipe de la historia judía, el mensajero de la leyenda, enviado por el destino a través de los mundos de mi imaginación, con la misión de decirle al pueblo cuyo pasado se había convertido en una religión: «Venid, venid, venid. El futuro os espera. Os abre los brazos. Desde ahora no seréis perseguidos, humillados, escarnecidos, ni siquiera compadecidos. Ya no seréis extranjeros viviendo en tiempos que no son vuestros, en un espacio que no os pertenece. Venid, hermanos, venid».

Gad calló y se acercó a la ventana para ver despuntar el día. La noche comenzó a disiparse. Una luz pálida, fatigada ya, color de agua turbia, invadió la habitación de la calle Marois.

—Acepto —dije.

Debí de decirlo con voz tan apagada que Gad no pudo oírme. Siguió de pie junto a la ventana y, después de un momento de silencio, se volvió hacia mí y observó:

—He aquí el alba. En nuestra tierra es diferente. Aquí, el alba es gris; allá, en Palestina, es rojiza, color de fuego.

—Acepto, Gad —repetí.

—Ya te había oído —respondió con una sonrisa que tenía el color del alba—. Partirás dentro de tres semanas.

Una ligera brisa me hizo estremecer. Estábamos en otoño. «Tres semanas», pensé. Después, lo desconocido. Tal vez fue ese pensamiento y no la brisa lo que me hizo estremecer.

Creo que ya en ese momento algo en mí sabía que al final del camino que iba a recorrer al lado de Gad me esperaría un hombre, un hombre que se me parecía, un hombre señalado para matar a otro hombre que, tal vez, se le parecía.

«Habla la voz de Jerusalén... He aquí nuestras informaciones... La ejecución de David ben Moshe tendrá lugar mañana al amanecer... El alto comisionado lanza una llamada a la calma a toda la población... Toque de queda a partir de las nueve de la noche... No salgan a la calle... Repito, no salgan a la calle... El ejército ha recibido orden de disparar sobre ustedes...».

La voz del locutor dejaba traslucir su emoción. Al pronunciar el nombre de David ben Moshe, debía de tener lágrimas en los ojos.

El joven combatiente fue el héroe del día en el mundo entero. Todos los movimientos de resistencia de Europa organizaron manifestaciones ante las embajadas de Gran Bretaña. Los grandes rabinos de todas las capitales firmaron un telegrama dirigido a Su Graciosa Majestad. El telegrama contenía una sola frase: «No cuelguen a un joven soñador cuyo único crimen es su idealismo». Una frase, seguida de unos treinta nombres. Una delegación judía fue recibida en la Casa Blanca y el Presidente prometió intervenir en favor del joven judío. Ese día la humanidad tenía un solo corazón: el de David ben Moshe.

Eran las ocho de la noche. Afuera ya estaba oscuro. Gad encendió la luz. El niño volvió a llorar.

—Cerdos —murmuró Gad—. Lo van a colgar.

La cara y las manos le ardían. Se sintió inquieto. Empezó a andar por el cuarto, encendió un cigarrillo y enseguida lo arrojó al suelo para encender otro.

—¡Lo van a ahorcar, lo van a ahorcar! —repitió—. ¡Qué cerdos!

El locutor terminó de dar las informaciones. Siguió un programa de música coral. Yo iba a apagar la radio pero Gad intervino.

—Son las ocho y cuarto. Busca nuestra estación.

Nervioso, yo no lograba encontrarla.

—Déjame a mí —me espetó Gad.

La trasmisión acababa de comenzar. La locutora tenía una voz muy hermosa, muy grave. Palestina conocía esa voz. Todas las tardes, a las ocho y cuarto, en todas las casas, hombres, mujeres, niños interrumpían trabajos y juegos para escuchar la voz cálida y misteriosa que comenzaba sus emisiones con las seis palabras familiares: «Aquí, la Voz de la Libertad...». Los judíos de Palestina amaban a esa jovencita, o esa mujer, sin saber quién era. Los ingleses hubieran dado oro por poder echarle mano. Para ellos era tan peligrosa como el Viejo. También ella formaba parte de la leyenda. Pero muy poca gente sabía a quien pertenecía esa voz de oro. No pasaban de cinco. Gad lo sabía. Yo lo sabía. Los dos conocíamos a la locutora. Era Ilana. Gad la amaba y ella amaba a Gad. En cuanto a mí, amaba el amor de ellos. Lo necesitaba. Tenía necesidad de saber que el amor existe y que engendra sonrisas y alegrías.

—Aquí, la Voz de la Libertad —repitió Ilana.

Un estremecimiento recorrió la cara sombría de Gad. Estaba al lado del aparato, inclinado, doblado en dos, sobre él. Se hubiera dicho que quería tocar con su mano, con sus ojos, la voz pura, la voz conmovida de Ilana que, esa noche, era también la mía y la de toda Palestina.

—Dos hombres se preparan a recibir la muerte mañana, al amanecer —dijo Ilana como si leyera un pasaje de una Biblia reescrita cada día—. Uno merece nuestra admiración; otro nuestra compasión. David ben Moshe, nuestro hermano hecho guía, sabe por qué muere; John Dawson no lo sabe. Ambos son jóvenes. Son hermosos, inteligentes, destinados a la felicidad y a la vida. Podían haber sido amigos. Pero no lo serán. No lo serán nunca. Mañana, al amanecer, morirán. Morirán a la misma hora, en el mismo minuto, pero no juntos. Un abismo los separa. La muerte de David ben Moshe tiene un sentido. La de John Dawson no lo tiene. David es un héroe. John, una víctima...

Ilana habló unos veinte minutos. La última parte de su emisión estuvo enteramente dedicada a John Dawson quien, más que David ben Moshe, tenía necesidad de palabras de aliento.

Yo no conocía a David ni a John, pero me sentía ligado a ellos y a lo que les ocurría. De pronto, una idea atravesó mi espíritu como un relámpago. Al evocar la muerte que esperaba a John Dawson, Ilana habló de mí. Soy yo quien lo matará. ¿Y quién matará a David ben Moshe? Por un momento tuve la impresión de que era yo quien mataría a uno y a otro, y a todos los David y a todos los John de la tierra, que yo era todos sus verdugos. «Helos aquí», pensé. Dieciocho años. Dieciocho años de búsquedas, de sufrimientos, de estudios, de rebeldías. He aquí el resultado. Quería comprender la esencia de la pureza humana. Buscaba el camino que conduce al hombre. Hice esfuerzos para estar en la verdad y heme aquí en camino de convertirme en un asesino, asociado a la muerte y a Dios. Me acerqué al espejo que colgaba de la pared. Quería verme. Y me vi. Contuve un grito sordo: tenía ojos por todas partes.

De niño le tenía miedo a la muerte, no tenía miedo de morir. Pero, cada vez que pensaba en la muerte, temblaba de angustia.

—La muerte —decía mi viejo maestro cabalista de barba amarillenta, llamado Kalman—, la muerte es un ser que no tiene manos, ni piernas, ni boca, ni cabeza. Está hecha de ojos. Si algún día encuentras un ser que tiene ojos por todas partes, sabrás que es la muerte.

Gad permanecía siempre inmóvil junto al aparato y escuchaba intensamente lo que decía Ilana.

—Mírame —le dije.

No me oyó.

—John Dawson, usted tiene una madre —decía Ilana—. Estará llorando o desesperándose en silencio. No irá a acostarse esta noche. Permanecerá sentada en un sillón, junto a la ventana, y con el reloj en la mano esperará el amanecer. Después sentirá un vuelco en el corazón. En ese mismo momento, su corazón dejará de latir. «Han matado a mi hijo, gritará ella antes de desplomarse. ¡Asesinos!...». No, señora Dawson, no somos asesinos.

—Mírame, Gad —repetí.

Levantó los ojos, me miró, se encogió de hombros y volvió a escuchar a Ilana. «Gad no sabe que yo soy la muerte», pensé. Pero ella debe de saberlo, esa madre silenciosa que está sentada, sola, ante la ventana que da al jardín blanco, en alguna parte de los alrededores de Londres. Lo sabe sin duda. Lo adivina. Mira la noche que tiene, tal vez, mi rostro, mi rostro que tiene ojos por todas partes.

—No, señora Dawson. No somos asesinos. Lo son los

ministros de ustedes. Son ellos que matarán a su hijo mañana al amanecer. Nosotros hubiéramos querido amarlo, recibirlo como a un hermano, ofrecerle el pan y la leche y hablarle de la belleza de nuestro país. Pero el gobierno de ustedes, señora, lo convirtió en enemigo nuestro y, con ello, firmó su sentencia de muerte. Pero nosotros no somos asesinos...

Escondí la cabeza entre las manos. El niño ya no lloraba.

Yo había matado ya antes; estaba seguro de ello. No podía ser de otro modo. Pero las circunstancias eran diferentes. El acto tenía otras dimensiones, otros testigos.

Desde mi llegada a Palestina, algunos meses atrás, había participado en muchos encuentros con la policía, en decenas de operaciones de sabotaje, en atentados contra convoyes militares, recorriendo los caminos verdes de Galilea o las blancas rutas del desierto. A menudo hubo muertos de ambos lados. Pero la proporción se inclinaba siempre en nuestro favor pues la noche era nuestra aliada. Invisibles e inasibles, podíamos atacar en los sitios más sorprendentes, en los momentos más inesperados, destruir un campo militar, abatir a una docena de soldados y desaparecer sin dejar rastros. El objetivo del Movimiento era: matar a la mayor cantidad de soldados posible. Algo tan simple como eso.

Se esforzaron en meterme esa idea en la mente desde el primer día, desde mis primeros pasos en la tierra de Palestina. Al descender del barco, en Haifa, dos camaradas me recibieron, me llevaron en su coche hasta una casa de dos pisos que se encontraba en alguna parte, entre Ramat-Gan y Tel-Aviv. Alquilada a nombre de un profesor de lenguas (para justificar ante los vecinos las idas y venidas de una cantidad tan grande de muchachos y muchachas), servía al Movimiento, que había organizado allí cursos de terrorismo para los recién venidos, uno de los cuales era yo. Además, la casa —a la que llamábamos escuela— estaba provista de una prisión subterránea, en donde alojábamos a los prisioneros, rehenes y camaradas buscados por la policía. En esa misma prisión, esa noche, John Dawson esperaba su ejecución. El escondite era enteramente seguro y no había ningún riesgo de que fuera descubierto. Muchas veces, el ejército y la policía habían registrado la casa de arriba abajo; los perros policía muchas veces se habían encontrado muy cerca de John Dawson. Una pared los separaba; pero no la habían franqueado.

El comandante del curso era Gad, pero otros instructores, siempre enmascarados, nos enseñaban el arte de manejar el revólver, el fusil ametrallador, la granada. También aprendíamos a emplear con eficacia el puñal, a estrangular a un hombre sin hacer el más mínimo ruido y a evadirnos de una celda cualquiera.

El curso duraba seis semanas. Durante dos horas diarias, Gad nos hablaba de la política del Movimiento. El objetivo: expulsar a los ingleses. El método: el miedo, el terrorismo, la muerte.

—El día que Londres comprenda que, para permanecer en Palestina, Inglaterra debe pagar un precio de sangre, la ocupación británica tocará a su fin —aseguraba Gad—. Sé bien que es injusto. Que es inhumano. Que es cruel. Pero la elección no está en nuestras manos. Durante generaciones quisimos ser mejores, más puros que nuestros perseguidores. Ya conocen el resultado: Hitler, los campos de exterminio de Alemania. Bueno, ya estamos hartos de ser más justos que los que tienen la pretensión de hablar en nombre de la justicia. Ellos no invocaban la justicia cuando los nazis aniquilaban a la tercera parte de nuestro pueblo. Cuando se mata a los judíos, todo el mundo calla. Veinte siglos de nuestra historia lo prueban. No podemos contar con nadie salvo con nosotros mismos. Si hay que volverse injusto e inhumano para expulsar a los que son injustos e inhumanos con nosotros, lo seremos. No nos gusta sembrar la muerte. Hasta ahora hemos preferido siempre el papel de víctima al de verdugo. NO MATARÁS: ese mandamiento fue dado a la humanidad desde la cima de uno de los montes de Palestina. Fuimos los únicos en obedecerlo. Pero dejaremos de hacerlo. Seremos como todo el mundo. La muerte será, no nuestro oficio, sino nuestro deber. Durante los días, las semanas y los meses futuros, sólo deben pensar en esto: matar a los que nos convierten en asesinos... Matarlos para que podamos volver a ser hombres...

El último día un desconocido, también enmascarado, se presentó y nos habló del undécimo mandamiento del Movimiento: odia a tu enemigo. Tenía una voz dulce, tímida, soñadora. Creo que era el Viejo. No estoy seguro, pero algunas palabras que pronunció nos hicieron temblar de emoción, de ardiente entusiasmo. Durante largo rato después que nos dejó, sentí vibrar en mí sus palabras. Gracias a él penetré en un mundo mesiánico en el cual el destino tenía el rostro de un mendigo enmascarado y donde ningún acto se perdía, donde ninguna mirada era malgastada.

Recordé lo que mi viejo maestro de barba amarillenta me había dicho un día al explicarme el sexto mandamiento: «¿Por qué un hombre no tendría el derecho de matar? Porque al matar —explicaba—, el hombre se convierte en Dios. Y no tenemos derecho a lograrlo demasiado fácilmente».

«Y bien», pensé entonces, «si es necesario convertirse en Dios para poder cambiar el curso de nuestra historia, lo haremos y veremos si es fácil o no». No, no era fácil.

La primera vez que participé en una operación, tuve que hacer esfuerzos sobrehumanos para superar la náusea.

Sentía horror de mí mismo.

Me veía con los ojos del pasado. Me imaginaba en uniforme, en un uniforme gris oscuro, en un uniforme SS

La primera vez...

... Corrían como ardillas, como ardillas ebrias, en busca de un árbol o de una rama oscura. Se hubiera dicho que no tenían cabeza ni manos; sólo tenían piernas. Y esas piernas corrían, corrían como ardillas embriagadas que hubieran abrevado vino y dolor. Pero nosotros estábamos allí. Los rodeamos de un círculo de fuego al cual no podían escapar. Estábamos allí con nuestras ametralladoras, y nuestras balas eran una muralla, una muralla de fuego contra la cual se destrozaban sus vidas, entre gritos de agonía que escucharé hasta el último día de mi existencia.

Éramos seis. Ya no sé quiénes eran los otros cinco. Lo único que sé es que Gad no formaba parte del grupo. Ese día se había quedado en la escuela como si hubiera querido testimoniarnos con ese gesto su confianza en nosotros, como si hubiera querido decirnos: «Vayan. Ahora pueden arreglárselas solos». Por lo tanto se quedó en la escuela. Y mis cinco camaradas y yo partimos para matar y hacernos matar.

—Buena suerte —había dicho Gad al estrecharnos la mano—. Me quedaré aquí hasta que vuelvan.

Era la primera vez que me elegían para participar en una operación. Sabía que al volver —si volvía— ya no sería el mismo. Habría recibido el bautismo de fuego, el bautismo de la sangre. Sabía que me sentiría diferente, pero no tenía dudas de que esa diferencia me daría ganas de vomitar.

Nuestra misión era atacar un convoy militar sobre la ruta entre Haifa y Tel-Aviv. Lugar exacto: la curva junto a la aldea de Gedera. Hora: al atardecer.

Vestidos como obreros que vuelven de su trabajo, llegamos al lugar treinta minutos antes de la hora H. No había que llegar demasiado temprano: se corría el peligro de llamar la atención.

Instalamos las minas a cada lado de la curva y ocupamos posiciones de ataque según lo establecido. Un coche nos esperaba a cincuenta metros de distancia: debía conducirnos hasta Petach Tikva, donde otros tres coches estaban listos para llevarnos de regreso a la base —la escuela— separadamente.

El convoy llegó puntualmente a la cita: tres coches abiertos, una veintena de soldados. El viento agitaba sus cabellos. El sol arrebolaba sus caras.

Al llegar a la curva, el primer coche saltó sobre una de las minas. Los otros dos se detuvieron de golpe, con una frenada brusca.

Los soldados saltaron a tierra mientras que, desde nuestras posiciones, los cogíamos en un fuego cruzado.

Corrieron en todas direcciones, con la cabeza gacha, pero nuestras balas cortaban sus piernas como con una inmensa guadaña y ellos caían lanzando gritos de dolor.

La escena sólo duró sesenta segundos. Nos retiramos en orden. Todo se desarrolló sin el menor obstáculo. Era una operación exitosa.

Gad nos esperaba en la escuela. Le hicimos el informe. Su cara estaba radiante. Se sentía orgulloso de nosotros.

—Magnífico —dijo exultante—. El Viejo no dará crédito a sus oídos.

Fue en ese momento que la náusea me contrajo de pronto el estómago. Vi ante mis ojos las piernas corriendo como ardillas borrachas, y sentí horror de mí mismo.

Recordé a los soldados SS en los ghettos de Polonia. Era así como abatían a los judíos, día tras día, noche tras noche. Algunas metralletas aquí y allá; un oficial que, riendo o comiendo, daba una breve orden: *Feuer*. Y la guadaña de fuego empezaba a cortar cabezas y piernas. Algunos judíos intentaban atravesar el círculo pero se estrellaban la cabeza contra la muralla ígnea e infranqueable. Corrían, corrían también como ardillas abrevadas de vino y de dolor, y también a ellos la muerte les cercenaba las piernas bruscamente...

No, no era fácil convertirse en Dios; sobre todo cuando había que vestirse, para ello, con un uniforme gris oscuro, un uniforme de SS

Pero, de todos modos, era más fácil que ejecutar a un rehén.

Durante la primera operación —y las que le siguieron— yo no estaba solo. Es verdad que había matado, pero en grupo. Nunca solo. Con John Dawson, sería distinto. Miraría su cara y él vería la mía, y se daría cuenta de que yo tenía ojos por todas partes.

—No te atormentes, Elisha —dijo Gad, que me observaba desde hacía un rato, después de haber cerrado la radio—. Es la guerra.

Hubiera querido preguntarle si Dios, el dios de la guerra, llevaba uniforme también. Pero preferí callar. Pensé: «Dios no lleva uniforme. Dios es más bien un combatiente de la Resistencia. Dios es un terrorista».

Ilana llegó unos minutos antes del toque de queda, seguida por dos guardaespaldas, Yoav y Gidon.

Triste e inquieta, estaba más bella que nunca. Tallada

en mármol oscuro, su cara fina y delicada era de una dulzura, de una melancolía como para destrozar el corazón. Llevaba blusa blanca y falda gris. Sus labios estaban más pálidos que de costumbre.

—Tu trasmisión resultó memorable —declaró Gad.

—Fue el Viejo quien escribió el texto —respondió Ilana.

—Me refería a tu voz.

—Mi voz también la escribió el Viejo —respondió la joven.

Agotada, se dejó caer en un sillón.

—Lo vi llorar hoy —observó después de un silencio absoluto—. Creo que llora a menudo.

«Tiene suerte», pensé. «Tiene suerte de poder llorar. Aquel que llora sabe que algún día no llorará más».

Yoav nos trasmitió las últimas noticias de Tel-Aviv: la angustia, la espera en todas partes. La gente tenía miedo. Temían represalias contra la población. Todos los diarios publicaban llamadas implorando al Viejo que renunciara a la ejecución de John Dawson. En la calle se hablaba más de él que de David ben Moshe.

—Es por eso que lloraba el Viejo —dijo Gad levantándole un mechón que se empeñaba en caerle sobre la frente—. Porque los judíos todavía no se han liberado de sus reflejos de perseguidos. Un acto de valor les da miedo.

Yoav prosiguió:

—En Londres el gabinete está sesionando. Los sionistas de Nueva York organizan en este momento una manifestación monstruo en el Madison Square Garden. La ONU está trastornada.

—Espero que él esté al tanto —acotó Ilana. Lívida, su cara había adquirido un color cobrizo.

—El verdugo le informará, sin duda —observó Gad.

Comprendí su pena, su cólera. David era amigo de infancia. Habían ingresado al Movimiento el mismo día.

Gad sólo me había hablado de David después de su arresto. Antes no hubiera sido prudente. Cuanto menos se sabe, mejor. Es el principio fundamental sobre el cual están basados los movimientos clandestinos.

Gad estaba presente cuando David fue herido. Era Gad quien comandaba la operación. Tenía que ser lo que, en nuestra jerga, llamábamos una operación tranquila.

El centinela lo había estropeado todo.

Sí, la estupidez valerosa del centinela lo había estropeado todo. Debido a ello David iba a ser colgado mañana al amanecer. Aunque herido y presa de convulsiones, ese soldado se había arrastrado por tierra, con una bala en el vientre ¡y el idiota había continuado disparando! ¡Ah, no hay nada peor, nada más peligroso que un imbécil valiente!

... Era de noche. Un coche militar se había detenido a la entrada del cuerpo de paracaidistas de boinas rojas, en el sur, cerca de Gedera. Allí se encontraban un oficial —con rango de mayor— y tres soldados.

—Venimos a buscar armas —había dicho el mayor al centinela—. Esta noche esperamos un ataque terrorista.

El centinela había inspeccionado los papeles que el mayor le tendía. Todo parecía en regla.

—Sí, esos terroristas de mierda —murmuró el centinela entre dientes mientras devolvía los papeles al mayor.

—Vaya, mayor. Puede entrar.

Había levantado la barrera.

—Gracias —había dicho el mayor—. ¿Dónde están los depósitos?

—Sigan derecho y luego giran dos veces a la izquierda.

El coche siguió derecho, giró dos veces hacia la izquierda y se detuvo ante un edificio de piedra.

—Hemos llegado —anunció el mayor.

Saltaron a tierra. Un sargento les abrió la puerta. Al ver al mayor, saludó. El mayor le devolvió el saludo y le tendió un papel, una orden firmada por un coronel: entregar al portador cinco metralletas, veinte fusiles y veinte revólveres con las municiones correspondientes.

—Esperamos un ataque de terroristas, esta noche —explicó el mayor con voz condescendiente.

—Sí, esos terroristas de mierda —gruñó el sargento.

—Tenemos prisa —insistió el mayor—. ¿Quiere tener la amabilidad de darnos todo esto...?

—Ciertamente —acotó el sargento—. Comprendo que tengan prisa...

Señaló a los tres soldados el lugar donde estaban las ametralladoras, los fusiles, los revólveres y las municiones. La operación de cargarlos duró escasamente algunos pocos segundos. Los soldados, silenciosos, trabajaban rápida y eficazmente.

—Yo conservo la orden —declaró el sargento cuando todo estuvo terminado.

—Naturalmente, sargento —respondió el mayor mientras subía al coche que arrancó enseguida.

Al salir, el centinela los saludó y se disponía a levantar la barrera cuando el teléfono comenzó a sonar en su garita. Se excusó ante el mayor y entró para atender. El mayor y los soldados esperaban con impaciente angustia.

—Lo siento, mayor —dijo el centinela al volver—. El sargento quiere verlo. Dice que la orden de aprovisionamiento que usted le entregó no está clara.

El mayor bajó del coche.

—Le hablaré por teléfono —anunció al soldado.

El soldado se volvió para entrar en la garita cuando el puño del mayor se abatió sobre su nuca. Cayó sin lanzar siquiera un grito. Gad se acercó a la barrera, la levantó e hizo señas al chófer para que avanzara.

En ese momento, el centinela recobró el conocimiento y comenzó a disparar. Dan le envió una bala al vientre. Gad saltó al coche y gritó:

—¡Rápido! ¡Huyamos!

Aunque herido, el centinela continuaba disparando; una de sus balas dio en un neumático. Gad no perdió la sangre fría. Decidió cambiar el neumático.

—David y Dan, protéjannos —dijo con voz calma y segura de sí misma.

David y Dan tomaron dos ametralladoras que les habían entregado y saltaron a tierra.

El campamento despertó. Por todos lados resonaron órdenes seguidas de disparos. Había que proceder rápidamente. Cada segundo era precioso.

Protegido por David y Dan, Gad cambió el neumático. Pero, ahora, estaban bajo el fuego nutrido de las ametralladoras enemigas. Gad decidió: «Hay que salvar las armas».

—David y Dan —murmuró Gad—, ustedes se quedan. Nosotros partimos. Traten de resistir exactamente tres minutos. Ello nos dará tiempo de escapar. Luego, huyan. Traten de llegar a Gedera. Allí tenemos amigos seguros. Ustedes los conocen.

—Los conozco —respondió David mientras continuaba disparando—. Aléjense, rápido.

Las armas fueron salvadas. Pero David y Dan no. A Dan lo mataron, David fue herido.

¡Ah, no hay nada más peligroso que un centinela con una bala en el vientre!

—David era extraordinario —dijo Ilana. Ya hablaba de él en tiempo pasado.

—Supongo que el verdugo lo sabrá —replicó Gad.

Yo comprendía su cólera. Se la envidiaba. Va a perder un amigo.

Eso le duele. Pero cuando los pierda todos los días, le dolerá menos. Yo he perdido muchos amigos. A veces me parece que mi pasado no es sino un cementerio. En el fondo, es la razón por la cual seguí a Gad y me convertí en terrorista: no tenía amigos que pudiera perder.

—Dicen que el verdugo lleva siempre una máscara —observó de pronto Yoav, que se mantenía silencioso ante la puerta de la cocina—. Me pregunto si es verdad.

—Creo que sí —contesté—. Sí, el verdugo lleva una máscara. Sólo se le ven los ojos.

Ilana se levantó, se acercó a Gad, le acarició suavemente el pelo y murmuró en voz baja:

—No te atormentes, Gad. Es la guerra.

Durante la hora siguiente nadie pronunció palabra. Todos pensaban en David ben Moshe. David no estaba solo en su celda blanca. Ellos estaban con él. Todos estaban allí, salvo yo. Yo no pensaba en David. Sólo pensaba en él cuando los otros hablaban de él. Cuando guardaban silencio, mis pensamientos iban hacia el otro, hacia alguien que no conocía tampoco pero a quien iba a conocer. Sí, mi David ben Moshe, esta noche, tenía por nombre y por rostro los del capitán inglés John Dawson.

Nos sentamos alrededor de la mesa; Ilana nos sirvió té hirviente.

Durante un largo momento bebimos sin hablar, con la mirada fija en el líquido dorado, como si nos esforzáramos por descubrir en él el destino de nuestro silencio y el sentido de los acontecimientos que lo habían engendrado.

Luego, para matar el tiempo, nos pusimos a relatar recuerdos cuyo tema central era la muerte.

—La muerte fue la que me salvó la vida —comenzó Yoav.

Tenía una cara juvenil, atormentada, ojos sombríos de mirada turbia y pelo blanco, pelo de anciano. Siempre somnoliento, bostezaba sin cesar, a todas horas del día.

—Denunciado por un vecino, a quien combatíamos por sus ideas pacifistas, me refugié en un asilo de alienados cuyo director era un compañero de colegio —prosiguió Yoav—. Me quedé allí dos semanas. Sin embargo, la policía logró encontrar rastros de mí. «¿Se encuentra aquí?», preguntaron al director. «Sí», admitió él. «¿Dónde quieren que esté? Está enfermo». «¿Qué tiene?, ¿qué siente?». «Se cree muerto», respondió el director. Quisieron verme. Entonces me condujeron a la dirección. Allí me esperaban dos oficiales de policía que dirigían la lucha antiterrorista. Me hablaron. Yo no les respondí. Me hicieron preguntas. Las ignoré. A pesar de todo, no estaban convencidos. Pasando por encima de las protestas del director del asilo, me llevaron con ellos y durante dos días y dos noches me sometieron a un interrogatorio. Yo me hacía el muerto y lo hacía bien. Rechazaba todo alimento, toda bebida: los muertos no comen ni beben. Me golpearon las manos, me abofetearon; no grité: los muertos no sufren ni gritan. Al cabo de dos días y dos noches, me devolvieron al asilo.

Al escucharlo, los recuerdos brotaban en mi memoria; en efecto, en varias ocasiones había oído a mis camaradas hablar de Yoav llamándolo el Loco.

—Es gracioso —observó—. La muerte es la que me ha salvado la vida.

Guardamos silencio algunos instantes como para saludar a la muerte que salva la vida y que confiere el nombre de Loco a un muchacho de cara pura y atormentada.

—Al abandonar el asilo, algunos días más tarde —prosiguió Yoav—, me di cuenta de que mis cabellos negros se habían vuelto blancos.

—Es el pasatiempo de la muerte —afirmé yo—. Adora cambiar el color del pelo. La muerte no tiene pelo; sólo tiene ojos. Tiene ojos por todas partes. Dios no los tiene en ninguna parte.

—Dios fue quien me salvó de la muerte —dijo Gidon.

Lo llamábamos el Santo. En primer lugar, porque lo era y, luego, porque de santo tenía el aspecto. Era un grandote, de una veintena de años, que hablaba poco y siempre se mantenía en el sitio donde menos llamara la atención; sus labios murmuraban incesantes plegarias. Tenía barba y patillas, y jamás se movía sin llevar un libro sagrado en el bolsillo. Su padre era rabino. Cuando supo que su hijo iba a hacerse terrorista, lo aprobó y le dio la bendición. «Hay épocas —murmuró el rabino— en que no basta combatir el mal con palabras y oraciones. El Dios de la gracia es también el Dios de la guerra. No se hace la guerra con palabras».

—Es Dios quien me salvó la vida —repitió Gidon—. Sus ojos me salvaron de la muerte. Yo también fui detenido por la policía; yo también sufrí torturas indecibles. Me tiraron de la barba, me quemaron las uñas, me escupieron la cara. Querían hacerme confesar que había participado en el atentado contra un alto comisionado. Pero no abrí la boca. Me hacían sufrir. Muchas veces tuve ganas de gritar, pero guardé silencio pues pensaba: «Dios me mira». Tiene puestos Sus ojos en mí. No debo defraudarlo. Los policías hablaban y gritaban sin cesar. Yo pensaba en Dios y en sus ojos que captan todo sufrimiento, y callaba. Finalmente, la policía, careciendo de toda prueba contra mí, tuvo que liberarme. Si hubiera confesado, habría sido condenado a muerte.

—Y entonces, Dios hubiera cerrado los ojos.

Ilana volvió a llenar las tazas.

—¿Y tú, Ilana? —le pregunté—. ¿Qué es lo que te ha salvado la vida?

—Un resfrío.

Me puse a reír, pero nadie me secundó. Mi risa sonaba ronca y falsa.

—Un resfrío —repetí.

—Un resfrío —confirmó en tono serio—. Los ingleses no poseen ninguna descripción sobre mí. Sólo conocen mi voz. Un día detuvieron a un centenar de mujeres, entre las cuales estaba yo, y nos llevaron a la policía. Allí lo único que nos pidieron era que habláramos. Un ingeniero de sonido comparaba nuestras voces con la de la misteriosa locutora de la Voz de la Libertad. Por un azar bienaventurado, yo estaba resfriada. Cuatro mujeres fueron detenidas para un interrogatorio más minucioso. A mí me soltaron.

De nuevo tuve ganas de reír, pero los otros permanecían serios y silenciosos. «Un resfrío, pensé, un resfrío». «A veces es más útil que la fe o el valor».

Ahora mirábamos a Gad, que apretaba la taza como para hacerla pedazos.

—Yo creo —dijo Gad— que le debo la vida a tres ingleses.

Con la cabeza inclinada sobre el hombro derecho, los ojos fijos en la taza, parecía hablar sólo al té caliente que perdía calor de minuto en minuto.

—Ello ocurrió muy al comienzo. El Viejo hizo detener a tres rehenes. Importa poco ahora recordar los motivos. Los tres eran sargentos. Yo tenía orden de ejecutar a uno, cualquiera de ellos. Tenía que elegir la víctima, designarla yo mismo. Era joven, de la edad de Elisha. Torturado por el papel que se me imponía, no sabía qué hacer. Me negué a convertirme en juez. Verdugo, sí. Juez, no. Pero esa noche perdí contacto con el Viejo. Por lo tanto, no podía anunciarle mi negativa y explicársela. Lo que sabía era que uno de los rehenes tenía que morir al amanecer. ¿Cuál de ellos? Finalmente, encontré la solución. Bajé al sótano, hice un pequeño discurso a los tres sargentos y les ordené que ellos mismos designaran a la víctima. «Si se niegan —agregué—, serán fusilados los tres». No se negaron. Lo dejaron librado a la suerte. Y, al amanecer, una bala atravesó la nuca del sacrificado.

Involuntariamente, miré sus manos, las manos de un hombre que había disparado una bala en la nuca de un ser humano, luego examiné su cara, la cara de un amigo que había matado a un hombre y que hablaba de ello fríamente, casi con indiferencia. ¿En el té, dorado y frío, veía el rostro del sargento ejecutado por él?

—Pero si los sargentos se hubieran negado a sortearse —pregunté—, ¿que habría ocurrido?

Gad apretó la taza con más fuerza. Se hubiera dicho que quería romperla con sus dedos.

—Creo que me habría matado —respondió con voz sorda. Luego, después de un silencio, agregó—: Ya lo dije, era joven. Era débil.

Todas las miradas se volvieron entonces hacia mí. Era mi turno.

Bebí un trago de té, horriblemente amargo, me sequé la frente y dije:

—Yo le debo la vida a la risa. Ocurrió en Buchenwald, en invierno. Íbamos vestidos de harapos. Cada día centenares de personas morían de frío. Todas las mañanas, teníamos que dejar el bloc y esperar afuera, en la nieve, hasta que hicieran la limpieza. A menudo la limpieza duraba dos horas. Un día me oculté en el bloc; estaba enfermo, debilitado. Sabía que si salía moriría en el acto, en medio de la nieve y del viento. Me oculté en el bloc entonces. Comenzó la limpieza y, como es de suponer, fui descubierto. Los que limpiaban me arrastraron ante uno de los numerosos jefes adjuntos del bloc. Sin preguntarme nada, me agarró por la garganta y, con voz tranquila, y hasta indiferente, me anunció: «Voy a estrangularte». Efectivamente, con sus dos manos de acero me apretó la garganta con la intención bien clara de matarme. Yo estaba demasiado débil para intentar siquiera escapar y por lo tanto no le opuse ninguna resistencia. Pensaba: «Bueno, es el fin». Sentí que la sangre me afluía a la cabeza, que empezó a hincharse desmesuradamente. Pronto adquirió cinco veces, diez veces, luego cien veces su dimensión normal. Se había vuelto tan grande, tan ancha, tan desmesuradamente hinchada, que yo parecía una caricatura grotesca, un payaso miserable. Estaba convencido de que iba a estallar de un momento a otro, que en pocos instantes el globo que había reemplazado a mi cabeza dejaría oír un «puf» ridículo y se desmenuzaría en pequeños trozos, como ocurre con los globos multicolores con que juegan los niños en los días de verano. Fue en ese momento que el jefe adjunto dirigió una ojeada a ese globo, cuyo orificio tenía aferrado con la mano, y debió de parecerle tan cómico, tan ridículo, que soltó la presa y lanzó una carcajada. Todo el día no pudo dejar de reír. Rió tanto que olvidó su deseo de matarme. Es así como salvé la vida. Es divertido, ¿eh?, deberle la vida al sentido del humor de un asesino.

Esperaba que todos se pusieran a mirarme para ver si mi cabeza había recuperado sus dimensiones normales, pero ellos no hicieron nada. Continuaban mirando fijamente el té dorado que, entretanto, se había enfriado completamente.

Durante los instantes que siguieron, nadie abrió la boca. No teníamos ganas de hablar, de evocar el pasado en alta voz, como tampoco de escuchar a los demás relatar su vida y sus penurias. Continuamos sentados alrededor de la mesa, inquietos y silenciosos.

Creo que cada uno de nosotros se hacía la misma pregunta: «¿Qué es lo que *verdaderamente* me salvó la vida?».

El Santo fue el primero en romper el silencio.

—Habría que llevarle de comer —sugirió.

«También él está triste», me dije. «Piensa en John Dawson. No se puede estar triste sin pensar en John Dawson. Estoy seguro de que también David piensa en él».

—No tendrá hambre —refuté—. Un hombre que va a morir no tiene hambre. Como tampoco un hombre que va a matar —agregué para mí mismo.

Debí de hablar en un tono extraño pues, de pronto, todos levantaron la cabeza y sentí que sus miradas y su asombro me traspasaban.

—No —insistí—, un hombre que va a morir no tiene hambre.

No se movieron. Estaban petrificados en un instante que duraba y se prolongaba más que un instante.

—La última comida de un condenado a muerte —grité—, la última comida, es una broma, una burla, un insulto al muerto que será dentro de poco. Al hombre poco le importa morir con el estómago lleno o no.

Gad me observaba con sorpresa, Ilana con ternura, el Santo amistosamente. El Loco no me observaba. Callaba, con los ojos bajos, pero tal vez era su manera de observarme: con los ojos bajos.

—Él no sabe —observó Gidon.

—¿Qué es lo que no sabe?

No sabía por qué gritaba. Tal vez para oírme gritar, para que en mí brotara la cólera, para verla reflejada en las sombras inmóviles de la pared y del espejo. También tal vez por debilidad. Me sentía impotente para poder cambiar algo, en primer lugar en mí mismo. Hubiera querido introducir transformaciones en el cuarto, reformar la creación. Del Santo habría hecho un loco, le habría dado el nombre de John Dawson a Gad y su destino a David. Pero sabía que era incapaz de hacerlo. Para ello hubiera tenido que ocupar el lugar de la muerte y no sólo de una muerte, la del capitán inglés que no tenía hambre porque yo no tenía hambre.

—¿Qué es lo que no sabe? —repetí en voz alta, en voz demasiado alta.

—No sabe —contestó Gidon con infinita dulzura y una melancolía dolorosa en la voz—. Aún no sabe que va a morir.

—Su estómago lo sabe —afirmé—. Un hombre que va a morir no escucha más que a su estómago. En ello se parece a un mendigo. No presta atención ni a su corazón, ni al de ustedes; ni a su pasado ni al de ustedes. No escucha siquiera la voz del cielo o de la tormenta. Escucha a su estómago y éste le confirma que va a morir y que no tiene hambre.

Había hablado demasiado rápidamente, demasiado fuerte. Mi respiración se hizo jadeante. Hubiera querido huir del cuarto pero todas esas miradas fijas me aferraban a ellas. La muerte guardaba todas las salidas. Había ojos por todas partes.

—Bajaré al sótano —dijo Gidon—. Le preguntaré si tiene hambre.

—No le preguntes nada —dije—. Adviértele simplemente que mañana, cuando despunte el día en los confines del horizonte en llamas, del horizonte en sangre, él, John Dawson, dirá adiós a la vida, a su estómago. Dile que va a morir.

El Santo se levantó lentamente sin dejar de mirarme, luego se dirigió a la cocina y de allí al sótano. En el umbral de la puerta se detuvo.

—Se lo diré —me aseguró Gidon esbozando una sonrisa que enseguida se desvaneció en su cara. Giró sobre sus talones y le oí bajar las escaleras.

Le estaba agradecido. Era él y no yo quien iba a informar a John Dawson de su próximo fin. Yo no hubiera podido hacerlo. Es más fácil matar a un hombre que decirle: «Vas a morir».

—Es medianoche —constató Yoav.

«Es medianoche», pensé. La hora en que los muertos se levantan de sus tumbas y van a recitar sus plegarias a la sinagoga. Es la hora en que Dios mismo llora por la destrucción del Templo. Es la hora en que el hombre debe ser capaz de descender a lo más profundo de sí mismo y, si desciende bastante rápido y bastante hondo, descubrirá al Templo en ruinas, a Dios llorando a lágrima viva y a los muertos orando.

—¡Pobre pequeño! —murmuró Ilana.

No me miraba. No, ella no me miraba, no eran sus ojos los que me miraban fijo, sino sus lágrimas. Sus lágrimas escrutaban mi cara. Me sentía mirado, tocado, acariciado por sus lágrimas, por sus lágrimas y no por sus ojos.

—No diga eso, por favor, Ilana. No diga: «Pobre pequeño».

Tenía lágrimas en los ojos. No. Ella tenía lágrimas en lugar de ojos, lágrimas que se agrandaban en sus órbitas, que se hinchaban volviéndose más espesas, más opacas, más pesadas, y de pronto temí que, de un momento a otro, sobreviniera la desgracia, que dentro de un momento Ilana dejara de existir. La muchacha morena y triste se ahogaría en sus propias lágrimas. Hubiera querido tocar su brazo y decirle: «No llore. Diga lo que quiera, pero no llore».

Pero no lloraba. Para llorar hay que tener ojos y ella no los tenía. Tenía lágrimas en lugar de ojos.

—¡Pobre pequeño! —dijo de nuevo.

Luego ocurrió eso. Ilana desapareció y Catherine ocupó su lugar. Me pregunté qué hacía aquí Catherine, pero su presencia no me sorprendió en exceso. A ella le gustaba estar en compañía de hombres, sobre todo con muchachitos que piensan en la muerte. Le gustaba hablar de amor con los muchachitos, y puesto que los hombres que van a la muerte son muchachitos, le gustaba hablarles de amor. Es por eso que su presencia en el cuarto mágico, mágico porque borraba los límites, las diferencias entre víctima y verdugo, entre presente y pasado, es por eso, dije, que su presencia no me sorprendió en absoluto.

Me había encontrado con ella en París, en 1945. Acababa de llegar de Buchenwald, ese otro campo mágico donde los vivos se transformaban en muertos y su futuro en nubes.

Yo estaba débil, extenuado, hambriento. Una de las numerosas organizaciones de ayuda me envió a un campamento de veraneo donde un centenar de muchachos y chicas pasaban sus vacaciones. El campo se hallaba en Normandía, donde el viento matinal tiene el mismo sonido que en Palestina.

No sabiendo francés, yo no podía hablar con las otros muchachos y muchachas. Comía con ellos, me bañaba con ellos al sol, pero no les hablaba.

Catherine era la única persona con quien a veces intercambiaba algunas palabras. Ambos conocíamos una lengua: el alemán.

A veces se acercaba a la mesa a la que yo estaba sentado, en el comedor, para preguntarme si había dormido bien, si me sentía bien, si la vida del campamento me gustaba.

Tenía más edad que yo: veintiséis o veintisiete años. Era menuda, frágil, casi transparente, de cabellos rubios, sedosos, como rayos de sol. Sus ojos eran muy azules, soñadores, ojos que no lloraban. Su rostro oval parecía flaco, casi huesudo, pero se conservaba fino y delicado.

Catherine era la primera mujer, en toda mi vida, que veía de cerca. Antes —quiero decir antes de la guerra— yo no miraba a las mujeres. En la calle, al ir a la escuela o a la sinagoga, caminaba con los ojos bajos, rozando las paredes de las casas, y a las mujeres no las veía. Sabía que existían —incluso sabía por qué— pero ignoraba que tuvieran un cuerpo, senos, piernas, una boca y manos que, al tocarlos, hacen palpitar el corazón. Todo eso me lo hizo descubrir Catherine.

El campamento estaba situado a orillas de un bosque y, al atardecer, antes de la cena, me gustaba pasearme solo, hablar con el viento que hablaba a los árboles, mirar con recogimiento al cielo que se volvía más azul que el azur, en resumidas cuentas, me gustaba estar solo.

Una noche ella me pidió permiso para acompañarme. Demasiado tímido por naturaleza, accedí. Caminamos en silencio, uno al lado del otro, media hora, una hora. Al comienzo, el silencio me cohibía; luego, encontré que me gustaba. El silencio entre dos es más denso y a veces más profundo que el silencio de uno solo. Sin darme cuenta, me puse a hablarle.

—Mire el cielo —le dije—. Se está abriendo.

Ella echó la cabeza hacia atrás haciendo lo que yo le indicaba.

En efecto, el cielo se entreabría. Lentamente al comienzo, las estrellas empezaron a apartarse del centro, barridas por un viento invisible. Las de la derecha corrían hacia la derecha, y las de la izquierda, lejos, hacia la izquierda. Finalmente, en el centro se hizo un vacío. Un vacío de un azul resplandeciente que, a medida que se abría, se volvía más profundo, más puro, más nítido.

—Fíjese —le dije a Catherine—. Fíjese bien. No hay nada en el fondo.

Con la cabeza hacia atrás, ella miraba sin decir nada.

—Ya basta —agregué—. Vamos.

Volvimos a caminar y le conté la leyenda del cielo abierto. Cuando era niño, mi viejo maestro de estudios me había revelado que hay noches en que los cielos se abren para dejar pasar las plegarias de los niños desdichados. En una de esas noches, un niñito, cuyo padre estaba moribundo, se dirigió a Dios en estos términos: «¡Oh! Padre, soy pequeño y todavía no conozco las oraciones. Por lo tanto yo me hago oración y Te suplico que cures a mi padre enfermo, mi padre moribundo». Y Dios hizo lo que el pequeño le pedía; el padre se curó, pero el hijo, convertido en plegaria, subió al cielo y quedó allí por toda la eternidad. Desde entonces, me decía mi viejo maestro, desde entonces, ocurre que Dios se nos muestra en el rostro de un niño.

—Es por eso —continué— que trato de ver el cielo abierto. Quiero ver al niño. Pero usted es testigo. No había nada en el fondo. No había ningún niño.

Fue entonces que ella abrió la boca por primera vez en toda la tarde:

—¡Pobre pequeño!... ¡Mi pobre pequeño!

«Se refiere al niño», pensé. Y al pensar en el niño, dice: «¡Pobre pequeño!». Y la amé por eso.

Desde esa noche, me acompañó a menudo al bosque. Me hacía preguntas sobre mí, sobre mi infancia, sobre mi pasado. Yo no le respondía siempre.

Una noche, me preguntó por qué me mantenía apartado de los muchachos y chicas del campamento:

—Hablan una lengua que no comprendo —le respondí.

—Hay muchachas que comprenden el alemán —observó.

—No tengo nada que decirles —repliqué.

—No es necesario hablarles —contestó sonriendo—. Hay que amarlas.

No comprendí lo que quería decir. Se lo manifesté. Su sonrisa se hizo más marcada y empezó a hablar del amor. Habló mucho y bien. El amor es esto, el amor es aquello; el hombre nació para amar; el hombre sólo vive cuando ama o tiene que amar.

Le respondí que ignoraba qué es el amor, que no creía que el amor existiera ni que tuviera derecho a existir.

—Te daré la prueba —afirmó ella.

Al día siguiente, mientras caminaba a mi izquierda por los senderos cubiertos de hojas secas, me tomó del brazo. Al principio creí que era para apoyarse en mí. Pero no, lo que quería era que sintiera su cuerpo, su calidez. Luego, pretendió estar cansada: sería agradable sentarse sobre la hierba, allá, bajo el árbol. Una vez sentada, empezó a acariciar mis cabellos, mi cara, mi boca. Luego me besó repetidamente; sus labios rozaron los míos; su lengua ardió en mi boca.

Las noches subsiguientes, retornamos al mismo sitio y ella continuó hablándome de amor, de deseo, y de los misterios del corazón. Tomó mi mano y la guió sobre su cuerpo, sobre sus muslos, sobre sus senos, y entonces me di cuenta de que las mujeres tenían muslos, senos, vientre, manos capaces de hacer palpitar el corazón, capaces de transformar la sangre en río de fuego.

Llegó la última noche. Al día siguiente, yo tenía que volver a París ya que el mes de vacaciones había llegado a su fin.

Enseguida de terminada la cena, fuimos por última vez a sentarnos bajo el árbol. Me sentía triste y solo. Catherine tenía mi mano en la suya y no decía nada. La noche era bella, apacible, tranquila. A veces el viento, con su soplo cálido, nos acariciaba la cara, el pelo, la espalda.

Debía de ser la una de la mañana, tal vez las dos, cuando Catherine rompió el silencio y volviendo hacia mí su rostro delgado, su tristeza, me dijo:

—Ahora, vamos a hacer el amor.

Esas palabras me hicieron estremecer. Era la primera vez que iba a hacer el amor con ella. Antes no había habido mujeres en la Tierra. No supe qué decir, qué hacer. Tenía miedo de pronunciar una palabra que no hubiera que decir, hacer un gesto, un movimiento, que no había que hacer. Cohibido, inmóvil, esperé que ella hiciera algo.

Repentinamente, con expresión muy seria, comenzó a desvestirse. Se quitó la blusa y, a la luz de las estrellas, vi sus senos blancos como marfil. Luego se quitó toda la ropa y la vi completamente desnuda.

—Quítate la camisa —me ordenó.

Me sentí paralizado. Tenía una bola de fuego en la garganta, plomo en las venas. Mis brazos, mis dedos no me obedecían. No podía mirar ese cuerpo desnudo, recorrerlo de pies a cabeza, seguir los movimientos de los senos que subían y bajaban, subían y bajaban. Estaba cautivado por la llamada que emanaba de ese cuerpo tendido en la hierba.

—Quítate la camisa —repitió.

Al ver que no me movía, empezó a desvestirme. Con gestos tranquilos, me quitó la camisa y los pantalones cortos que llevaba. Luego se tendió de nuevo sobre la hierba y me dijo:

—Tómame.

Me puse de rodillas. La miré largamente y después cubrí de besos su cuerpo. Con expresión ausente, ella acariciaba distraídamente mis cabellos y callaba.

—Catherine —le dije—, antes de poseerla tengo que decirle algo.

Su cara se convirtió en una máscara angustiada y, entre los árboles, el viento era un viento de angustia.

—No, no —gritó—, no digas nada. Tómame, pero no digas nada.

Sin tomar en cuenta su ruego, proseguí:

—Antes de poseerla, Catherine, tengo que decirle...

Su boca se retorció de dolor y el viento, entre los árboles, era un viento doloroso.

—No, no —imploró—. No digas nada. Cállate, cállate. Tómame, rápido, pero no digas nada.

Insistí:

—Tengo que decirle, Catherine, que usted ha ganado. La amo, la amo, Catherine.

Estalló en sollozos y empezó a repetir diez, cien veces, siempre las mismas palabras:

—¡Pobre pequeño!... ¡Oh, mi pobre pequeño!...

Entonces, tomé la camisa y el pantalón y me alejé corriendo. Había comprendido. No pensaba ella en el niñito del cielo al decir eso sino en mí.

Me hablaba de amor porque sabía que yo era el niño que se había convertido en plegaria, que había subido al cielo. Sabía que yo estaba muerto y que muerto había vuelto a la Tierra.

Es por eso que me hablaba de amor. Es por eso que quería hacer el amor conmigo. Sí, había comprendido: le gustaba hacer el amor con los muchachitos que iban a morir; le gustaba estar en compañía de aquellos que sólo piensan en la muerte. No. Su presencia en Palestina, esa noche, no podía sorprenderme.

—Pobre pequeño —murmuró Ilana muy quedo otra vez.

Luego su pecho exhaló un suspiro que permitió que

sus lágrimas liberadas fluyeran, fluyeran, fluyeran, hasta el fin de los tiempos.

De pronto me di cuenta de que hacía calor en la habitación. Mucho más calor que antes. Casi me ahogaba.

Era lógico. El cuarto era muy pequeño, muy estrecho. No servía para recibir a tanta gente, tantos visitantes a la vez. A partir de la medianoche no cesaban de llegar. Entre ellos había gente que conocía, otros a quienes odiaba, admiraba o había olvidado. Al dejar que mi mirada errara por el cuarto, me di cuenta de que se hallaban en él todos los que habían contribuido a formar lo que yo era, mi yo más duradero. Algunos rostros me parecían familiares, pero no podía recordar su identidad; había caras sin nombres o nombres sin cara. Sin embargo, sabía que, en un momento dado de mi vida, se habían encontrado en mi camino.

Y, por supuesto, estaba papá. Y mamá también. Estaba el mendigo.

Estaban los soldados del convoy militar de Gedera. Y mi viejo maestro de estudios de barba amarillenta también. Y a su alrededor, tantos amigos, tantos hermanos, tantos camaradas, rostros que había conocido en mi infancia y otros que había visto agonizar, esperar y blasfemar en Buchenwald y Auschwitz.

Al lado de mi padre, vi a un niñito que se parecía extrañamente al que yo era antes del campo, antes de la guerra, antes de antes. Mi padre le dirigió una sonrisa y el niñito la tomó y me la envió a mí por encima de toda esa multitud de cabezas que me separaban de él.

Ahora comprendía por qué hacía tanto calor. El cuarto era demasiado estrecho, demasiado pequeño para albergar a tanta gente a la vez.

Me abrí paso entre la multitud y, acercándome al niñito, le di las gracias por su sonrisa. Hubiera querido preguntarle qué había venido a hacer toda esa gente aquí, pero reflexioné que sería una falta de delicadeza hacia mi padre. Puesto que estaba aquí, era preciso que me dirijiera a él en primer lugar.

—Padre —le pregunté—, ¿qué ha venido a hacer aquí toda esta gente?

Mamá, a su lado, estaba pálida y sus labios murmuraban sin cesar: «Pobre pequeño, pobre pequeño, pobre pequeño...».

—Padre —pregunté de nuevo—, respóndeme. ¿Qué han venido a hacer aquí?

Me miró con sus ojos muy abiertos, donde a menudo vi abrirse el cielo, y no respondió.

Entonces me volví y me encontré cara a cara con el maestro, cuya barba estaba más amarillenta que antes.

—Maestro, ¿qué ha venido a hacer esta noche toda esta gente?

Detrás de mí, oí que mamá murmuraba: «¡Pobre pequeño, pobre pequeño!».

—Maestro —repetí—, contésteme. Se lo ruego, maestro, respóndame.

Tampoco me respondió. Ni siquiera dio a entender que había oído mi pregunta. Su silencio me dio miedo. Tal como yo lo había conocido, el maestro estaba siempre presente cuando yo lo necesitaba. En el pasado, su silencio me hacía bien. Ahora, me aterraba. Traté de mirarlo fijo a los ojos pero en ellos había dos bolas de fuego, dos soles que me quemaron la cara.

Me aparté de él y fui de un visitante a otro buscando una respuesta, pero mi presencia los volvía mudos.

Por último, me detuve ante el mendigo cuya alta estatura dominaba la extraña asamblea. Y él fue quien primero me dirigió la palabra.

—Esta noche tiene muchos rostros, ¿no es cierto?

Me sentía cansado, dolorosamente cansado.

—Sí —respondí con voz débil—. Esta noche tiene muchos rostros. Quisiera saber la razón. Oh, señor mendigo, si usted es quien yo supongo, infórmeme, tranquilíceme. Dígame cuál es el sentido de todos esos silencios, de todas esas miradas, de todas esas presencias. Dígamelo, señor mendigo, pues no puedo más. No puedo más.

Me tomó del brazo, lo apretó cordialmente, suavemente, y me preguntó:

—¿Ves al niñito que está allá?

Con el dedo me señaló al niñito que se parecía al que yo había sido.

—Sí, lo veo —respondí.

—Es él —agregó el mendigo—, es él quien te dará las respuestas a tus preguntas. Háblale. Ve. (Ahora estaba seguro: no era un mendigo.)

De nuevo tuve que abrirme paso entre la multitud de sombras y de miradas y, exhausto, jadeante, llegué ante el niñito.

—Dime —le imploré—. Dime: ¿qué haces aquí? ¿Y los otros? ¿Todos los demás?

El niñito abrió asombrado los ojos.

—¿No lo sabes? —preguntó.

Le respondí que no. Que no lo sabía.

—Un hombre va a morir mañana, ¿no es cierto? —interrogó.

Le confirmé que, en efecto, un hombre iba a morir al amanecer.

—Y tú lo ejecutarás, ¿no es cierto? —prosiguió.

—Sí, es verdad. Yo soy el encargado de la ejecución.

¿Y no comprendes? —se asombró el niñito.

No. No comprendía.

—Pero es muy simple sin embargo. Hemos venido para

asistir a la ejecución. Queremos verte en la tarea. Queremos verte transformado en verdugo. Es lógico, ¿no es cierto?

—¿Por qué es lógico? ¿En qué les afecta la ejecución de John Dawson?

—Tú eres la suma de lo que éramos nosotros —me explicó el niñito que se parecía al que yo había sido antes—. Somos, pues, un poco nosotros quienes ejecutaremos a John Dawson mañana al amanecer. No puedes hacerlo sin nosotros. ¿Comprendes ahora?

Comenzaba a comprender. Un acto absoluto, como el de dar la muerte, compromete no sólo al propio ser sino a todos aquellos que participaron en su formación. Al matar a un hombre, también a ellos los convertía en asesinos.

—Entonces —repitió el niñito—. ¿Comprendes?

—Comprendo —respondí.

—¡Pobre pequeño, pobre pequeño! —murmuró mi madre, cuyos labios ahora estaban más amarillos que la barba de mi viejo maestro.

—Tiene hambre —anunció Gidon.

No lo había oído subir la escalera. Los santos tienen la desconcertante costumbre de hacer todo sin ruido; caminan, ríen, comen, rezan sin hacer ruido. Incluso hacen ruido sin ruido.

—Es imposible —protesté yo.

Pensé: «No puede tener hambre. Va a morir. Un hombre que va a morir no puede tener hambre».

—Me lo ha dicho él mismo —insistió Gidon conmovido.

Todas las miradas estaban fijas en mí. Ilana ya no lloraba. Yoav había cesado de contemplar sus uñas. Gad parecía cansado. Y los demás, todos los demás, parecían esperar algo de mí, no sé qué. Tal vez una señal o un grito.

—¿Lo sabe? —pregunté a Gidon.

—Sí. Lo sabe. —Y después de un momento, agregó—: Yo se lo dije.

—¿Cómo reaccionó?

Para mí era importante saber cómo había reaccionado, si estaba asombrado, si se había quedado tranquilo o se había puesto a gritar que era inocente.

—Sonrió —relató Gidon—. Me respondió que ya lo sabía. Su estómago se lo había dicho.

—¿Y dijo que tenía hambre?

Gidon ocultó sus manos nerviosas detrás de la espalda.

—Sí —repitió—. Es lo que me ha dicho. Que tenía hambre. Y que tiene derecho a la última cena.

Gad empezó a reír, pero su risa sonaba desafinada.

—He aquí la sangre fría británica —exclamó.

Su observación quedó suspendida sobre nuestras cabezas. Nadie se abrió para recibirla.

Mi padre me observaba severamente y su mirada me recordaba: un hombre va a morir y tiene hambre.

—Hay que admitir —declaró Gad— que los ingleses tienen agallas.

Nadie prestó atención tampoco a esa observación. De pronto, empecé a sentir un malestar en el estómago. No había comido en todo el día.

Ilana se levantó y se dirigió a la cocina.

—Voy a prepararle algo de comer —declaró.

La oí trabajar en la cocina. Cortaba pan, abría la nevera, preparaba café. Al cabo de algunos minutos, volvió con una taza de café humeante en una mano y un plato en la otra.

—Toma —dijo—. Es todo lo que encontré: un sandwich de queso y café negro. Sin azúcar.

Calló un momento y continuó:

—Es una cena magra pero no pude hacer nada mejor.

Permaneció silenciosa unos segundos y luego preguntó:

—Entonces, ¿quién se la lleva?

El niñito que estaba junto a mi padre me atravesó con la mirada. Su mirada tenía una voz y esa voz me decía:

—Ve, llévale de comer. Ya sabes que tiene hambre.

—No —dije al niñito—. Yo no. No quiero verlo. No puedo verlo comer. En adelante, quiero pensar en él como si hubiera sido un hombre que no comía nunca.

Hubiera querido agregar que tenía dolor de estómago, pero comprendí que eso no tenía importancia. En cambio, confesé: «No quiero estar solo con él. No ahora».

—Iremos contigo —propuso la voz del niñito—. Bajaremos contigo. Sabes, no está bien no darle de comer a un hombre que tiene hambre.

Sí, lo sabía. Claro que lo sabía. Siempre les ofrecí pan a aquellos que tenían hambre. «¿No es cierto, señor mendigo? ¿No le ofrecí pan? Pero esta noche es diferente. Esta noche, no puedo».

—Es verdad —continuó el niñito—. Esta noche es diferente; y tú eres diferente esta noche, o mejor dicho, vas a serlo. Pero ello nada tiene que ver con un hombre que tiene hambre, y hay que llevarle de comer.

—Pero él morirá mañana —grité—. ¿Qué le hace morir con el estómago lleno o vacío?

—Por el momento, está vivo —dijo sentenciosamente el niñito. Y mi padre movió la cabeza asintiendo. Todos le imitaron—. Está vivo, tiene hambre y te niegas a darle de comer.

Todos esos movimientos de cabeza, árboles negros agitados por un viento potente y caprichoso, me hicieron estremecer. Hubiera querido cerrar los ojos pero sentía vergüenza. No se cierran los ojos en presencia del propio padre.

—Bueno —dije con voz resignada—. Acepto. Le llevaré de comer.

Los movimientos de cabeza cesaron de golpe como si todas las cabezas obedecieran a la batuta de un director de orquesta invisible.

—Bueno —repetí—, le llevaré de comer, pero antes, chiquillo, dime: ¿acaso los muertos también tienen hambre?

El niñito mostró de nuevo una expresión de asombro.

—¿Lo ignorabas?... ¿De veras?... ¡Claro que tienen hambre!

—¿Hay que darles de comer?

—¡Qué pregunta! —exclamó el niñito—. Claro que hay que darles de comer. Pero es difícil...

—Es difícil... difícil... difícil —repitieron las sombras en coro.

El niñito me observó un instante, sonrió y agregó:

—Voy a confiarte un secreto. —Su voz era un murmullo—. ¿Sabías que los muertos tienen por costumbre levantarse de sus tumbas a medianoche?

Le aseguré que sí, que lo sabía. Me lo habían dicho.

—¿Te han dicho también que vienen directamente del cementerio a la sinagoga?

Sí, me lo habían informado. También eso me habían dicho.

—Bueno, es verdad —confirmó el niñito.

Luego, después de un silencio, como si quisiera acentuar el efecto dramático de lo que iba a seguir, prosiguió en voz más baja aún, tan baja que habría sido imposible oírla si no hubiera estado dentro de mí.

—Sí, es verdad. Se reúnen de noche, en la sinagoga, pero no por lo que tú crees. ¿Piensas que vienen a orar? No. Vienen a comer...

Todo comenzaba a girar a mi alrededor: las paredes, las sillas, las cabezas. Todos empezaron a danzar al compás de un ritmo establecido de antemano, sin desplazar el aire, sin apoyar los pies en el suelo. Yo me convertí en el centro fijo de múltiples círculos.

Tenía que haber cerrado los ojos y haberme tapado los oídos, pero mi padre estaba allí, y mi madre, y mi maestro, y el mendigo, y el niñito. No se cierran los ojos, no se tapan los oídos cuando alrededor de uno danzan los que hicieron de uno lo que uno es.

—Dame eso —ordené a Ilana—. Voy a llevárselo.

Los que danzaban se detuvieron de golpe como si yo fuese su director de orquesta y mis palabras me sirvieran de batuta.

Di un paso hacia Ilana, que permanecía inmóvil en la puerta de la cocina. De pronto, Gad dio un salto y fue junto a la muchacha.

—Deja —me dijo—. Yo se lo llevaré.

Con movimiento brusco, casi brutal, arrancó la taza y el plato de manos de la muchacha y bajó corriendo las escaleras que conducían al sótano.

Yoav consultó su reloj.

—Son las dos pasadas —anunció.

—¿Tan temprano? —dijo Ilana—. Qué noche tan larga, la noche más larga que he vivido.

—Sí —admitió Yoav—. Es una noche muy larga.

Ilana se mordió los labios.

Por momentos tengo la impresión de que no terminará nunca, que durará siempre. Es como la lluvia. Sobre todo entre nosotros, la lluvia, como todo aquí, sugiere permanencia, eternidad. Pienso: «Hoy llueve, lloverá mañana y pasado mañana, y el día siguiente, y la semana siguiente, y el siglo siguiente». Ahora también pienso: «Es de noche, será de noche mañana, y pasado mañana, y el día siguiente, el mes siguiente, el siglo siguiente».

Se detuvo bruscamente, tomó el pañuelo que guardaba en la manga arremangada de la blusa y se secó la frente sudorosa.

—Me pregunto por qué hace tanto calor aquí —observó—. Sobre todo a estas horas de la noche.

—Estará más fresco al amanecer —dijo Yoav.

—Lo espero —acotó Ilana—. ¿A qué hora clarea?

—Alrededor de las cinco.

—¿Y ahora qué hora es? —preguntó Ilana.

Yoav consultó de nuevo su reloj .

—Las dos y veinte —respondió.

—¿No tienes calor, Elisha? —Y volvió la cabeza en dirección a mí.

—Sí —dije—. Tengo calor.

Ilana volvió a ocupar su lugar junto a la mesa. Me acerqué a la ventana y miré afuera. La ciudad parecía lejana, irreal. Sumida en una pesada modorra, tenía sueños de angustia, sueños de esperanza, sueños que mañana darían nacimiento a otros sueños. Y esos sueños, a su vez, engendrarían nuevos héroes que vivirían de noche y se prepararían para morir al amanecer; para morir y para dar la muerte.

—Tengo calor, Ilana —declaré con voz fuerte—. Me ahogo.

No sé cuánto tiempo estuve así, parado junto a la ventana abierta, con el cuerpo sudoroso, cuando, de pronto, una mano cálida, vibrante, amistosa, se apoyó sobre mi hombro: Ilana.

—¿En qué piensas? —me preguntó.

—En la noche —respondí—. De noche pienso siempre en la noche.

—¿Y en John Dawson?

—Y en John Dawson.

En alguna parte de la ciudad, una ventana se iluminó para apagarse enseguida: alguien que quería ver la hora, una madre preocupada por saber si su hijo sonreía en sueños.

—Recién —preguntó Ilana—, no querías verlo, ¿verdad?

—No quiero verlo —respondí.

Pensé: «Algún día mi hijo me preguntará: "Tienes un aire triste de repente. ¿Por qué?"». «Estoy triste —le diré— porque mis ojos ven a un capitán inglés que se llamaba John Dawson; un día mis ojos se posaron en su cara en el momento de su muerte»... «Tal vez tendría que ponerle una capucha», pensé. Con una capucha, es más fácil matar y olvidar.

—¿Tienes miedo? —preguntó Ilana.

—Sí —respondí—. Tengo miedo.

Hubiera querido agregar que el miedo no es nada. No lo temo. El miedo no es más que un color, un decorado, un paisaje. El problema está en otra cosa. Que el verdugo o la víctima tengan miedo, uno u otro, eso tiene poca importancia. Lo que importa es el hecho de que cada uno juega en la obra un papel que le es impuesto. Víctima y verdugo son los dos extremos de nuestra condición. Que uno pueda serlo a pesar suyo, eso es lo trágico.

—¿Tú, Elisha? ¿Tú tienes miedo? —insistió Ilana.

Comprendí el sentido de su pregunta: ¿Tú, Elisha, tú tienes miedo? ¿Tú que has pasado por Auschwitz? ¿Tú que has conocido Buchenwald? ¿Tú que has visto a Dios morir en más de una boca, muchas veces? ¿Tú tienes miedo?

—Sí, Ilana —respondí—. Yo tengo miedo.

Ella no sospechaba que el miedo no era el tema principal de esa argumentación. Como la muerte, no es más que el decorado y el color local.

—¿De qué tienes miedo? —agregó.

Su mano, vibrante y cálida, seguía apoyada sobre mi hombro. Sus senos casi me rozaban. Sentía el aliento de su boca sobre mi nuca. Su blusa estaba mojada, su cara deshecha. «Ella no comprende», pensé.

—Tengo miedo de que me haga reír —le dije tratando de hacerle comprender—. Podría inflar su cabeza y hacerla estallar en pedazos, únicamente para hacerme reír. Eso es lo que me da miedo.

Pero ella no comprendía. Con el pañuelo que tenía en la manga arremangada me secó la frente y la nuca sudorosas. Luego me besó suavemente en la frente y me aconsejó:

—Te atormentas demasiado, Elisha. Los rehenes no son payasos que nos hagan reír.

¡Pobre Ilana! Tenía una voz tan pura y tan triste como la verdad, una voz tan triste como la pureza. Pero no comprendía. Su mirada se detenía en los reflejos; no veía lo esencial.

—Tal vez sea verdad —declaré resignado—. Somos nosotros quienes les hacemos reír. Ellos ríen después de morir.

Entonces empezó a acariciarme el pelo, la nuca, la cara. Sentía siempre la presión de sus senos contra mi cuerpo. Luego se puso a hablarme con su voz dulce, triste y pura, como se habla a un niño enfermo que no tiene a nadie para consolarlo o para calmar su sed.

—Te atormentas demasiado, pequeño. Te atormentas demasiado —repitió varias veces. (No dijo «mi pobre pequeño», por lo cual me sentí agradecido)—. No debes preocuparte. Eres joven. Eres inteligente. Sólo que has sufrido demasiado en la vida. Pronto todo habrá terminado. Los ingleses evacuarán el país y nosotros subiremos a la superficie para vivir una vida normal, sana, simple. Te casarás. Tendrás hijos. Les relatarás historias. Los harás reír. Serás dichoso porque ellos serán dichosos; te aseguro que lo serán. No podrán no serlo... con un padre como tú... Y desde mucho tiempo atrás habrás olvidado esta noche, este cuarto, a mí y todo lo demás...

Al decir «todo lo demás», describió un semicírculo con la mano. Pensé en mi madre. Ella hablaba así, en un tono conmovedor, empleando esas mismas palabras casi en los mismos lugares. Yo quería a mi madre. Todas las noches —hasta los nueve o diez años— venía a acostarme y cantarme canciones de cuna o contarme cuentos. «Una cabra se halla junto a tu cama —me aseguraba—. Una cabra de oro. Te acompañará a todas partes en la vida. Siempre. A veces, te precederá para guiarte; otras veces, te seguirá para protegerte. Y aun cuando seas grande, cuando seas rico, cuando sepas todo lo que un hombre debe saber y poseas todo lo que un hombre debe poseer, aun entonces, la cabra estará junto a ti».

—Ilana, me hablas como si fueras mi madre.

Mi madre también tenía una hermosa voz. Era más hermosa que la de Ilana. Semejante a la voz de Dios, era capaz de disipar el caos y hacerme entrever un porvenir que pudiera ser mío. La cabra debía conducirme a él. Pero la había perdido en el camino, para ser más exacto, en el camino a Buchenwald.

—Sufres —dijo la joven—. Cuando un hombre habla de su madre, significa que sufre.

—No, Ilana —afirmé—. En este momento ella es la que sufre más.

Repentinamente, sus caricias se hicieron más suaves, más distantes. Comenzaba a comprender. Sobre su cara se extendió un nuevo manto de sombras. Calló largo rato y luego unió su mirada a la mía para contemplar la misma noche que nos tendía su negra mano por la ventana abierta.

—La guerra —observó Ilana— es como la noche. Lo cubre todo.

Sí, comenzaba a comprender. Casi no sentía ya sus dedos sobre mi nuca.

—Nosotros decimos que estamos comprometidos en una lucha sagrada —prosiguió—, que luchamos contra algo, por algo; combatimos contra los ingleses, combatimos por una Palestina libre, independiente. Es lo que decimos. Pero bien lo sé, Elisha, que las palabras, las palabras no hacen más que dar un sentido a nuestros actos, mientras que nuestros actos, una vez reducidos a sus dimensiones reales, es decir, primigenias, tienen el color y el olor de la sangre. Es la guerra, decimos. Hay que matar. Entonces, matamos. Están aquellos, como tú, que matan con sus manos, y otros, como yo, que matan con su voz. Cada cual mata a su manera. Pero, ¿podemos hacer otra cosa? La guerra tiene sus leyes. Si las niegas, niegas su valor y le das la victoria al enemigo. No podemos permitírnoslo. Esta vez tenemos necesidad de una victoria, una victoria ganada en la guerra, tenemos necesidad de sobrevivir, para continuar manteniéndonos en la superficie del tiempo...

Ni una sola vez había levantado la voz. Se hubiera dicho que estaba relatando una historia para sí misma, tal vez que canturreaba una canción de cuna.

Había hablado en tono tranquilo y casi monótono que no revelaba pasión ni interés, y ni siquiera desesperación.

En general, tenía razón. Estábamos en guerra. Teníamos un objetivo, un ideal. Teníamos un enemigo que se interponía entre nosotros y el infinito. Entonces, habría que eliminarlo. ¿Cómo? No importaba cómo. Los métodos no tenían ninguna importancia. Los medios son múltiples y pronto se los olvida. Lo que cuenta y queda es el fin único. Probablemente Ilana estaba en lo justo: algún día habré olvidado todo esto. Pero los muertos lo recordarán. Los muertos no olvidan nada. Para ellos seré un verdugo por toda la eternidad. Hay mil maneras de ser verdugo: se es o no se es. No se puede decir: seré verdugo con un hombre, con diez, con veintiséis, lo seré durante un día o durante cinco minutos. El que es verdugo de un solo ser humano sigue siéndolo por toda la vida. Puede elegir otro oficio, ocultarse bajo otra identidad, pero el verdugo —o al menos la máscara del verdugo— le quedará adherida a la piel para siempre. Ése es el problema. La influencia duradera del decorado sobre el personaje. La guerra es capaz de hacer de mí un verdugo; ese papel lo conservaré aunque el decorado haya cambiado, aunque represente otras obras, en otros escenarios.

—No quiero ser verdugo —dije a Ilana—. Pronuncié la palabra «verdugo» muy rápidamente. Quería librarme de ella. Me quemaba la boca.

—¿Quién quisiera serlo? —confirmó ella.

Seguía acariciándome la nuca pero, no sé por qué, tenía la impresión de que no era mi nuca lo que acariciaba, que no eran mis cabellos los que peinaba con sus dedos húmedos. La mejor mujer del mundo tendría temor de tocar la piel de un verdugo, de acariciar la frente de un hombre a quien el epíteto de verdugo le quedará adherido a la piel toda la vida.

Dirigí una miraba oblicua hacia atrás para ver si los otros seguían allí. Gidon y Yoav dormitaban con la cabeza apoyada en la mesa y los brazos sirviéndoles de almohada. Aun dormido, Gidon parecía rezar. Gad continuaba abajo, en el sótano. Me pregunté qué hacía tanto tiempo allí. Los demás, sombras de tres dimensiones, seguían nuestra conversación pero no tomaban parte en ella. Eso me sorprendía. Ilana callaba.

—¿En qué piensas? —le pregunté.

No respondió. Un poco más tarde, le hice la pregunta por segunda vez. Esta vez, tampoco respondió.

Me callé. Ilana también. Y esa multitud, detrás de mí, esa multitud hecha de silencios, cuyas sombras absorbían la luz convirtiéndola en un resplandor negro, triste, fúnebre, hostil, esa multitud detenida en una inmovilidad petrificada, también callaba.

Esos silencios me llenaban de terror. Diferían del mío. Eran fríos, duros, sin vida, sin futuro. Inmóviles.

De niño, tenía miedo a los muertos; tenía miedo al cementerio, ese reino misterioso de los muertos. Esos silencios que rodean a los muertos me producían terror.

Sabía que detrás de mí, de pie, apretujados unos contra otros como para protegerse del frío, ellos me juzgaban. Los muertos, habitantes de un mundo finito, no tienen otra cosa que hacer si no juzgar y, no poseyendo ya el sentido del antes y el después, son jueces implacables. Condenan no con el entendimiento de su ser sino con su mismo ser.

Detrás de mí, ellos me juzgaban. Adivinaba que su silencio juzgaba al mío. Hubiera querido volverme y mirar esos silencios pero, sólo de pensarlo, era presa de angustia.

«Pronto volverá Gad», pensé. Pronto tendré que bajar al sótano. Dentro de poco despuntará el día, amanecerá y esa multitud se desvanecerá en la brisa de la mañana. Y no me moveré. De espaldas a ellos, continuaré aquí, junto a la ventana, al lado de Ilana, hasta el alba.

Después de un minuto, cambié de resolución. Ahí estaban mi padre, mi madre, el mendigo, el maestro. No podía darles la espalda. Sería un insulto. Debía mirarlos de frente.

Me volví prudentemente. En el cuarto había dos clases de luz: una blanca, otra oscura. La primera se extendía sobre Gidon y Yoav dormidos, la otra emanaba de la multitud.

Dejé a Ilana en la ventana, perdida en sus reflexiones, en sus penas tal vez, y empecé a andar por el cuarto deteniéndome aquí y allá ante una cara conocida, ante una tristeza familiar.

Sabía que me estaban juzgando, que esas caras, esas tristezas me juzgaban. Están muertos y tienen hambre. Cuando los muertos tienen hambre, juzgan a los vivos. Y son implacables; no esperan que el acto sea cometido, que el crimen se haya consumado. Lo juzgan de antemano.

Fue al captar el silencio del niñito —su silencio hecho mirada— que decidí hablarles. En él se reflejaba una inquietud que lo volvía más maduro, más viejo. «Les hablaré», pensé. No tienen derecho de condenar al niñito.

Acercándome a mi padre, vi el dolor inscrito en su rostro. Mi padre se había extinguido un minuto antes de la llegada del Ángel de la Muerte; así, engañándolo, había logrado llevarse consigo su dolor humano, su dolor viviente.

—Padre —le dije—, no me juzgues. Juzga a Dios. Es Él quien creó el Universo e hizo que la justicia se obtenga con la injusticia, que la felicidad de un pueblo se adquiera al precio de las lágrimas, que la libertad de una nación, como la de los hombres, sea una estatua levantada sobre los cuerpos de los condenados a muerte...

Estaba quieto ante él, sin saber qué hacer con mis manos, con mis ojos, con mi cabeza. Hubiera querido insuflar en mi voz toda la vida de mi cuerpo, toda la sangre de mi cuerpo. Por un momento, creí haberlo logrado.

Hablé largo rato. Le dije cosas que él sin duda sabía pues era él quien me las había enseñado. Se las repetí únicamente para probarle que no las había olvidado.

—No me juzgues, padre —supliqué, tembloroso y desesperado—. Padre, no es a mí a quien hay que juzgar, es a Dios. Juzga a Dios, padre. Él es la causa primera. Él es quien concibió las cosas y los hombres tal cuales son. Júzgale, padre. Estás muerto y sólo los muertos pueden permitirse juzgar a Dios.

Pero él no reaccionó. El dolor humano se hizo más humano en su cara consumida, sin afeitar, ennegrecida. Entonces lo dejé para hablarle a mi madre que estaba a su derecha.

Pero no pude hablarle. Sufría demasiado. Me pareció oírla murmurar: «Mi pobre pequeño, mi pobre pequeño», y mis ojos se anegaron de lágrimas. Sólo le dije que no era un asesino, que ella no había dado vida a un asesino sino a un soldado, a un combatiente de la libertad, a un idealista que sacrificaba su paz interior —que vale más que la vida— por su pueblo, por el derecho de su pueblo al sol, a la alegría, a la risa de sus niños. Fue todo lo que pude decir, con voz jadeante, afiebrada, entrecortada por las lágrimas.

Y como tampoco ella reaccionara, la dejé también y me detuve ante mi viejo maestro. La muerte lo había cambiado menos que a los demás. Era igual a cuando estaba vivo. Cuando estaba vivo, decíamos de él que no era de este mundo. Y ahora tampoco era de este mundo.

—No te traicioné —le afirmé, como si ya hubiera dejado atrás lo que tenía que hacer—. Si me negara a obedecer las órdenes, traicionaría a mis amigos vivientes. Los vivientes tienen más derechos sobre nosotros que los muertos. Eres tú, maestro, quien me lo ha dicho. Y está escrito en la Biblia: Y TÚ ELEGIRÁS LA VIDA. Yo elegí a los vivos. No es una traición, maestro.

Yerashmiel estaba de pie a su lado. Yerashmiel era mi amigo, mi camarada, mi hermano. Hijo de un cochero, tenía las manos de un trabajador y el alma de un santo.

Éramos los alumnos predilectos del maestro. Con nosotros, estudiaba de noche los secretos de la Cábala. No sabía que también él, Yerashmiel, había muerto. Lo supe en el momento en que lo vi ahí, entre la gente, al lado del maestro; no exactamente al lado sino ligeramente detrás de él, en señal de respeto.

—Yerashmiel —le dije—. Yerashmiel, hermano mío, ¿te acuerdas?

Juntos tejíamos sueños que nos sobrepasaban. Según la Cábala, el hombre es capaz, si su alma es bastante pura, si su amor es bastante profundo, de hacer venir al Mesías. Entonces, una noche, al volver de la escuela, Yerashmiel y yo resolvimos intentar la experiencia. Sabíamos perfectamente el peligro que eso implicaba. Nadie puede forzar la mano de Dios sin arriesgar la propia vida. Hombres más grandes que nosotros, más instruidos, más maduros que nosotros, habían perdido la suya al tratar de arrancar al Mesías de las cadenas del porvenir; al fracasar, algunos perdieron la fe, otros la razón y otros aun la vida. Yerashmiel y yo sabíamos todo eso, pero estábamos decididos a ir hasta el fin a pesar de las emboscadas que nos acechaban a lo largo del camino. Nos comprometimos a seguir juntos costara lo que costara. Si uno moría, el otro proseguiría. De hecho, empezamos a prepararnos para un viaje en profundidad. Comenzamos por purificar el cuerpo, el pensamiento y el alma. Ayunábamos de día y recitábamos nuestras plegarias de noche. Para purificar la boca y la palabra, hablábamos lo menos posible y el sábado observábamos un silencio absoluto.

Habríamos podido tener éxito. Pero estalló la guerra. Fuimos expulsados de nuestras casas, de nuestra ciudad. La última vez que lo vi, Yerashmiel caminaba en medio de un grupo de judíos a quienes se iba a deportar a Alemania. Una semana más tarde, llegué a Alemania también yo. Yerashmiel se encontraba en un campo, yo en otro. A menudo me preguntaba si continuaría con nuestros intentos, aun dentro del campo. Ahora lo sabía: sí, había continuado y había muerto allí.

—Yerashmiel —le dije—, Yerashmiel, hermano mío, ¿recuerdas?...

Algo en él había cambiado: sus manos. Ahora eran las de un santo.

—Nosotros también —proseguí mientras le miraba las manos—, nosotros también, mis camaradas del Movimiento y yo, tratamos de forzar la mano de Dios... Los muertos como tú deberían ayudarnos y no juzgarnos...

Pero Yerashmiel callaba. Y sus manos callaban. Y en alguna parte del universo del tiempo, el Mesías también callaba.

Al apartarme de Yerashmiel, volví a ver al niñito que se parecía al que yo había sido.

—¿También tú me juzgas? —le pregunté—. Tú no deberías juzgarme. Tienes suerte; has muerto joven. Si continuaras viviendo, serías yo mismo.

Entonces el niñito se puso a hablar. Su voz estaba llena de ecos inquietos, de nostalgias lejanas.

—No te juzgo —confesó—. No estamos aquí para juzgarte. Estamos aquí porque tú estás aquí. Estamos en todas partes donde tú vas, somos lo que tú haces. Cuando levantas los ojos hacia el cielo, nos lo haces ver; cuando acaricias los cabellos de un niñito que tiene hambre, mil manos se posan sobre su cabeza; cuando das pan a un pobre, nosotros le damos ese gusto delicioso del paraíso que sólo los pobres saben apreciar. ¿Por qué estamos silenciosos? Porque el silencio es nuestro ser y no sólo nuestra patria. Somos el silencio. Tu silencio, Elisha, es un poco el nuestro. Ya ves, nos llevas en ti. A veces puede que nos veas, pero más a menudo no nos ves. Cuando nos ves, crees que estamos aquí para juzgarte. Es un error de tu parte. No somos nosotros quienes te juzgamos: es el silencio que está en ti.

De pronto, una mano me rozó el brazo: la del mendigo. Me volví y lo vi detrás de mí. Sabía que no era el Ángel de la Muerte sino el profeta Elías.

—Oigo los pasos de Gad —dijo—. Está subiendo.

—Oigo los pasos de Gad —observó Ilana tocándome el brazo—. Está subiendo.

Con paso lento, Gad entró en el cuarto con rostro taciturno. Ilana corrió hacia él y le besó en la boca. Él la rechazó suavemente.

—Te quedaste tanto tiempo abajo —dijo Ilana—. ¿Qué es lo que te llevó tanto tiempo?

Una sonrisa cruel y dolorosa afloró a su rostro.

—Oh, nada. Lo miraba comer.

—¿Comió? —pregunté sorprendido—. ¿Podía comer?

—Sí —respondió Gad—. Comió y con apetito.

Yo no comprendía.

—¡Qué! —exclamé—. ¿Quieres decirme que tenía hambre?

—No he dicho eso —replicó Gad—. No he dicho que tenía hambre. He dicho que comía con apetito.

—Y no tenía hambre sin embargo —continué.

La cara de Gad se ensombreció.

—No, no tenía hambre.

—Entonces, ¿por qué comía?

—No lo sé —respondió Gad nervioso—. Sin duda para probarme que es capaz de comer aunque no tenga hambre.

Ilana escrutaba la cara del hombre que amaba. Intentó encontrar su mirada, pero Gad la había fijado en un punto invisible del espacio.

—¿Qué pasó después? —preguntó ella, repentinamente inquieta.

—¿Después de qué? —respondió Gad bruscamente.

—Después que terminó la cena.

Gad se encogió de hombros.

—Nada —afirmó.

—¿Cómo nada? —se asombró Ilana.

—Nada. Me contó historias.

Ilana le tiró del brazo.

—¿Historias? ¿Qué clase de historias?

Gad lanzó un suspiro de resignación.

—Me relató historias —repitió visiblemente cansado de responder a preguntas que le parecían grotescas.

Hubiera querido preguntarle si había reído, si el rehén había logrado hacerle reír. Pero renuncié a hacerle la pregunta: de todos modos, la respuesta sería absurda.

La entrada de Gad había interrumpido el sueño de Gidon y Yoav. Con expresión huraña miraron a su alrededor como para asegurarse de que no seguían soñando. Luego Yoav, ahogando un bostezo, preguntó qué hora era.

—Las cuatro —respondió Gad, después de consultar su reloj.

—¡Tan tarde! No creía que fuese tan tarde.

Gad me hizo señas de que me acercara.

—Pronto amanecerá —me recordó.

—Sí, ya lo sé. Amanecerá.

—¿Sabes lo que tienes que hacer?

—Lo sé.

Metió la mano en el bolsillo y sacó un revólver. Me lo tendió.

Vacilé en tomarlo.

—Tómalo —me ordenó impaciente.

Era un revólver negro, casi nuevo. Yo tenía miedo de

tocarlo, de aceptarlo. La diferencia entre lo que era y lo que iba a ser residía en ese revólver.

—¿Y? —se impacientó Gad—. Tómalo.

Tendí la mano y lo agarré. Lo examiné largamente como si no supiera para qué servía ese objeto tan singular. Finalmente me lo metí en el bolsillo del pantalón.

—Quisiera hacerte una pregunta —le dije a Gad.

—Te escucho.

—¿Te hizo reír?

Gad me clavó su mirada fría, como si no hubiera comprendido mi pregunta o la necesidad que experimentaba de formularla. Pensaba en algo y su entrecejo fruncido me hizo creer que pensaba intensamente.

—El rehén —repetí—, ¿te hizo reír?

Me atravesó con la mirada; sentí que ella me penetraba por los ojos y me salía por la nuca. Gad debía de estar preguntándose qué era lo que me pasaba por la mente, por qué le hacía preguntas intrascendentes, por qué si yo sufría o no sufría, no ocultaba ese sufrimiento o esa falta de sufrimiento tras una máscara.

—No —contestó al fin—. No me hizo reír.

La máscara crujió imperceptiblemente. Él no se dio cuenta. Todos sus esfuerzos eran para controlar sus ojos; había olvidado controlar su boca. Y fue allí, en los alrededores de la boca, donde tuvo lugar el crujido. Su boca —sobre todo el labio superior— traicionaba ahora una amargura, una cólera terrible.

—¡No es posible! —exclamé simulando sorpresa—. ¿Cómo has hecho? ¿No eran cómicas sus historias?

Gad emitió un sonido que debía parecerse a la risa. El silencio que siguió acentuó la tristeza que una mano invisible había diseñado en sus labios.

—¡Oh, eran cómicas, muy cómicas! Pero no me hicieron reír.

Sacó un cigarrillo del bolsillo de la camisa, lo encendió, dio algunas caladas y, sin esperar mi pregunta, prosiguió:

—Sencillamente, pensaba en David...

«También yo pensaré en David», me dije. «Él me defenderá. Por más que el rehén intente hacerme reír, no lo conseguirá. David vendrá en mi ayuda».

—Es tarde —dijo Yoav ahogando otro bostezo.

Gidon le hizo eco.

—Es tarde.

Afuera la noche seguía mirándonos. Pero, por la forma en que nos miraba, era fácil comprender que se disponía a alejarse.

Repentinamente me decidí:

—Voy a bajar —anuncié a Gad.

—¿Tan temprano? —preguntó sorprendido y emocionado—. Tienes tiempo. Una hora tal vez...

Le respondí que prefería bajar antes: quería verlo, hablarle, conocerlo. Agregué que era una cobardía matar a un desconocido. Resultaba demasiado fácil. Como en la guerra: no se matan hombres. Se dispara a la noche que, herida, emite gritos de dolor que recuerdan los quejidos desgarradores de los hombres. Eso: se dispara contra la noche, se dispara contra una masa y nunca se sabe con seguridad sí un hombre fue muerto y por quién. Ejecutar a un desconocido sería algo similar. Al verlo en el momento de su muerte tendría la impresión de disparar sobre un muerto. Sería una cobardía.

Fue la razón que di para explicar mi decisión. No sé si era correcta. Ahora, al pensar en ello, me digo que si quería bajar más temprano era tal vez sencillamente por curiosidad: quería ver al rehén. Nunca había visto un rehén. Quería ver a un rehén que iba a morir, a un hombre que sabía que iba a morir. Quería contemplar a un rehén que iba a morir y que relataba historias graciosas. ¿Curiosidad? ¿Voluntad de dar pruebas de coraje? Ambas cosas tal vez...

—¿Quieres que te acompañe? —inquirió Gad. Un mechón le cubría parte de la frente pero olvidó levantárselo.

—No, Gad —respondí—. Quiero estar a solas con él.

Me sonrió. Era el comandante quien, orgulloso de su subordinado, me dedicaba su sonrisa, su orgullo. Apoyó la mano sobre mi hombro y lo apretó afectuosamente.

—¿Quieres que te acompañe? —me preguntó el mendigo, con la mano sobre mi hombro.

—No —afirmé—. Quiero estar solo con él.

Una bondad inmensa brilló en sus ojos:

—No puedes hacerlo sin ellos —me dijo, y con la cabeza señaló a la multitud que se mantenía a distancia, detrás de nosotros.

—Entonces, que vengan más tarde —admití.

El mendigo tomó mi cabeza entre sus manos y me miró en los ojos. Su mirada era tan intensa que, por un instante, dudé de mi propio ser. Pensé: «Yo soy esa mirada, es todo lo que soy. El mendigo tiene muchas miradas y yo soy una de ellas». Pero su mirada irradiaba bondad y yo sabía que el mendigo no podía mirar con bondad su propia mirada. Así tuve conciencia de mi ser.

—De acuerdo —me contestó—. Ellos irán más tarde.

Y volvió a ocupar su lugar en el centro de la multitud.

Ahora era el niñito quien, desde lejos, por encima de las cabezas y las sombras, se ofrecía a acompañarme abajo. Le respondí: «Más tarde». Mi respuesta lo entristeció. Le repetí lo que acababa de decirle a los demás: «Más tarde. Primero quiero estar a solas con él».

—Bueno —admitió el niñito—. Iremos más tarde.

Recorrí el cuarto con la mirada para grabarlo allí, con la esperanza de volver a encontrarlo después.

Ilana hablaba con Gad, aunque él no la escuchaba. Yoav bostezó. Gidon se acariciaba la frente como si le doliera la cabeza.

«Dentro de una hora todo habrá cambiado», pensé. «No veré ya en la misma forma. La mesa, las sillas, la puerta de la cocina, las paredes, y también la ventana, los veré en forma diferente. Sólo los muertos, papá, mamá, el maestro, Yerashmiel, sólo ellos no habrán cambiado, pues nosotros cambiamos juntos, en el mismo sentido, en el mismo tiempo, haciendo las mismas cosas».

Toqué el bolsillo para ver si el revólver seguía allí: allí estaba. Hasta tuve la extraña impresión de que vibraba, que vivía, que su existencia formaba parte de la mía, que tenía un presente, un futuro, un destino. Pero, mientras que su destino era yo, el mío era él. «Dentro de una hora, también él habrá cambiado», pensé.

—Es tarde —constató Yoav desperezándose.

Con los ojos dije adiós a Ilana, a Gad, a Gidon y a sus oraciones, a Yoav y a su mirada desvaída, a la mesa, a la ventana, a las paredes, a la noche y luego, con paso rápido, entré en la cocina con la impresión de que corría hacia mi propia ejecución.

Bajé la escalera; involuntariamente, aminoré el paso que se hizo más pesado.

John Dawson era un hombre apuesto. Aun así, con la barba crecida de varios días, el pelo enmarañado, la camisa arrugada, había algo de elegante en él.

Debía de tener alrededor de cuarenta años y probablemente era oficial de carrera: mentón enérgico, ojos penetrantes, mirada cortante, frente alta de intelectual, boca delgada, manos finas.

Al empujar la puerta de su celda, lo encontré tendido en el catre estudiando el cielorraso.

Esa cama era el único mueble que adornaba la celda blanca y estrecha. Merced a un ingenioso sistema de ventilación que habíamos instalado en ella, hacía menos calor aquí, en la celda sin ventana, que arriba en el cuarto abierto al viento y al aire.

Cuando John Dawson descubrió mi presencia no manifestó sorpresa ni temor. Ni siquiera se levantó sino que se limitó a sentarse. Luego me observó largamente, sin pronunciar palabra, como si hubiera querido medir la fuerza y la densidad de mi silencio. Su mirada abarcaba todo mi ser y yo hubiera querido saber si veía que tenía ojos por todas partes.

—¿Qué hora es? —preguntó bruscamente.

Con voz débil, insegura, le respondí que eran las cuatro pasadas. Frunció las cejas como si hubiera querido captar el sentido profundo, el sentido oculto de mis palabras.

—¿A qué hora es de día?

—Dentro de media hora —respondí. Y sin saber por qué, agregué—: Aproximadamente.

Nos quedamos mirándonos un largo momento y de pronto me di cuenta de que el tiempo no transcurría según su ritmo adecuado, normal. Pensé: «Lo mataré dentro de una hora». Pero no lo creía. «La hora que me separaba de la ejecución durará más que mi vida», pensé. Pertenecerá para siempre a un futuro remoto y nunca se unirá al pasado.

Yo nos estudiaba. Había algo de antiguo en la situación. Estábamos solos, no solamente en la celda sino en el mundo. Él sentado, yo de pie. La víctima y el exterminador. Éramos los primeros hombres de la creación. O los últimos. En todo caso, los únicos. ¿Y Dios? Sin duda estaba ahí, en alguna parte. ¡Tal vez era Él esa simpatía que John Dawson me inspiraba! Dios tal vez es la ausencia de odio por parte del verdugo hacia su víctima y de la víctima hacia su verdugo.

Estábamos solos en la celda blanca y estrecha. Él, sentado en la cama, yo, de pie ante él. Y nos mirábamos. Hubiera querido verme con sus ojos. Tal vez él quería mirarse con los míos.

No sentía hacia él ningún odio, ni cólera, ni piedad; sencillamente lo encontraba simpático. Me gustó la forma en que frunció el entrecejo pensando en algo preciso; me gustó también la forma en que examinó sus uñas formulando una idea incompleta. «En otras circunstancias, habría podido ser mi amigo», pensé:

—¿Es usted quién...? —preguntó bruscamente.

¿Cómo lo había adivinado? Tal vez lo había sentido.

La muerte tiene un olor. Al entrar, lo había llevado conmigo. O también pudiera ser que, de pronto, había visto que yo no tenía manos, ni piernas, ni hombros, sino que estaba hecho de ojos.

—Soy yo —contesté.

Me sentía tranquilo. Siempre es el penúltimo paso lo que nos pone nerviosos y nos tortura; el último hace de nosotros seres lúcidos, reflexivos de sí mismos.

—¿Cómo se llama usted? —me preguntó.

Esa pregunta me turbó un poco. ¿Acaso todos los condenados a muerte la hacen? ¿Por qué quieren saber el nombre de su verdugo? ¿Para llevarlo consigo al más allá? ¿Para qué? Tal vez no debí decírselo, pero no se niega nada a un hombre que va a morir.

—Elisha —respondí.

—Es un nombre muy musical —observó.

—Es el nombre de un profeta —expliqué—. Elisha era el discípulo de Elías. Él fue quien devolvió la vida a un niñito muerto tendiendo su cuerpo sobre el suyo y trasmitiéndole su aliento y su vida.

—Usted hace lo contrario —observó sonriendo.

No estaba encolerizado contra mí; nada en él manifestaba odio. Probablemente, él también se sentía tranquilo, lúcido, seguro de sí mismo.

—¿Qué edad tiene? —me preguntó interesado.

Se lo dije: «Dieciocho años». Y no sé por qué agregué: «Cumplidos».

Entonces levantó la cabeza hacia mí y vi que una inmensa piedad se reflejaba en su cara que, de golpe, se hizo más flaca, de líneas más agudas. Durante un momento prolongado me tuvo bajo su mirada, después meneó la cabeza tristemente y agregó:

—Lo compadezco.

Sentí que su compasión penetraba en mí. Sabía que me

invadiría por completo y que, más tarde, yo tendría piedad de mí mismo.

—Cuénteme algo —le pedí—. Una historia graciosa si es posible.

Sentía que mi cuerpo se volvía más pesado. «Mañana será más pesado aún, muchos más pesado», pensé. «Mañana cargará con mi vida y con su muerte».

—Soy el último hombre a quien podrá ver usted antes de morir. Hágalo reír.

De nuevo me envolvió con su mirada, con su compasión. Me pregunté si todos los condenados a muerte miraban así al último hombre que ven, si todas las víctimas experimentan compasión por sus verdugos.

—Lo compadezco —repitió John Dawson.

Hice un esfuerzo. Tenía que sonreír y sonreí:

—Lo que usted me dice no es una historia graciosa —le observé.

Él también sonrió al responderme. Hubiera querido saber cuál de las dos sonrisas era más triste.

—¿Está muy seguro de ello?

No estaba tan seguro de ello. No estaba tampoco seguro de nada. Después de todo, pudiera ser que la historia fuera graciosa. La víctima sentada, el ajusticiador de pie. Se sonríen y hasta se comprenden. Se comprenden mejor así que si hubieran sido amigos de infancia. Ése es el milagro que produce el tiempo. Todos los estratos de las actitudes convencionales desaparecen. Cada palabra, cada gesto, cada mirada, se convierten en la verdad y no en uno de sus reflejos. Se establece una armonía. Mi silencio comprende al suyo. Mi sonrisa recibe la suya; su piedad se hace mía. Nunca un ser humano me comprendería como él me comprendía en ese instante. Lo sabía. Y sabía también que ello era debido únicamente a los dos papeles que nos eran impuestos. Y eso hacía de toda esta historia una historia graciosa.

—Siéntese —me dijo John Dawson haciéndome sitio a su izquierda en el catre.

Me senté. Sólo entonces me di cuenta de que era más alto que yo: me llevaba una cabeza. Sus piernas también eran más largas que las mías. Mis pies no alcanzaban a tocar el suelo.

—Tengo un hijo de su edad —comenzó él—. Tiene su edad pero no se le parece. Es rubio, sano, fuerte. Le gusta comer, beber, ir al cine, salir con muchachas, reír y cantar. No está tan inquieto, tan angustiado como usted... ni es tan desdichado.

Se puso a hablar de su hijo, «que estudia actualmente en Cambridge», y cada frase era una lengua de fuego que me quemaba el cuerpo. Con mi mano derecha rocé el revólver dentro de mi bolsillo. También éste se volvió incandescente y me quemó los dedos.

«No debo escuchar su historia», pensé. «Es mi enemigo; el enemigo no tiene historia. Debo pensar en otra cosa. En el fondo es por eso que yo quería verlo: para pensar en otra cosa mientras él me contaba una historia. En otra cosa... pero, ¿en qué? ¿En Ilana, en Gad? Sí, pensemos en Gad, que piensa en David. Pensemos en David ben Moshe, el héroe del Movimiento que... que... que...».

Cerré los ojos para verlo mejor pero, como nunca lo había visto, no pude imaginarlo provechosamente. «Un nombre no basta», pensé. «Hace falta un rostro, un cuerpo, una voz y pegarle encima el nombre David ben Moshe. Una cara, un cuerpo que yo conozca, una voz que me sea familiar. ¿Gad? No. Gad no. Es difícil imaginarlo como condenado a muerte. Condenado a muerte. ¿Por qué no lo pensé antes? John Dawson es un condenado a muerte. Bauticémoslo David, David ben Moshe. En adelante —durante los cinco minutos que seguirán— usted es David ben Moshe... y está en San Juan de Acre. En la cárcel. En la celda blanca, bañada por la luz cruda, fría, de los que morirán al amanecer. En ese mismo momento, llaman a la puerta. Dejan entrar al rabino. Viene a reconfortarlo, a recitar con usted algunos capítulos de los Salmos, a decirle el *Vidui*, esa confesión terrible mediante la cual uno se declara responsable no sólo de los crímenes y pecados que ha cometido sino también de aquellos que habría podido cometer, de aquellos que otros han cometido. El rabino le da la bendición tradicional: "Que Dios te bendiga y te proteja" y le exhorta a no tener miedo. Y uno le responde que no tiene miedo, que si tuviera que volver a comenzar, lo volvería a hacer. El rabino sonríe y le dice que los de afuera están orgullosos de uno. El rabino lucha para contener las lágrimas. Está conmovido. Quiere llorar. Llora. Y uno, David, uno no llora. Mira al rabino con ternura puesto que es el último hombre (el verdugo y los otros no cuentan), sí, el último hombre a quien verá antes de morir. Uno siente mucha ternura hacia el rabino a quien ve por primera vez. Él llora y uno quisiera que cese de llorar. Entonces, uno trata de reconfortarlo, diciéndole: "No llore. No llore por mí. No tengo miedo. No debe compadecerme..."».

—Lo compadezco —dijo John Dawson—. No siento compasión por mi hijo sino por usted.

Se dejó caer sobre sus piernas. Era tan alto que su cabeza tocaba el cielorraso, de suerte que tenía que inclinarse ligeramente. Se metió las manos en los bolsillos de su pantalón caqui arrugado y comenzó a recorrer la celda: cinco pasos de ida, cinco pasos de vuelta.

—En efecto —repliqué—, es gracioso lo que usted dice.

Ni siquiera oyó mi observación. Con las manos siempre metidas en los bolsillos, continuó recorriendo la celda, yendo de una pared a otra: cinco pasos de ida, cinco pasos de vuelta. Miré el reloj: las cuatro y veinte.

De pronto, se detuvo ante mí y me pidió un cigarrillo. Yo tenía un paquete de Players en el bolsillo. Quise dárselo. Se negó a aceptarlo. No podría fumarlos todos, explicó. Su voz seguía tranquila, de circunstancias.

—¿Tendría un lápiz y papel? —preguntó de pronto con voz impaciente, ansiosa.

Saqué mi libreta, arranqué algunas hojas y se las tendí junto con mi lápiz.

—Es una esquela para mi hijo. ¿Sería tan amable de hacérsela llegar? —declaró—. Arriba le pondré la dirección.

Le ofrecí mi libreta para que pudiera escribir con más facilidad. Él permaneció de pie, la cama sirviéndole de mesa. Durante algunos minutos, en la celda se hizo un silencio total, silencio atravesado únicamente por el crujido del lápiz sobre el papel.

Miré sus manos; en una sostenía la libreta, con la otra escribía. Eran manos aristocráticas: largas, finas, delicadas. Tenían la piel transparente y lisa. Me sentía fascinado por ellas. «Con manos semejantes», pensé, «es fácil tener éxito en la vida; no es necesario hablar, discutir, sonreír, doblarse en dos, ofrecer flores y cumplidos; esas manos lo harán todo en nuestro lugar». «Rodin», seguí pensando, «hubiera querido esculpir manos semejantes».

El nombre de Rodin me hizo pensar en Esteban. Lo había conocido en el campo. Había sido escultor antes de la guerra. Cuando lo encontré en el campo, no tenía más que una mano: la izquierda.

Esteban era alemán y aquellos que le habían cortado la mano derecha también eran alemanes: nazis.

En Berlín, durante los primeros años que siguieron a la toma del poder por Hitler, Esteban y algunos de sus amigos intentaron organizar un embrión de resistencia, un pequeño grupo de antinazis que no creían en la santa misión que el pueblo asignaba al Führer. El grupo sólo tuvo una existencia efímera: la Gestapo lo descubrió pocos meses después de su fundación.

El joven escultor fue detenido, interrogado, torturado. «Los nombres —le exigían—. Dame los nombres y quedarás en libertad».

Esteban callaba. Le golpeaban: guardaba silencio. No le daban de comer: pero no abría la boca. Durante días y noches, le impidieron cerrar los ojos: y él continuaba callando. Finalmente, fue conducido ante el jefe de la Gestapo, en Berlín, un hombre suave, tímido, enclenque. Con voz benévola, paternal, aconsejó a Esteban que dejara de hacer «tonterías» y que pusiera fin a su terquedad. El escultor lo escuchó cortésmente pero no dijo nada. «¿Y? —preguntó el hombre suave—. Comience. Déme un nombre, uno solo. Lo consideraré una prueba de buena voluntad de su parte». Esteban permaneció mudo. «Es una lástima —dijo el hombre suave—. Me obligará a hacerle sufrir».

A una señal de su jefe, dos guardias SS se llevaron al prisionero a una habitación adyacente que parecía una sala de operaciones. En ella estaba instalado, junto a la ventana, un sillón de dentista. Al lado del sillón, sobre una mesa cubierta de lienzo blanco, decenas de bisturíes, tijeras, pinzas, estaban colocadas en orden.

Los dos guardias SS cerraron la ventana, amarraron a Esteban al sillón y encendieron sus cigarrillos. Poco después, el oficial enclenque entró en la habitación. Ahora iba vestido con un guardapolvo blanco.

—No tema nada —dijo a Esteban—. Fui médico antes de vestir el uniforme SS.

El médico de rostro dulce y palabra tímida se puso a trabajar en la mesa de cirugía, eligió algunos instrumentos y luego fue a sentarse ante el joven.

—Déme su mano derecha —pidió. Esteban se la tendió.

—Me dicen que usted es escultor. ¿No responde? Bueno. Sé que lo es. Se ve en sus manos. Las manos de un hombre son muy locuaces, ¿sabe? Muy expresivas. Mire las mías; no se diría que son las de un médico. Es que yo no quería ser médico. Aspiraba a ser un artista: músico o pintor. No soy ni una cosa ni otra, pero he conservado mis manos de artista. Mírelas...

—Las miré y ellas me fascinaron —me contó Esteban más tarde—. Tenía las manos más finas, más puras, más angelicales que jamás haya visto en mi vida. Se hubiera dicho que estaban habitadas por un alma extraña, excepcionalmente delicada, exiliada.

—Siendo escultor —prosiguió el médico de manos puras—, usted tiene necesidad de sus manos. Desgraciadamente, nosotros no las necesitamos.

Y, al decir esto, le cortó el primer dedo.

Al día siguiente, fue el turno del segundo.

Al día subsiguiente, cayó el tercero.

Cinco días: cinco dedos. Los cinco dedos de la mano derecha.

—Tranquilícese —dijo el oficial de voz paternal—. La amputación es perfecta desde el punto de vista médico. No es de temer ninguna complicación.

—Me encontré cinco veces con él —me confió Esteban. (Por un milagro que no podía comprender, Esteban no fue ejecutado sino enviado a un campo de concentración)—. Cinco veces lo vi de cerca. Y, cada vez, no pude apartar la vista de sus manos que eran las más bellas manos de hombre que haya visto en mi vida...

John Dawson terminó su carta y me la tendió, pero yo no veía el papel. Mi atención estaba concentrada en sus manos, frágiles y orgullosas, de piel transparente y lisa.

—Tiene manos muy hermosas —observé.

Un momento me miró perplejo, sin decir palabra.

—¿Acaso es usted artista? —le pregunté.

Movió la cabeza negativamente.

—No soy artista —respondió.

—¿Nunca tocó ningún instrumento de música? ¿Nunca se dedicó a la pintura? ¿Nunca sintió deseos de hacerlo?

Continuó mirándome en silencio, y luego respondió brevemente.

—No.

—Entonces, sin duda ha estudiado medicina —continué.

Me lanzó una mirada asombrada como si de pronto dudara del estado de mi razón.

—Nunca estudié medicina —dijo en tono ligeramente disgustado.

—¡Qué lástima!

—¿Lástima? ¿Por qué sería una lástima?

—Mírese las manos. Son manos de médico. Para cortar los dedos hay que tener manos como ésas.

Con ademán lento, calculado, puso sobre la cama las pocas hojas de papel que hasta entonces había sostenido con la punta de los dedos.

—¿Es una historia graciosa? —preguntó.

—Sí, sí, ¡muy graciosa! El muchacho que me la contó, un tal Esteban, la consideraba terriblemente graciosa. Se reía hasta saltársele las lágrimas.

Meneó la cabeza repetidas veces, de derecha a izquierda, y con voz infinitamente triste, me preguntó:

—Usted me odia, ¿no es cierto?

Yo no lo odiaba. Hubiera querido odiarlo. Eso hubiera simplificado las cosas. El odio, como la guerra y el amor y la fe, lo justifica todo, lo explica todo.

—Elisha, ¿por qué mató a John Dawson?

—Era mi enemigo.

—¿Su enemigo, él, John Dawson? Explíqueme eso, Elisha.

—Bueno, me explico. John Dawson era inglés. En esa época, los ingleses eran enemigos de los judíos de Palestina. Yo soy judío. Luego, era mi enemigo.

—Pero, Elisha, no lo comprendo a usted: ¿por qué fue usted quien lo mató? ¿Era usted su único enemigo?

—No, pero las órdenes. Usted sabrá lo que son órdenes.

—¿Y esas órdenes hicieron de él su único enemigo? Vamos, Elisha, responda. ¿Por qué mató a John Dawson?

Al invocar el odio, todas esas preguntas me serían ahorradas. ¿Por qué maté a John Dawson? Es muy sencillo: lo odiaba. Punto y nada más. El odio, partiendo de lo absoluto, clarifica todo acto humano, aun al rodearlo de lo inhumano.

¡Cómo hubiera querido odiarlo! En el fondo, fue un poco por eso que decidí bajar para hablarle antes de matarlo. Era absurdo de mi parte, lo sé bien, pero, no obstante, esperaba encontrar en él, o al menos frente a él, motivos que dieran nacimiento a mi odio.

El hombre odia a su enemigo porque odia su propio odio. Piensa: «Es él, el enemigo, lo que hace de mí un ser capaz de odiar; lo odio, no porque sea mi enemigo sino porque él me odia, porque él engendra mi odio».

Yo pensaba: «John Dawson ha hecho de mí un asesino. Hace de mí el asesino de John Dawson. Merece mi odio. Sin él, tal vez sería asesino, pero no el asesino de John Dawson».

Por lo tanto descendí al sótano para odiarlo mejor. Pensé que no sería difícil. Hay una técnica conocida por todos los ejércitos del mundo, todos los gobiernos de la historia se han servido de ella para provocar el odio. He aquí dicha técnica: a fuerza de propaganda, de discursos, de películas, se crea una imagen del enemigo como una encarnación del mal, el símbolo de todo sufrimiento humano, la causa y el origen de toda injusticia, de toda crueldad, desde el primer día de la creación del Universo. «Esa técnica es infalible», me repetía. «La utilizaré contra mi víctima».

Intenté emplearla. Pensé que todos los enemigos son iguales, que todos son equivalentes. Uno es responsable de los crímenes cometidos por el otro. Tienen caras diferentes pero, en común, poseen manos, esas manos que cortan lenguas, dedos, de mis amigos. Al bajar la escalera, estaba seguro de encontrarme cara a cara con el hombre que había condenado a muerte a David ben Moshe, el hombre que había matado a mis padres, el hombre que se había interpuesto entre mi yo y el que quería ser, el hombre que se disponía a matar al hombre que había en mí.

Estaba seguro de poder odiarlo.

Luego vi su uniforme y pensé: «¡Magnífico! Nada estimula tanto el odio como un uniforme».

Vi sus hermosas manos, finas y delicadas y pensé: «¡Qué suerte! Esteban esculpirá mi odio en ellas».

Cuando inclinó la cabeza para escribir la última carta a su hijo —«que estudia en Cambridge, que ama el amor y ama la vida»— mi mirada se fijó en su nuca y pensé: «También David está escribiendo su última carta, dirigida al Viejo probablemente, antes de ofrecer su nuca al verdugo».

Cuando él me hablaba, era también hacia David que iban mis pensamientos. A David que no tenía con quien hablar. ¿El rabino? No se habla con un rabino. Está demasiado apurado por trasmitir nuestras palabras al buen Dios. Uno se confiesa ante él, uno recita los salmos con él, las oraciones de los muertos, uno lo consuela o se deja consolar por él, pero uno no le habla *verdaderamente*.

Pensaba en David, a quien no conocía, a quien no conocería nunca. No siendo el primer combatiente judío que iba a ser colgado, nosotros sabíamos exactamente, en todos sus detalles, cómo y cuándo moriría. Alrededor de las cinco de la mañana, la puerta de su celda se abriría y el director de la prisión le diría: «Prepárate, David ben Moshe. Ha llegado la hora». Siempre se dice eso: la hora ha llegado. Como si lo único que contara fuese esa hora. David dirige una mirada circular a la celda. «Ven, hijo mío», le dice el rabino. Y salen. La puerta de la celda queda abierta; olvidan —siempre— cerrarla. El pequeño grupo entra en el largo corredor gris, lúgubre, que conduce a la cámara de ejecución. Personaje importante, David camina en el centro, consciente del hecho de que los demás sólo están allí a causa de él. Camina con la cabeza alta —todos nuestros camaradas iban a la muerte con la cabeza alta— y una sonrisa extraña en la mirada. A ambos lados del corredor, un centenar de ojos, de oídos, acechan su paso. El primer prisionero que percibe sus pasos entona el *Hatikva*, el canto de esperanza. A medida que el grupo avanza, el canto se vuelve más fuerte, más humano, más potente; y entonces una lucha se entabla entre ese canto y los pasos: entre quién cubrirá a quién.

Cuando John Dawson me hablaba de su hijo, yo oía los pasos de David, los pasos que iba a dar, el canto que iba a nacer.

Escuchaba pues los pasos del condenado a muerte que las palabras de John Dawson trataban de cubrir y pensaba: «Habla para que no vea a David en medio del grupo, en el corredor, para que no vea la sonrisa de su mirada, para que no oiga el canto desesperado del *Hatikva*, que es el canto de la esperanza».

Hubiera querido odiarlo. El odio hubiera simplificado las cosas. ¿Por qué mató usted a John Dawson, pues?

—Lo maté porque lo odiaba. Lo odiaba porque David ben Moshe lo odiaba; y David ben Moshe lo odiaba porque él estaba hablando cuando David recorría el corredor gris y lúgubre al final del cual lo esperaba la muerte.

—Elisha, usted me odia, ¿verdad? —volvió a preguntar John Dawson. Sus ojos estaban impregnados de una ternura que resplandecía en su cara.

—Yo no le odio —respondí—. Trato de odiarlo.

—¿Por qué trata de odiarme, Elisha? —replicó.

Su voz era suave, cálida, ligeramente triste. Se distinguía por su ausencia de curiosidad.

«¿Por qué?», pensé. «¡Qué pregunta, John Dawson! Sin odio, todo lo que hacemos, mis camaradas y yo, no tendría sentido. Sin odio, nuestra lucha no tendría ninguna posibilidad de procurarnos la victoria. ¿Por qué trato de odiarlo, John Dawson? Porque mi pueblo nunca supo odiar. Su tragedia, en el transcurso de los siglos, se explica por la falta de odio de que dio pruebas contra los que intentaron exterminarlo, contra aquellos que, a menudo, consiguieron humillarlo. Nuestra única oportunidad, ahora, John Dawson, es saber odiar, es aprender el arte y la necesidad del odio. De otro modo, de otro modo John Dawson, nuestro porvenir será sólo la prolongación del pasado y el Mesías seguirá esperando su liberación».

—¿Por qué trata usted de odiarme? —preguntó de nuevo.

—Para dar a mi acto próximo un sentido que lo supere —respondí.

Volvió a menear la cabeza de derecha a izquierda.

—Lo compadezco —dijo de nuevo.

Miré el reloj: las cinco menos diez. Todavía diez minutos. Dentro de diez minutos, cometeré el acto más importante, el más total de mi existencia.

Salté de la cama al suelo.

—Prepárese, John Dawson —dije.

—¿Ya es hora? —preguntó.

—Está cerca —respondí.

Se levantó y fue a apoyar su cabeza contra la pared, no sé para qué, para meditar y decir sus oraciones.

Todavía ocho minutos. Las cinco menos ocho minutos.

Saqué el revólver del bolsillo. Pensé: «¿Qué haré si logra arrebatármelo? No podría huir. La casa está bien vigilada. El sótano no tiene más salida que por la cocina. Gad, Gidon, Yoav e Ilana estarán arriba. Y John Dawson lo sabe».

Todavía seis minutos.

De pronto me sentía lúcido. Una claridad asombrosa se hizo en la celda. Repentinamente, los papeles se definieron, las fronteras quedaron trazadas. El tiempo de pensar, de las dudas, de las preguntas, de los tanteos, había pasado. Yo me convertía en la mano que sostenía el revólver. Yo me convertía en el revólver que sostenía mi mano.

Cinco menos cinco. Todavía cinco minutos.

—No temas nada, hijo mío —decía el rabino a David—. Dios está contigo.

—No temas nada. Soy médico —decía el oficial de cara suave a Esteban.

—La carta —dijo John Dawson volviéndose—. Envíesela a mi hijo.

Ahora estaba contra la pared, ahora era una pared. Cinco menos tres minutos. Todavía tres minutos.

—Dios está contigo —decía el rabino a David. El rabino llora, pero David no lo ve, no lo ve ya más.

—Se la enviará, ¿verdad? —insistió John Dawson.

—Se la enviaré —prometí y no sé por qué, agregué—: Se la enviaré hoy mismo.

—Gracias —contestó John Dawson.

David entra en la cámara de la cual no saldrá vivo. El verdugo lo espera. Tiene ojos por todas partes. David sube al cadalso. El verdugo le pregunta, muy quedo, si desea que le venden los ojos. David responde con voz clara: «No». Un combatiente judío muere con los ojos abiertos. Quiere recibir la muerte de frente.

Cinco horas menos dos minutos.

Saqué un pañuelo del bolsillo. John Dawson me ordenó que lo volviera a poner en su lugar. No tenía miedo a la muerte, dijo. Un oficial británico sabe morir con los ojos abiertos, mirar a la muerte de frente.

Todavía un minuto: cinco horas menos sesenta segundos.

La puerta de la celda se abrió sin ruido y los muertos, al llegar, la llenaron con su silencio. Ahora, en la celda estrecha, hacía un calor insoportable.

El mendigo me tocó el hombro y me dijo:

—Despunta el día.

El niñito que se parecía al que yo había sido, con cara inquieta, me dijo:

—Es la primera vez...

Luego recordó que su frase había quedado incompleta y agregó:

—Es la primera vez que asisto a una ejecución.

Papá estaba ahí. Mamá estaba ahí. Y también el viejo maestro de barba amarillenta. Y Yerashmiel. Todos me miraban. Su silencio me contemplaba.

David se irguió y se puso a cantar el *Hatikva*.

John Dawson empezó a sonreír. Apoyando la cabeza contra la pared, el cuerpo erguido como si saludara a un general, John Dawson sonrió.

—¿Por qué sonríe usted? —le pregunté.

—Nunca hay que preguntar a un hombre que te mira por qué sonríe —me aconsejó el mendigo.

—Sonrío —respondió John Dawson—, sonrío pues me doy cuenta, de pronto, que ni siquiera sé por qué muero. —Calló un instante y agregó—: «¿Lo sabe usted?».

—¿Lo ves? —observó el mendigo—. Te lo había dicho. No hay que hacer nunca semejante pregunta a un hombre en la hora de su muerte.

Veinte segundos. Este minuto tenía más de sesenta segundos.

—No sonría —dije a John Dawson. Hubiera querido decirle: «No sonría, no puedo disparar contra un hombre que sonríe».

Diez segundos.

—Quisiera contarle una historia. Una historia graciosa. Levanté mi brazo derecho.

Cinco segundos.

—Elisha...

Dos segundos. Él seguía sonriendo.

—Qué lástima —dijo el niñito—. Hubiera querido escuchar su historia. Me gustan las historias.

Todavía un segundo.

—Elisha... —dijo el rehén.

Disparé. Cuando pronunció mi nombre, ya estaba muerto. La bala le había atravesado el corazón. Era un muerto que, con los labios todavía calientes, había pronunciado mi nombre: Elisha...

Cayó suavemente, muy suavemente. Se hubiera dicho que se deslizaba desde lo alto de la pared. Luego quedó en posición sentada, en el suelo, al pie de la pared, con la cabeza entre las piernas, como si estuviera esperando que se produjera la ejecución.

Permanecí algunos instantes junto a él. La cabeza me empezó a doler. La sentía pesada. El disparo me había vuelto sordo y mudo. «Ya está», pensé. «Lo hice. Lo maté. He matado a Elisha».

Los muertos comenzaron a abandonar la celda llevándose a John Dawson con ellos. El niñito estaba a su lado y parecía guiarlo. Creí oír a mi madre que murmuraba: «¡Pobre pequeño, pobre pequeño!».

Luego, con paso lento y pesado, subí la escalera que conducía a la cocina.

Entré en la habitación. Ya no era la misma. Los muertos la habían desalojado. Yoav ya no bostezaba. Gidon se miraba las uñas y rezaba por la paz de las almas. Ilana me ofreció su cara dolorosa. Gad encendió un cigarrillo.

Callaban pero su silencio era diferente de aquel que había pesado sobre mí toda la noche.

En los confines del horizonte despuntaba el día.

Me acerqué a la ventana. La ciudad seguía durmiendo. En alguna parte, un niño despertó y se puso a llorar. Hubiera querido que un perro se pusiera a ladrar, pero no había perros en las cercanías.

La noche se disipó dejando tras de sí una luz gris, sucia, color de agua estancada. Pronto no quedó de la noche sino un trozo, un pequeño trozo. Estaba suspendido del otro lado de la ventana.

Miré ese trozo de noche y el miedo me apretó la garganta. El trozo de noche, hecho de jirones de sombras, tenía un rostro. Lo miré y comprendí mi terror. Ese rostro era el mío.

EL DÍA

Una vez más se me manifestaba la justeza de la antigua leyenda: el corazón del hombre es una fosa repleta de sangre; en los bordes de esa fosa, los muertos bienamados se arrojan boca abajo para beber la sangre y reanimarse; y cuanto más caros nos son, más beben nuestra sangre.

NIKOS KAZANTZAKIS, *Alexis Zorba.*

El accidente ocurrió una noche de julio, en el centro mismo de Nueva York, mientras Kathleen y yo cruzábamos la calle para ir al cine a ver *Los hermanos Karamazov*.

Hacía un calor pesado, abrumador; penetraba en los huesos, en las venas, en los pulmones. Se hablaba con dificultad, se respiraba de mala gana. El aire cubría todo con un gigantesco lienzo húmedo. El calor se adhería a la piel como una maldición.

Los transeúntes caminaban pesadamente, con esa mirada desvaída y la boca seca con que los ancianos asisten a la descomposición de su existencia y esperan, para no perder la razón, poder separarse pronto de su propio ser. Su cuerpo les inspira asco.

Estaba cansado. Acababa de terminar mi trabajo: un cable de quinientas palabras. Quinientas palabras para no decir nada. Para ocultar el vacío del día transcurrido. Era uno de esos domingos tranquilos y monótonos que no marcan su paso en el tiempo. Washington: nada. Naciones Unidas: nada. Nueva York: nada. Hollywood mismo anunciaba: nada. Las estrellas habían rehuido la actualidad.

Decir en quinientas palabras que no había nada que

decir no era cosa fácil. Después de dos horas de labor, estaba agotado.

—¿Qué vamos a hacer ahora? —preguntó Kathleen.

—Lo que quieras —respondí.

Estábamos parados en la esquina de la calle 45, a la entrada del Sheraton Astor. Me sentía aturdido, embotado, con una bruma espesa en el cerebro. Hacer el menor gesto era como tratar de levantar el planeta. Sentía mis brazos y mis piernas como de plomo.

A mi derecha veía el torbellino humano de Times Square. Se llega hasta allí como si se fuera al mar: no para vencer el aburrimiento o la angustia de una habitación llena de sueños perdidos, sino para sentirse menos solo, o más solo todavía.

Bajo el peso del calor, la gente circulaba lentamente. El cuadro parecía irreal: bajo el abigarrado neón multicolor los transeúntes iban, venían, reían, cantaban, gritaban, se insultaban con lentitud exasperante.

Tres marinos habían salido del hotel. Al ver a Kathleen, se detuvieron de golpe y los tres emitieron juntos un largo silbido de admiración.

—Vámonos —dijo Kathleen tirándome del brazo.

Estaba visiblemente fastidiada.

—¿De que los acusas? —pregunté—. Te encuentran hermosa.

—No me gusta que silben así.

Adopté un tono doctoral:

—Es la forma que tienen de mirar a una mujer: la ven con la boca y no con los ojos. Los marinos sólo tienen ojos para el mar: cuando se alejan de él, los dejan en prenda.

Los tres admiradores ya se habían alejado desde hacía un buen rato.

—¿Y tú? —preguntó Kathleen—, ¿con qué me miras?

Le gustaba relacionar todos los acontecimientos con nosotros.

Éramos siempre el centro del Universo. Para ella los demás mortales sólo vivían para servirnos de comparación.

—¿Yo? No te miro —respondí ligeramente fastidiado.

Se hizo un silencio. Me mordí la lengua.

—Pero te amo. Lo sabes bien.

—¿Me amas pero no me miras? —interrogó ella entristecida—. Gracias por el cumplido.

—No me comprendes —respondí continuando mi pensamiento—. Lo uno no excluye necesariamente lo otro. Uno ama a Dios y no lo mira.

Ese paralelo pareció satisfacerla. «Tendré que ejercitarme en mentir», decidí.

—¿A quién se mira cuando se ama a Dios? —preguntó después de un momento de vacilación.

—A sí mismo. Si el hombre pudiera contemplar el rostro de Dios, cesaría de amar. Dios tiene necesidad de amor y no de comprensión.

—¿Y tú?

Decididamente, para Kathleen, el mismo Dios todopoderoso era menos un tema en sí que un asunto transitorio.

—Yo también, yo también —mentí—, necesito que me ames.

Seguíamos en el mismo sitio. ¿Por qué no nos habíamos movido?

No lo sé. Tal vez esperábamos el accidente.

«Tendré que aprender a mentir», pensé de nuevo. «Aun por el poco tiempo que me queda. A mentir bien. Sin ruborizarme. Hasta ahora mentía lamentablemente mal. Era torpe, mi cara me traicionaba, empezaba a sonrojarse».

—¿Qué esperamos aquí? —se impacientó Kathleen.

—Nada —contesté.

Mentía sin saberlo: esperábamos el accidente.

—¿Sigues sin tener hambre?

—Sí —respondí.

—Pero no has comido nada en todo el día —dijo ella en tono de reproche.

—No.

Kathleen dejó escapar un suspiro:

—¿Cuánto crees que podrás resistir? Te estás matando a fuego lento...

Pasamos por un pequeño restaurante. Entramos en él. «Bueno», pensé. «También tendré que aprender a comer. Y a amar. Todo se aprende».

Una docena de personas, sentadas en altos taburetes rojos, acodadas al bar, comían en silencio. Kathleen se hallaba ahora bajo el fuego cruzado de sus miradas desnudas. Era hermosa. Su cara, sobre todo alrededor de los labios, reflejaba un temor naciente que esperaba una señal, una ocasión, para transformarse en sufrimiento vivo. Hubiera querido decirle una vez más que la amaba.

Encargamos unas hamburguesas y dos jugos de pomelo.

—Come —dijo Kathleen, y levantó hacia mí una mirada suplicante.

Tomé un trozo de carne y lo llevé a la boca. El olor de la sangre me revolvió el estómago. Me vinieron ganas de vomitar. Un día había visto a un hombre que devoraba con apetito una tajada de carne sin pan. Hambriento, lo había observado largo rato. Seguí hipnotizado el movimiento de sus dedos y de sus mandíbulas. Esperaba que viéndome allí, ante él, me arrojaría un trozo. Pero no me había visto. Al día siguiente, sus camaradas de barraca lo ahorcaron: comía carne humana. Para defenderse, él había gritado: «¡No hice nada malo! Ya no estaba vivo». Al ver su cuerpo balanceándose en la barraca de los baños, pensé: «¿Y si me hubiese visto?».

—Come —repitió Kathleen.

Tomé un trago de jugo.

—No tengo hambre —dije con esfuerzo.

Algunas horas más tarde, los médicos dijeron a Kathleen: «Tiene suerte. Con el estómago vacío, sufrirá menos. Los vómitos serán de corta duración».

—Salgamos —dije a Kathleen apartando la vista.

Lo sentía: un minuto más y me desmayaría.

Pagué las hamburguesas apenas tocadas y salimos. El aspecto de Times Square no había cambiado. Falsas luces, sombras artificiales. La misma multitud anónima se congestionaba y se descongestionaba allí. En los bares y tiendas, los mismos aires de *rock'n-roll* martilleaban las sienes como con mil martillitos invisibles. Los afiches de neón decían continuamente que beber esto o aquello era bueno para la salud, para la felicidad, para la paz del mundo, del alma y de no sé qué más.

—¿Adónde quieres que vayamos? —preguntó Kathleen.

Hacía como si no se diera cuenta de la palidez de mi cara. ¿Quién sabe? Tal vez también ella aprenda a mentir.

—Lejos —respondí—. Muy lejos.

—Iré contigo —afirmó.

El acento triste y amargo de su voz me llenó de compasión. «Kathleen ha cambiado», pensé. Ella, que creía en la fuerza del desafío, de la lucha, del odio, ahora elegía la sumisión. Ella, que se negaba a aceptar toda llamada que no emanara de su propio ser, se confesaba vencida. Que el sufrimiento nos cambia, ya lo sabía. Pero ignoraba que destruyera también a los demás.

—Por cierto —dije—, que no iría sin ti.

Pensaba irme lejos. A alguna parte donde los caminos

que llevan a la simplicidad no sean el secreto de un grupo de elegidos, sino conocidos por todos; a alguna parte donde el amor, la risa, el canto y la plegaria no nos traigan cólera ni vergüenza; a alguna parte donde pueda pensar en mí sin angustia, sin desprecio; a alguna parte, Kathleen, donde el vino sea puro y no contenga escupitajos de cadáveres; a alguna parte donde los desaparecidos habiten el cementerio y no el corazón y la memoria de los hombres.

—¿Entonces? —preguntó Kathleen prosiguiendo con su idea—. ¿Adónde vamos? No podemos quedarnos aquí toda la noche.

—Vamos al cine —dije.

De todos modos es el mejor sitio. No estaremos solos. Pensaremos en otra cosa. Estaremos en otra parte.

Kathleen estuvo de acuerdo. Hubiera preferido volver a mi casa o a la suya, pero encontró que mi objeción era enteramente válida: hacía demasiado calor allí, mientras que las salas de cine estaban climatizadas. «No es tan difícil mentir», me dije como conclusión.

—¿Qué vamos a ver?

Kathleen dejó que su mirada circulara a su alrededor recorriendo los cines que llenaban el barrio. De pronto, gritó excitada:

—¡*Los hermanos Karamazov*! ¡Vamos a ver *Los hermanos Karamazov*!

Lo daban enfrente. Había que cruzar la calle que, en ese lugar, tenía el ancho de dos avenidas juntas. Un océano de coches y de ruidos nos separaba del cine.

—Prefiero ver otro filme —dije—. Me gusta demasiado Dostoievski.

Kathleen insistió: «El filme es bueno, magnífico, genial. Yul Brynner hace el papel de Dimitri. Es un filme que hay que ver».

—Mejor vamos a ver un honesto filme policial —propuse—. Un filme sin filosofía, sin discusiones metafísicas. Mira, en nuestra misma acera dan *Asesinato en Río*. Vamos a verlo. Me gustaría ver cómo hacen los asesinatos en Brasil.

Kathleen se empecinó. También aquí quiso probar nuestro amor. Si ganaba Dostoievski, yo la amaba; si no, no la amaba. De nuevo la miré de soslayo. Siempre el temor en la comisura de sus labios, el temor que iba a convertirse en sufrimiento. Kathleen era hermosa cuando sufría. Su mirada se hacía más profunda, su voz más cálida, más vibrante; la belleza sombría de su cara, más sencilla y más humana. Su sufrimiento tenía una calidad de santidad. Era su manera de sufrir. Yo no podía ver sufrir a Kathleen sin decirle que la amaba, como si el amor fuera la negación del dolor. Tenía que detener su sufrimiento.

—¿Estás tan interesada —pregunté— en ver masacrar a los buenos hermanos Karamazov?

Parecía tener mucho empeño en ello. O Yul Brynner o nuestro amor.

—En ese caso, vamos.

Su cara se iluminó con una sonrisa victoriosa que apagó enseguida. Sus dedos se aferraron a mi brazo como para decir: «Ahora creo en lo que nos ocurre».

Dimos tres o cuatro pasos hasta el final de la acera. Había que esperar un poco. Esperar a que la luz roja fuera reemplazada por la verde, que la caravana de automóviles se detuviera, que el agente de policía que dirigía el tránsito levantara la mano, que el chófer del taxi, inconsciente del papel que iba a jugar dentro de un instante, llegara al sitio indicado. Había que esperar la señal del director de escena.

Me volví. El reloj del escaparate de la TWA indicaba las diez y veinticinco minutos.

—Ven —decidió Kathleen tirándome del brazo—. El verde.

Empezamos a cruzar la calle. Kathleen caminaba más rápidamente que yo. Estaba a mi derecha y me precedía apenas algunos centímetros. Los hermanos Karamazov ya no estaban muy lejos, pero esa noche no los vi.

¿Qué había escuchado en primer lugar? ¿El chirrido grotesco de los frenos o el grito estridente de una mujer? No lo recuerdo.

Cuando recobré el conocimiento, durante una fracción de segundo, me encontré tendido boca arriba, en el centro mismo de la calle. En un espejo empañado, una multitud de cabezas se inclinaba sobre mí. Había cabezas por todos lados. A derecha, a izquierda, por encima y por debajo. Por otra parte, todas eran parecidas. Los mismos ojos muy abiertos reflejaban curiosidad y temor. Los mismos labios murmuraban las mismas palabras incomprensibles.

Un hombre de edad parecía decirme algo. Creo que era que no me moviera. Tenía el pelo corto y bigote. Kathleen también. Ya no tenía su hermosa cabellera negra de la que estaba tan orgullosa. Desfigurada, su cara había perdido su juventud. Sus ojos, como ante la presencia de la muerte, se habían vuelto más grandes y, cosa increíble, se había dejado crecer el bigote.

«Un sueño», pensé. «Es sólo un sueño, que olvidaré al despertar. De otro modo, ¿por qué me encontraría ahí, en la calle? ¿Por qué esa gente me rodearía como si fuera a morir? ¿Y por qué Kathleen, de pronto, llevaría bigotes?»

Ruidos que venían de todas direcciones se estrellaban contra una cortina de niebla que no podían atravesar. No distinguía nada de lo que se decía. Hubiera querido pedirles que se callaran puesto que no podía oírlos. Yo soñaba, mientras que ellos no soñaban. Pero era incapaz de emitir el menor sonido. El sueño me había vuelto sordomudo.

Un verso de Dylan Thomas —siempre el mismo— me volvía invariablemente a la mente: *Do not go gentle into that good night; rage, rage, against the dying of the light.**

¿Gritar? Los sordomudos no gritan. Entran en la noche suavemente, con paso ligero, tímido. No gritan contra la extinción de la luz. Es muy simple: tienen la boca llena de sangre.

Es inútil gritar cuando se tiene la boca llena de sangre: los transeúntes ven la sangre pero no captan su rugido. Es por eso que yo guardaba silencio. Y también porque en mi sueño era una noche de verano y yo tenía el cuerpo helado. El calor era abrumador, las caras que se inclinaban sobre mí chorreaban de sudor —el sudor caía en gotas espaciadas, con regularidad—, pero he aquí que yo soñaba que me moría de frío. ¿Cómo hacer para gritar contra un sueño? ¿Cómo gritar contra la extinción de la luz, contra la vida que se enfría, contra la sangre que se va?

Sólo más tarde, mucho más tarde, cuando estuve ya fuera de peligro, Kathleen me puso al corriente de las circunstancias materiales del accidente.

Un taxi, que marchaba a gran velocidad, había llegado por el lado izquierdo y atropellándome me había arrastrado algunos metros más lejos. Kathleen había oído de pronto el chirrido de los frenos y el grito agudo que había lanzado una mujer desconocida.

* No entres de buen grado en esa buena noche; grita, grita contra la extinción de la luz. (*N. del t.*)

No había tenido tiempo de volverse cuando ya me rodeaba una multitud de gente. Todavía no sospechaba, en ese momento, que era yo quien yacía a los pies de los curiosos.

Luego, impulsada por un presentimiento agudo, se abrió paso entre la hilera de espaldas y me vio fulminado por el dolor, acurrucado, con la cabeza entre las piernas.

Y la gente hablaba, hablaba...

—Está muerto —decía uno.

—Aún no, no está muerto —afirmaba otro—. Miren, se mueve.

Precedida por la advertencia de las sirenas, la ambulancia llegó al cabo de veinte minutos. Entretanto, apenas di señales de vida. No lloraba, no me quejaba, no decía nada.

En la ambulancia, repetidas veces volví en mí, por unos segundos, perdiendo enseguida el conocimiento. Fue en esos cortos intervalos que di a Kathleen instrucciones de una precisión asombrosa sobre las cosas que debía hacer por mí: avisar al diario, telefonear a uno de mis amigos y rogarle que me reemplazara temporariamente; cancelar unas citas; pagar el alquiler, el teléfono, a la planchadora. Habiéndome liberado de todos esos problemas inmediatos, cerré los ojos y no los abrí hasta cinco días más tarde.

Además, Kathleen me había informado de lo siguiente: el primer hospital adonde la ambulancia me había llevado me había negado la entrada. Había poco espacio. Todas las camas estaban ocupadas. Al menos es lo que habían dicho. Pero Kathleen pensaba que era un pretexto. Al echar una ojeada sobre mi estado, los médicos lo habían juzgado desesperado. Mejor era desembarazarse del moribundo lo más rápido posible.

La ambulancia había seguido su camino tentando suerte en el New York Hospital. Parece que allí no temían a los moribundos. El médico de guardia, un joven interno de aspecto sobrio y simpático, sin perder un instante, me había suministrado los primeros auxilios mientras trataba de hacer un diagnóstico.

—¿Entonces, doctor? —había interrogado Kathleen. Por milagro no la habían expulsado de la sala de urgencia mientras el doctor Paul Russel se ocupaba de mí.

—A primera vista, parece bastante mal —respondió el joven médico.

Y explicó en tono frío, profesional:

—Todos los huesos del lado izquierdo, pulverizados; hemorragia interna; conmoción cerebral; los ojos, todavía no se puede saber: afectados o no. Lo mismo el cerebro: esperemos que no esté afectado.

Kathleen había hecho un esfuerzo para contener las lágrimas:

—¿Qué se puede hacer, doctor?

—Rezar.

—¿Es tan grave?

—Muy grave.

El joven doctor, que hablaba con la voz comedida de un anciano, la miró un momento y luego preguntó:

—¿Usted quién es? ¿Su mujer?

Al borde de una crisis de nervios, Kathleen se limitó a mover la cabeza negativamente.

—¿Su novia?

—No —murmuró ella.

—¿Su amiga?

—Sí.

Después de un momento de vacilación, el doctor le preguntó en voz baja:

—¿Lo ama?

—Sí —susurró Kathleen.

—En ese caso, hay suficientes razones para no perder del todo la esperanza. El amor vale tanto como la oración. A veces más todavía.

Entonces Kathleen, doblada en dos, estalló en sollozos.

Después de tres días de consultas y de espera, los médicos decidieron que, después de todo, valía la pena intentar una intervención quirúrgica. De todos modos, no tenía gran cosa que perder. Por otra parte, con un poco de suerte, si todo marchaba bien...

La operación duró mucho tiempo. Más de cinco horas. Dos cirujanos tuvieron que relevarse. El pulso había caído peligrosamente, fui considerado como muerto. A base de transfusiones de sangre, inyecciones, oxígeno, me volvieron a la vida.

Finalmente, los cirujanos prefirieron limitar la operación a la cadera. El tobillo, las costillas y otras fracturas menores podían esperar. Lo más importante, por el momento, era detener la hemorragia, cerrar la incisión, coser las arterias cortadas. El resto se haría en otro momento. Había que terminar lo más pronto posible. Si no, era el fin.

Me llevaron de nuevo a mi habitación, donde durante dos días todavía estuve entre la vida y la muerte. El doctor Russel, que cuidaba de mí con una dedicación sin igual, seguía siendo pesimista en cuanto al resultado final de la lucha. Tenía demasiada fiebre y perdía demasiada sangre.

Al quinto día por fin subí a la superficie.

Siempre me acordaré de ello: abrí los ojos y, deslumbrado por la blancura del cuarto, tuve que cerrarlos inmediatamente. Pasaron algunos minutos antes de que pudiera volverlos a abrir y ubicarme en el tiempo y el espacio.

A ambos lados de la cama percibí botellas de plasma colgadas de la pared. No podía mover los brazos: dos grandes agujas estaban clavadas en ellos mediante vendajes quirúrgicos. Todo debía estar listo para el caso de que hubiera que volver a hacer una transfusión urgente.

Traté de mover las piernas, el vientre: mi cuerpo no me obedecía. Me invadió un repentino temor: estar paralizado. Hice esfuerzos sobrehumanos para gritar, para llamar a una enfermera, a un médico, a un ser humano, para saber la verdad. Pero estaba demasiado débil. Los sonidos se detenían en mi garganta pastosa. «Tal vez he perdido también la palabra», pensé.

Me sentía solo, abandonado. En lo más profundo de mí mismo descubrí un anhelo: hubiera preferido estar muerto.

Una hora más tarde, el doctor Russel entró en el cuarto y me anunció que iba a vivir. Mis piernas no serían amputadas. No podía moverlas porque estaban enyesadas como el cuerpo entero. Sólo quedaban visibles la cabeza, los brazos, y los dedos de los pies.

—Vuelve usted de muy lejos —dijo el joven doctor.

No respondí nada. La pena por haber vuelto de tan lejos no me había abandonado todavía.

—Hay que agradecer a Dios —prosiguió.

Lo observé detenidamente. Sentado al borde de la cama, con los dedos entrecruzados, su mirada reflejaba una intensa curiosidad.

—¿Cómo se hace para agradecer a Dios? —le pregunté.

Mi voz sólo era un murmullo. Pero podía hablar. Sentí una alegría tal que mis ojos se llenaron de lágrimas. El hecho de haber quedado con vida me había dejado indiferente o casi. Pero la comprobación de que no había perdido el poder de la palabra me inundó de una emoción que no logré disimular.

El doctor tenía una cara de bebé llena de arrugas. Era rubio. Sus ojos azul claro reflejaban una gran bondad. Me miraba con cuidadosa atención. Pero eso no me molestaba. Estaba demasiado débil.

—¿Cómo se hace para agradecer a Dios? —repetí.

Hubiera querido agregar: ¿por qué agradecerle? Hacía mucho ya que no comprendía qué había hecho el buen Dios para merecer al hombre.

El doctor continuaba observándome de cerca, de muy cerca. Un resplandor extraño —tal vez una sombra extraña— impregnaba su mirada.

De pronto, mi corazón dio un salto. «Sabe algo», pensé aterrado.

—¿Tiene frío? —preguntó el joven doctor sin apartar de mí la mirada.

—Sí —contesté inquieto—. Tengo frío.

En efecto, mi cuerpo temblaba continuamente.

—Es la fiebre —explicó él.

Habitualmente se toma el pulso. O se toca la frente con la palma de la mano. Él no hizo nada de eso. Sabía.

—Vamos a tratar de combatir la fiebre —prosiguió sentenciosamente—. Vamos a darle inyecciones. Muchas inyecciones. Penicilina. A todas horas. Día y noche. Ahora el enemigo es la fiebre.

Calló y me observó un largo rato antes de proseguir. Parecía buscar una señal, un indicio, una solución a un problema cuyos datos yo no conseguía descubrir.

—Tememos una infección —prosiguió—. Si sube la fiebre, está usted perdido.

—Y el enemigo clamará victoria —dije en un tono que quería ser irónico—. Ya ve, doctor, que lo que dice la gente es verdad: el hombre lleva en sí mismo su enemigo más temible. El infierno no es el prójimo. Es uno mismo. El infierno es la fiebre ardiente que produce frío.

Un vínculo indefinido se había establecido entre nosotros. Hablábamos el lenguaje maduro de los hombres que están en contacto directo con la muerte. Traté de esbozar una sonrisa pero, como tenía demasiado frío, sólo conseguí ofrecerle una mueca. Es una de las razones por las que no me gusta el invierno: la sonrisa se vuelve abstracta.

El doctor Russel se levantó:

—Voy a enviarle a la enfermera. Es hora de la inyección.

Con la punta de los dedos se acarició los labios como para reflexionar mejor y luego agregó:

—Cuando esté mejor, tendremos muchas cosas que contarnos.

De nuevo tuve la impresión inconfesable de que sabía o, al menos, que sospechaba algo.

Cerré los ojos. Bruscamente tuve conciencia del dolor que me atenazaba, del horno en que se había convertido mi cuerpo. Antes no me había dado cuenta de ello. Sin embargo, el sufrimiento estaba allí. Era el aire que respiraba, las palabras que se formaban en mi cabeza, el yeso que me cubría el cuerpo como una piel llameante. ¿Cómo no había tenido conciencia de ello hasta ahora? Tal vez había estado demasiado concentrado en mi conversación con el doctor. ¿Sabía que sufría mucho, que sufría horrores? ¿Y el frío? ¿Sabía que el sufrimiento consumía mi carne y que al mismo tiempo tiritaba con un frío inhumano, como si alternativamente me sumergiera en un horno y en un baño helado? Aparentemente sí. Lo sabía. El doctor Paul Russel era un médico de mirada perspicaz. Veía que yo me mordía los labios frenéticamente.

—Le duele —observó.

Estaba de pie, inmóvil, al lado de mi cama. Yo sentía vergüenza de que mis dientes castañetearan delante de él.

—Es normal —prosiguió sin esperar mi respuesta—.

Está usted cubierto de heridas. Su cuerpo se rebela. Su forma de protestar es el dolor. Pero le repito: el enemigo no es el sufrimiento, es la fiebre.

«Si sube, está perdido». Es el fin. La muerte. Pensé: «Se equivoca. La muerte no es mi enemiga. Si no lo sabe, no sabe nada. O no lo sabe todo. Me ha visto renacer a la vida, pero ignora lo que yo pienso de la vida y de la muerte. ¿O podría ser que lo supiera y no lo demostrara?». La duda, como el zumbido de una abeja interior, me puso los nervios de punta.

Sentí que la fiebre, al subir, me agarraba de los cabellos —antorchas llameantes también— y me arrojaba de un mundo a otro, de arriba abajo, desde muy alto a lo más bajo, como si, gracias a ella, tuviera que conocer el frío de las cimas y el calor del abismo.

—¿Quiere un calmante? —preguntó el doctor.

Moví la cabeza. No, no lo quería. No lo necesitaba. No tenía miedo.

Oí sus pasos que se dirigían hacia la puerta, que debía estar en alguna parte detrás de mí. «¡Que se vaya!», pensé. «No tengo miedo de quedarme solo, de recorrer solo la distancia que separa la vida del abismo. No, no tengo necesidad de él. No tengo miedo. ¡Que se vaya!».

Abrió la puerta y vaciló antes de cerrarla. Se detuvo. ¿Iba a volver sobre sus pasos?

—A propósito —dijo suavemente, tan suavemente que apenas pude oírle—. A propósito, olvidaba decirle... Kathleen... es una muchacha superlativamente encantadora. Su-per-la-ti-vamente encantadora...

Mientras lo decía, abandonaba la habitación sin hacer ruido. Ahora estaba solo. Solo como únicamente puede estarlo tal vez un hombre paralizado y doliente. Pronto iba a venir la enfermera con una inyección de penicilina para combatir al enemigo. Era como para volverse loco: combatir al enemigo con una inyección y con ayuda de una enfermera. Era como para morirse de risa. Pero yo no reía. Todos los músculos de mi cara estaban inertes, helados.

Pronto iba a venir la enfermera. Es lo que decía el joven doctor cuya voz tranquila parecía la de un anciano que acaba de descubrir que la bondad humana lleva en sí su propia recompensa. ¿Qué me decía además? Algo referente a Kathleen. Sí: había mencionado su nombre. Una joven encantadora. No, no era eso. Dijo otra cosa: superlativamente encantadora. Sí, era eso. Había dicho eso: Kathleen es una joven encantadora. Lo recuerdo perfectamente: su-per-la-ti-vamente.

Kathleen... ¿Dónde estará ahora? ¿En qué mundo? ¿En el de arriba o en el de abajo? Con tal de que no venga. Que no aparezca en esta habitación. Que no me vea así. Con tal de que no acompañe a la enfermera. Con tal de que no se convierta en enfermera. Y que no me dé inyecciones de penicilina. No quiero su ayuda en el combate que tengo que librar contra el enemigo. Es una muchacha encantadora, su-per-la-ti-vamente encantadora, pero ella no comprende. No comprende que el enemigo no es la muerte. Sería demasiado fácil si lo fuera. Ella no comprende. Cree demasiado en la potencia, en la omnipotencia del amor. Ámame y estarás protegido. Amaos los unos a los otros y todo irá bien: el sufrimiento abandonará la tierra de los hombres para siempre. ¿Quién ha dicho esto? Cristo probablemente. Él también creía demasiado en el amor. En cuanto a mí, me río del amor como de la muerte. Yo podía reír pensando en ellos. Ahora también podría reírme de ellos a carcajadas. Sí, pero los músculos de la cara no me obedecen más. Siento demasiado frío.

Aquel día hacía frío; no: aquella noche, aquella noche cuando me encontré con Kathleen por primera vez...

Una noche de invierno. Afuera soplaba un viento como para cortar en dos las paredes y los árboles.

—Ven —dijo Shimon Yanai—. Quisiera presentarte a Halina.

—Déjame escuchar el viento —respondí con aire taciturno—. El viento tiene más cosas que decir que tu Halina. El rumor del viento está hecho de las añoranzas y plegarias de las almas muertas. Las almas muertas tienen más cosas que decir que los vivientes.

Shimon Yanai —el más hermoso mostacho de Palestina, ¡qué digo!, del mundo entero— no prestaba ninguna atención a lo que yo decía.

—Ven —dijo metiéndose las manos en los bolsillos—. Halina nos espera.

Dejé que me llevara. Pensé: «Tal vez Halina también es un alma muerta».

Eso ocurría durante el entreacto de una representación de ballets en el teatro Sarah Bernhardt, el ballet de Roland Petit o del marqués de Cuevas, no recuerdo bien.

—Halina debe de ser una hermosa mujer —comenté mientras nos dirigíamos al bar del vestíbulo.

—¿De qué lo deduces? —preguntó Shimon Yanai divertido.

—De la forma en que te has acicalado esta noche. Pareces un vago.

Me gustaba provocarle. Shimon tenía aproximadamente cuarenta años, era alto, de pelo enmarañado, ojos azules de mirada desvaída. Sobre todo no quería que lo tomaran en serio. «Te pasas horas ante el espejo para despeinarte, para deshacer el nudo de tu corbata, para arrugarte el pantalón», le decía a menudo con afectuosa ironía. Su inclinación por la vida bohemia a veces llegaba a lo patético.

Lo conocía bien pues venía a París con frecuencia y me pasaba a menudo «datos» para el diario. Buscaba la compañía y la amistad de los periodistas. Tenía necesidad de ellos. Como representante de la Resistencia hebrea en París —el Estado de Israel no había nacido todavía— no vacilaba en admitir que la prensa podía serle útil.

Con un vaso en la mano, Halina nos esperaba en el bar. Estaba en la treintena. Talle y cara menudos, tez pálida, mirada eternamente atemorizada de los seres que se enfrentan con su pasado.

Nos estrechamos la mano.

—Lo creía más viejo.

Sonrió torpemente.

—Lo soy —dije—. Por momentos soy tan viejo como el viento.

Halina se rió: no sabía reír. Cuando reía le destrozaba a uno el corazón. Su risa angustiaba como la de las almas muertas.

—Hablo seriamente —dijo ella—. Leo sus artículos. Están escritos por un hombre que está en el límite de la vida, en el límite de la esperanza.

—Es el rasgo que caracteriza a la juventud —repliqué—. Los jóvenes de hoy no creen que algún día envejecerán: están convencidos de que morirán jóvenes. Los verdaderos jóvenes de nuestra generación, son los viejos. Ellos al menos pueden jactarse de haber tenido eso de lo que nosotros nos vemos privados: un trozo de vida que se denomina juventud.

La cara de la muchacha palideció más profundamente.

—Lo que usted dice es horrible.

Estallé en una risa que debía de sonar a falso: no tenía ningunas ganas de reírme. Tampoco de hablar.

—No me haga caso —dije—. Shimon se lo dirá: mis conversaciones nunca son serias. Me divierto, eso es todo. Me divierto en infundirle miedo. Pero no debe hacerme caso. Lo que digo no son más que palabras al aire.

Iba a despedirme de la pareja —con el pretexto clásico de hacer una llamada telefónica urgente— cuando una sombra inquieta pasó por la mirada de la joven de sonrisa angustiada.

—¡Shimon! —exclamó a media voz—. Mira quién está aquí: ¡Kathleen!

Shimon miró en la dirección indicada y por espacio de un segundo —sólo un segundo— se nubló su mirada. Sus mejillas cambiaron de color, arreboladas por un recuerdo doloroso.

—Ve —continuó Halina—. Invítala a reunirse con nosotros.

—Pero, no está sola...

—¡Por un momento solamente! Vendrá.

Vino. Y entonces comenzó todo.

A decir verdad, yo hubiera podido irme. Irme mientras Shimon le hablaba en el otro extremo del salón. La llamada telefónica no era menos urgente que un momento atrás. Y no tenía ningunas ganas de quedarme. De primera intención, juzgué que la situación era novelesca. Tres personajes: Shimon, Halina, Kathleen. Halina ama a Shimon que no la ama; Shimon ama a Kathleen quien no lo ama; Kathleen ama... No sabía a quien amaba y no me interesaba para nada saberlo. Pensé: «Se hacen sufrir los unos a los otros en un círculo bien cerrado. Más vale no participar, ni siquiera como testigo». El sufrimiento estéril nunca me había interesado mucho. El sufrimiento de los demás sólo me atrae en la medida en que, creando un clima favorable a la rebelión, permite al hombre tomar conciencia de su fuerza y de su debilidad. Los amores de Halina y Shimon no dejaban entrever nada parecido.

—Tengo que irme —dije a la joven.

Me miró pero no me oyó, absorta en lo que ocurría al otro lado de la sala.

—Tengo que irme —dije de nuevo.

Pareció despertar, sorprendida de verme a su lado.

—Quédese —imploró con voz abatida, casi humillada. Luego agregó, sea para convencerme, sea para acentuar su desapego:

—Va a conocer a Kathleen. Es una muchacha extraordinaria. Ya lo verá.

Toda resistencia resultaba inútil: Kathleen y Shimon ya estaban aquí.

—Buenas noches, Halina —dijo Kathleen en francés con un pronunciado acento americano.

—Buenas noches, Kathleen —respondió Halina disimulando mal cierta nerviosidad en la voz—. Permíteme presentarte a un amigo...

Sin hacer un gesto, un movimiento, sin intercambiar una palabra, nos observamos un largo rato como para establecer un contacto directo más allá de las convenciones, de los términos usuales. Tenía una cara larga, simétrica, de una belleza rara, que trastornaba. La nariz, ligeramente respingada, daba más relieve a sus labios sensuales. Sus ojos almendrados poseían un fuego negro, secreto: un volcán en reposo. Con ella, el diálogo se hacía de ser a ser. De pronto, comprendí por qué Halina no conseguía poner alegría en su risa.

—¿Ya se conocen? —preguntó Halina con una sonrisita cohibida—. Se miran como si se conocieran.

Shimon seguía silencioso. Sus ojos se posaban en Kathleen.

—Sí —respondí.

—¿Qué? —exclamó Halina incrédula—. ¿Ya se habían encontrado?

—No —respondí—. Pero ya nos conocemos.

Un temblor imperceptible recorrió el bigote de Shimon. La escena se iba cargando de una tensión desagradable cuando el timbre me recordó de pronto que el entreacto tocaba a su fin. El vestíbulo comenzó a vaciarse.

—¿La veremos a la salida? —preguntó Halina.

—Temo que no —respondió Kathleen—. Me esperan.

—¿Y a usted?

Halina levantó hacia mí sus grandes ojos donde se leía una fría tristeza.

—Tampoco —respondí—. Tengo que hacer una llamada telefónica. Es urgente.

Halina y Shimon se alejaron. Quedamos solos, Kathleen y yo.

—*Do you speak English?* —me preguntó como si tuviera apuro.

—*I do.*

—*Wait for me* —agregó.

Con paso precipitado fue a decirle algunas palabras al hombre que la esperaba al otro extremo de la sala. Todavía tenía posibilidad de alejarme. Pero, ¿por qué huir? ¿Y a dónde? El desierto es igual en todas partes. Las almas mueren en él. Y a veces se divierten matando a aquellas que todavía no están muertas.

Cuando Kathleen volvió al cabo de un instante, pude leer en su cara, durante un segundo, una expresión de desafío y de firmeza, como si acabara de realizar la acción más importante de su vida. El hombre al que acababa de dejar, de humillar, permanecía completamente inmóvil, rígido, como paralizado por una maldición.

Adentro había comenzado la representación.

—Vámonos —dijo Kathleen en inglés.

Infinitas preguntas me ahogaban. Decidí postergarlas para más tarde.

—Bueno —dije—. Vamos.

Abandonamos el vestíbulo con cierta precipitación. El hombre quedó solo. Durante bastante tiempo tuve miedo de volver al teatro Sarah Bernhardt. Temía encontrarme con él en el mismo lugar donde lo habíamos dejado.

Bajamos las escaleras, recogimos nuestros abrigos y salimos a la calle donde un viento de mil colas nos azotó con furia. El aire de la noche era tan claro y puro como en las cimas de las montañas nevadas.

Empezamos a caminar. Hacía frío. Avanzábamos lentamente, como para probar que éramos fuertes y que el frío no tenía ninguna influencia sobre nosotros.

Kathleen no había tomado mi brazo ni yo el suyo. No miraba hacia mi lado ni yo hacia el suyo. Cada cual hubiera continuado caminando con el mismo paso lento aunque el otro se hubiera detenido súbitamente para reflexionar o para rezar.

Después de recorrer en silencio el borde del río durante una hora o dos, atravesamos el puente Châtelet, luego el puente Saint-Michel. Al llegar al centro, me detuve para mirar el río. Kathleen aún avanzó dos pasos y también se detuvo.

El Sena, espejo del cielo y de los faroles, ostentaba ahora su faz misteriosa e invernal, su opacidad donde nada se mueve, donde toda vida se extingue, donde muere toda luz. Contemplé el fondo y me dije que algún día también yo iba a morir.

Kathleen se acercó y quiso decir algo. Con un movimiento de cabeza, la detuve.

—No hable —dije después de un momento.

Seguía pensando en la muerte y no quería que ella me hablara.

Sólo en silencio, inclinándose sobre un río, en invierno, se piensa bien en la muerte.

Un día, le había preguntado a mi abuela:

—¿Cómo se hace para no tener frío en la tumba, en invierno?

Mi abuela era una mujer sencilla y piadosa que veía a Dios en todas partes; aun en el mal y el castigo, aun en la injusticia.

Ningún acontecimiento la sorprendía falta de plegarias. Su piel tenía la blancura de las arenas del desierto. Llevaba sobre la cabeza un inmenso pañuelo negro del cual parecía no poder separarse.

—Quien no olvida a Dios no siente frío en la tumba —dijo.

—¿Qué es lo que lo mantiene caliente? —insistí.

Su voz fina se convirtió en un susurro: era un secreto.

—El buen Dios mismo.

Una sonrisa bondadosa la iluminó hasta el borde del pañuelo que le cubría la mitad de la frente. Sonreía así cada vez que yo le planteaba una pregunta cuya respuesta le parecía evidente.

—¿Quiere decir que el buen Dios se encuentra en la tumba, con los hombres y mujeres enterrados?

—Sí —aseguró mi abuela—. Es él quien los mantiene calientes.

Recuerdo que entonces me embargó una tristeza indecible. Compadecí a Dios. Pensé que es más desdichado que el hombre que sólo muere una vez, al que se entierra en una sola tumba.

—Abuela, ¿Dios muere también?

—No, Dios es inmortal.

Esa respuesta me llegó al corazón. Sentí ganas de llorar. ¡A Dios lo entierran vivo! Hubiera preferido invertir los papeles, pensar que Dios es mortal y que el hombre no lo es. Creer que cuando un hombre parece morir, es a Dios a quien cubren de tierra.

Kathleen me tocó el brazo. Me sobresalté.

—¡No me toque! —le ordené.

Pensaba en mi abuela y, en verdad, uno no puede recordar a su abuela muerta si no está solo, si una joven de pelo renegrido como el chal de mi abuela, le toca el brazo.

De pronto me vino a la mente la idea de que la sonrisa de mi abuela tenía un sentido que el futuro descifraría: ella sabía que mi pregunta no tenía nada que ver con ella, que ella no conocería el frío de la tumba. Su cuerpo no había sido enterrado, había sido confiado al viento que lo había dispersado en todas direcciones. Y era él —el cuerpo blanco y negro de mi abuela— que me azotaba la cara como para castigarme por haber olvidado. ¡No, abuela! ¡No! No he olvidado. Cada vez que siento frío pienso en ti, sólo pienso en ti.

—Venga —dijo Kathleen—. Vámonos. Empiezo a sentir frío.

Volvimos a caminar. El viento nos cortaba la cara pero le hacíamos frente. No aceleramos el paso. Finalmente nos detuvimos ante una casa del bulevar Saint-Germain, frente al café Deux-Magots.

—Es aquí —dijo ella.

—¿Usted vive aquí?

—Sí. ¿Quiere subir?

Tuve que luchar conmigo mismo para no decir que no. Tenía un deseo demasiado grande de quedarme con ella y hablarle, de acariciarle el pelo, de verla dormirse. Pero temía decepcionarme.

—Venga —dijo Kathleen con voz firme.

Oprimió el botón del interruptor eléctrico, abrió la pesada puerta y seguimos por la escalera hasta el primer piso donde se encontraba su apartamento.

Yo sentía frío. Y pensé en mi abuela, que tenía una cara blanca semejante a las arenas del desierto y sobre la cabeza un pañuelo negro parecido a la densa noche del cementerio.

—¿Quién es usted?

No oía mi propia voz. Miles de agujas me inyectaban fuego en la sangre. Los párpados: cortinas de hierro incandescente. Tenía sed. Tenía calor. Tenía la garganta seca. Mis venas estaban a punto de estallar. Y, sin embargo, no me abandonaba el frío. Mi cuerpo, presa de convulsiones, temblaba como un árbol en la tormenta, como las hojas en el viento, como el viento en el mar, como el mar en la cabeza de un loco, de un borracho, de un moribundo.

—¿Quién es usted? —pregunté de nuevo mientras me castañeteaban los dientes.

Sentía una presencia en la habitación.

—La enfermera —dijo una voz desconocida.

—Agua —pedí—. Tengo sed. Estoy ardiendo. Deme agua.

—No debe tomar agua —dijo la voz—. Se sentirá mal. Si bebe, vomitará.

Involuntariamente, me puse a llorar en silencio.

—Espere —dijo la enfermera—. Le voy a humedecer la cara.

Al decirlo, me enjugó la frente, y luego los labios, con una toalla húmeda que empezó a arder en contacto con mi piel.

—¿Qué hora es? —pregunté.

—Las seis.

—¿Las seis de la tarde?

—De la tarde.

Pensé: «Cuando el doctor Paul Russel vino a verme era mucho antes de mediodía. Seis inyecciones de penicilina y no me di cuenta de ello».

—¿Se siente mal? —preguntó la enfermera.

—Tengo sed.

—Es la fiebre que le produce sed.

—¿Sigo con mucha fiebre?

—Mucha.

—¿Cuánta?

—Mucha.

—Quiero saber.

—No puedo decírselo. Es el reglamento del hospital.

La puerta se abrió. Alguien acababa de entrar. Cuchicheos.

—Bueno, señor periodista, ¿qué tiene que decirme?

El doctor Paul Russel se dirigía a mí en un tono voluntariamente desenvuelto.

—Tengo sed, doctor.

—El enemigo se niega a retroceder —comentó él—. Es usted quien debe hacerle frente.

—Él vencerá, doctor. A él no le aqueja la sed.

Pensé: «La abuela me habría comprendido». Hacía calor en los baños sin aire, sin agua. Hacía calor en la sala donde su cuerpo lívido era aplastado por otros cuerpos lívidos. Igual que yo, debía abrir la boca para aspirar el aire, para beber agua. Pero no había ni una gota de agua allí donde ella estaba, no había aire. Sólo bebía la muerte, como se bebe agua y aire, con la boca abierta, los ojos cerrados, los dedos crispados.

De pronto, sentí una necesidad extraña de hablar en voz

alta. De relatar la vida y la muerte de mi abuela, de describir su chal negro que me producía miedo, un miedo que enseguida se desvanecía ante su mirada ingenua y bondadosa. La abuela me servía de refugio. Cada vez que mi padre me reñía, ella intervenía en favor de él: los padres están hechos así, me explicaba sonriendo. Se enojan por nada.

Un día mí padre me había dado una bofetada. Yo había robado dinero de la caja del negocio para dárselo a un compañero de escuela. Un chiquillo escuálido, pobre. Lo llamaban Jaim, el huérfano. Yo me sentía incómodo en su presencia. Me sabía más feliz que él y me sentía culpable. Culpable de tener todavía padres con vida. Era por eso que había sustraído el dinero. Pero, cuando mi padre me interrogó queriendo saber lo que había hecho con él, no se lo dije. ¡De todos modos no podía confesarle que me sentía culpable de que mi padre estuviera vivo! Me abofeteó y yo corrí a ver a mi abuela. A ella podía decirle toda la verdad. Ella no me riñó. Sentada en el centro de la habitación, me puso sobre sus rodillas y empezó a sollozar. Las lágrimas caían sobre mi cabeza que tenía apoyada contra su pecho, y con sorpresa constaté que las lágrimas de una abuela son tan cálidas que queman todo lo que encuentran en su camino.

—Ella está ahí, afuera. En el corredor. ¿Quiere que entre?

Con todas las fuerzas que me daba el miedo, grité:

—¡No! ¡No quiero, no quiero!...

Me pareció que él había hablado de mi abuela. No quería verla. Sabía que estaba muerta —de sed, tal vez— y temía que no coincidiera con la imagen que conservaba de ella. Temía que ya no tuviera el pañuelo negro sobre la cabeza, ni lágrimas ardientes en los ojos, ni esa mirada que proyectaba tanta claridad, tanta serenidad, que al captarla uno ya no sentía frío.

—Debería verla —dijo el doctor suavemente.

—¡No! —grité—. ¡Ahora no!

Las lágrimas me dejaban cicatrices en las mejillas, en los labios, en el mentón. De vez en cuando hasta conseguían deslizarse debajo del yeso. ¿Por qué lloraba? No lo sabía. Creo que era por mi abuela. Ella lloraba a menudo. Lloraba cuando era dichosa y también cuando era desdichada. Cuando no era feliz ni desdichada, lloraba por no ser sensible a las cosas que provocan la felicidad o la desdicha. Yo quería probarle que había heredado de ella las lágrimas que, como está escrito, abren todas las puertas.

—Como quiera —dijo el doctor—. Kathleen volverá mañana.

¡Kathleen! ¿Qué tiene que ver en todo esto? ¿Cómo se encontró con la abuela? ¿Habrá muerto también?

—¿Kathleen? —dije dejando caer la cabeza—. ¿Dónde está?

—Afuera —contestó el doctor un poco sorprendido—. En el corredor.

—Hágala entrar.

La puerta se abrió y unos pasos ligeros se acercaron a la cama. De nuevo hice esfuerzos desesperados para abrir los ojos, pero mis párpados estaban como cosidos.

—¿Cómo estás, Kathleen? —le pregunté con voz apenas audible.

—Bien —contestó.

—Ya lo ves: soy la víctima más reciente de Dimitri Karamazov.

Kathleen dejó oír una risita forzada.

—Tenías razón. Es un filme malo.

—Mejor morir que verlo.

La risa de Kathleen sonaba en falsete:

—Exageras...

Cuchicheos. El doctor le hablaba en voz muy baja.

—Tengo que dejarte —dijo Kathleen desolada.

—Presta atención al cruzar la calle.

Se inclinó sobre mí y quiso besarme. Un viejo temor se apoderó de mí:

—¡No me beses, Kathleen!

Ella apartó la cabeza un poco bruscamente. Durante un momento nadie dijo una palabra en la habitación. Luego sentí la palma de su mano sobre mi frente. Iba a decirle que la retirara rápidamente para no correr el riesgo de que se quemara, pero ya la había retirado.

Seguida por el doctor, Kathleen abandonó la habitación de puntillas. La enfermera se quedó conmigo. Hubiera dado cualquier cosa por saber cómo era: vieja o joven, hermosa o fea, rubia o morena... Pero mis párpados no me obedecían. Todos mis repetidos esfuerzos para abrirlos fracasaban. En un momento dado, me dije que la voluntad no bastaba: había que hacer uso de las dos manos. Pero estaban atadas a los barrotes de la cama y las gruesas agujas seguían clavadas.

—Le daré dos inyecciones —me anunció la enfermera cuya voz no me proporcionaba ninguna información útil.

—¿Dos? ¿Por qué dos?

—Primero la penicilina. La otra le ayudará a dormir.

—¿No tiene otra para la sed?

Respiraba con dificultad. Mis pulmones iban a estallar: calderos vacíos que habían sido olvidados sobre el fuego.

—Dormirá y no sentirá sed.

—¿No soñaré que tengo sed?

La enfermera levantó las mantas.

—Le daré una inyección contra los sueños.

«Es amable», pensé. «Tiene un corazón de oro. Sufre cuando yo sufro. Calla cuando tengo sed. Calla cuando duermo. Calla cuando sueño. Sin duda es bonita, joven, radiante, atractiva. Tiene una cara seria y ojos risueños. Tiene una boca sensual hecha no para hablar sino para besar. Igual que los ojos de la abuela, que habían sido hechos no para mirar, no para asombrarse, sino simplemente para llorar».

Primera inyección. Nada. Ningún dolor. Segunda inyección, ésta en el brazo. Nada igualmente. En mi caso, podía pincharme hasta el fin de mis días. Me daba lo mismo. Sentía tanto dolor en el fondo de mi ser que los pinchazos ni siquiera los sentía.

La enfermera volvió a arreglar las mantas, puso las jeringas en una caja metálica, empujó una silla y dio vuelta a un botón.

—Apago la luz central —explicó—. Pronto se dormirá.

De golpe me vino la idea de que ella también iba a besarme antes de irse. Un besito de nada en la frente o en la mejilla, o tal vez en los párpados. Eso se hacía en los hospitales. Una buena enfermera besa a sus enfermos al darles las buenas noches. No en la boca. En la frente o en la mejilla. Eso los tranquiliza. Un enfermo a quien una mujer quiere besar se imagina que está menos grave. No sabe que las bocas de las enfermeras están hechas no para hablar, ni siquiera para llorar, sino para callarse y besar a los enfermos para que no tengan miedo de dormirse, para que no tengan miedo de la oscuridad.

Una nueva oleada de sudor me cubrió por entero.

—No me bese —murmuré en voz muy baja.

—Claro que no. Eso da sed.

Luego abandonó la habitación. Comencé a esperar el sueño.

—Hábleme un poco de usted —pidió Kathleen.

Estábamos sentados en su cuarto, en el cual hacía un calor agradable. Escuchábamos un canto gregoriano que nos ensanchaba el corazón. Las palabras y las notas tenían una paz que ninguna tormenta hubiera podido desvanecer.

Sobre la mesita, dos tazas estaban todavía medio llenas. El café se había enfriado. La penumbra me invitaba a mantener los ojos cerrados. El cansancio que pesaba sobre mis hombros al comienzo de la noche se había disipado completamente. Con los nervios extremadamente tensos, tenía conciencia del tiempo que, penetrándome, se llevaba, con sus garras, una parte de mí.

—Hable —prosiguió Kathleen—. Quiero conocerlo.

Estaba sentada en un sofá claro, a mi derecha, con las piernas recogidas. Un sueño flotaba en el aire buscando donde posarse.

—No tengo ganas —respondí—. No tengo ganas de hablar de mí.

Para hablar de mí, para hablar realmente de mí, tendría que contar la historia de mi abuela. Pero no quería evocarla con palabras: la abuela sólo podía expresarse con plegarias.

Después de la guerra, al llegar a París, a menudo —demasiado a menudo— habían insistido que les contara. Yo me negaba. Pensaba: «Los muertos no tienen necesidad de nosotros para hacerse oír. Son menos tímidos que yo. La vergüenza no tiene ninguna influencia sobre ellos». Pero yo era tímido y sentía vergüenza. Así va el mundo; no es a los verdugos sino a sus víctimas a quienes tortura la vergüenza. La gran vergüenza de haber sido elegidos por el destino. El hombre prefiere poner en su haber todos los pecados y crímenes imaginables antes que llegar a la conclusión de que Dios puede permitir las más flagrantes injusticias. Todavía hoy enrojezco cada vez que pienso en qué forma Dios se burla del ser humano, su juguete favorito.

Un día, le había hecho a mi maestro Kalman, el cabalista, la siguiente pregunta: ¿con qué objeto ha creado Dios al hombre? Comprendo que el hombre tenga necesidad de Dios. Pero a Dios, ¿qué puede darle el hombre?

Mi maestro cerró los ojos y mil heridas, arterias petrificadas, donde erraba una verdad espantosa, se entrelazaron en un laberinto sobre su frente. Después de unos minutos de meditación, una sonrisa muy fina, muy lejana, apareció en sus labios.

—Los libros santos nos enseñan —dijo— que si el hombre fuera consciente de su poder, perdería la fe o la razón. Pues el hombre lleva en sí una función que lo sobrepasa. Dios tiene necesidad de él para ser uno. El Mesías, llamado a liberar al hombre, sólo puede ser liberado por él. Por lo tanto, sabemos que serán liberados no sólo el hombre y el Universo sino también aquel que ha establecido sus leyes y sus relaciones. Se desprende de ello que el ser humano, un puñado de tierra, es capaz de unir el tiempo a su fuente y de devolver a Dios su propia imagen.

En esa época yo era demasiado joven para captar el sentido de las palabras de mi maestro. La idea de que la existencia de Dios pudiera estar ligada a la mía me había llenado de un miserable orgullo como también de una profunda piedad.

Algunos años más tarde, vi a hombres justos, hombres piadosos, marchar a la muerte cantando: «Vamos a romper, con nuestro fuego, las cadenas del Mesías exiliado». Fue entonces que la implicación simbólica de lo que decía mi maestro, me saltó a la vista. Sí, Dios tiene necesidad del hombre. Condenado a eterna soledad, hizo al hombre únicamente para que le sirva de juguete, para que lo haga reír. Eso es lo que filósofos y poetas se negaron a admitir: en el comienzo no fue el Verbo, ni el Amor; fue la risa, la gran risa eterna cuyas ecos son más engañosos que los espejismos del desierto.

—Quiero conocerlo —repitió Kathleen.

Su cara se había nublado. El sueño, no encontrando dónde posarse, se había desvanecido. Pensé: «Puede haber entrado en sus ojos muy abiertos». Pero los sueños no vienen nunca de afuera.

—Podía llegar a odiarme —le dije.

Ella encogió un poco más las piernas. Todo su cuerpo se contrajo, se hizo más pequeño, como queriendo seguir al sueño y desaparecer por completo.

—Acepto el riesgo —respondió.

«Me odiará», pensé. Es inevitable. Lo que se produjo se volverá a producir. Las mismas causas engendran los mismos efectos, los mismos odios. La repetición es un factor decisivo de lo trágico de nuestra condición.

El primer hombre que me había gritado su odio abiertamente, no sé siquiera cómo se llamaba ni quién era. Representaba a todos los sin-nombre y sin-rostro que llenan el universo de las almas muertas.

Me encontraba en un barco francés en camino para la América del Sur. Era mi primer encuentro con el mar. La mayor parte del tiempo permanecía en el puente estudiando las olas que, incansables, cavaban tumbas para volver a llenarlas enseguida. Yo iba en busca del Dios niño porque lo imaginaba grande y poderoso, inmenso e infinito. El mar me ofrecía dicha imagen. De pronto, comprendí a Narciso: no había caído en la fuente. Se había arrojado a ella. En un momento dado, mi deseo de unirme al llamado profundo del mar fue tan fuerte que faltó poco para que saltara por la borda.

No tenía nada que perder, que lamentar. No estaba ligado a la tierra de los hombres. Todo lo que me era querido lo había dispersado el humo. La casita de paredes resquebrajadas donde, a la luz melancólica de las velas, niños y ancianos venían a orar o estudiar canturreando, estaba en ruinas. Mi maestro que, el primero, me había enseñado que la existencia es un misterio, que más allá de las palabras está el silencio, mi maestro que vivía con la cabeza gacha como si no osara mirar al cielo de frente, mi maestro hacía mucho tiempo que estaba convertido en cenizas. Y mi hermanita, que se burlaba de mí porque nunca jugaba con ella, porque yo era demasiado serio, mi hermanita no jugaba ya más.

Y fue el desconocido quien, esa noche, sin saberlo, sin quererlo, había impedido que abandonara la partida. Apareció detrás de mí, no sé de dónde, y se había puesto a hablarme. Era un inglés. Por la voz, supuse que debía de estar cerca de los cincuenta años.

—Hermosa noche —dijo apoyándose en la borda, a mi derecha, casi rozándome.

—Muy hermosa —contesté secamente.

Pensé: «Hermosa noche para decir adiós a los tramposos, a las constantes que se vuelven inciertas, a los ideales que implican traición, al mundo donde no hay ya lugar para lo humano, a la historia que se dirige hacia la destrucción del alma y no hacia la ampliación de sus poderes».

El desconocido no se dejó intimidar por mi mal humor y prosiguió:

—El cielo está tan cerca del mar que no se sabe cuál de los dos refleja al otro, cuál tiene necesidad del otro, cuál domina al otro.

—En efecto —respondí fríamente.

Se detuvo un instante y contempló mi reflejo en el mar. Alcancé a ver su perfil: delgado, enjuto, noble.

—Si los dos estuvieran en guerra —prosiguió él— tomaría el partido del mar. El cielo sólo inspira a los pintores. Nunca a los músicos. Mientras que el mar... ¿No encuentra que el mar se asemeja al hombre por su música?

—Tal vez —contesté con hostilidad.

De nuevo se detuvo como para preguntarse si sería mejor dejarme solo. Pero decidió quedarse.

—¿Cigarrillos? —preguntó tendiéndome el paquete.

—No, gracias. No tengo ganas de fumar.

Encendió su cigarrillo y arrojó el fósforo por encima de la borda: estrella errante tragada por la oscuridad.

—Están bailando adentro —dijo—. ¿Por qué no va allí?

—No tengo ganas de bailar.

—Prefiere estar solo con el mar, ¿no es cierto?

Su voz había cambiado súbitamente. Se había vuelto más personal, menos anónima. No sospechaba yo que un hombre puede cambiar de voz como si fuera una máscara.

—Sí, prefiero quedarme solo con el mar —respondí acentuando malévolamente el «solo».

Dio algunas caladas al cigarrillo.

—El mar. ¿En qué le hace pensar?

Vacilé. El hecho de que él se encontrara en la oscuridad, que no lo conociera, que mañana no lo reconocería sin duda en el comedor, actuaba a su favor. Hablar con un extraño es dirigirse a las estrellas del cielo: no nos compromete a nada.

—El mar —dije—, me hace pensar en la muerte.

Me pareció que sonreía.

—Lo sabía.

—¿Cómo lo sabe? —pregunté desconcertado.

—El mar posee un poder de atracción. Soy viejo y hace unos treinta años que lo recorro. Conozco todos los mares del mundo. Ya lo sé. No hay que mirar las olas durante mucho tiempo. Sobre todo de noche. Sobre todo, solo.

Me relató su primer viaje. Su mujer lo acompañaba. Acababan de casarse. Una noche, dejó a su mujer dormida y subió al puente a tomar un poco de aire. Allí sintió el terrible poder que ejerce el mar sobre aquellos que contemplan en él su silueta metamorfoseada. Era joven y dichoso: sin embargo, experimentó la necesidad casi irresistible de saltar, de dejarse llevar por las olas vivientes cuyo rumor sugiere, sobre todo, la eternidad, la paz, el infinito.

—Le repito —dijo en voz muy baja— que no hay que mirar el mar durante mucho tiempo, solo y de noche.

Entonces, a mi vez, empecé a contarle cosas sobre mí. Sabiendo que también él había pensado en la muerte y que se sintió atraído por su secreto, me consideré más próximo a él. Lo que nunca le había contado a nadie, se lo conté a él. Mi infancia, mis ensueños místicos, mis pasiones religiosas, mis experiencias en la Alemania concentracionaria, mi convicción de ser ahora sólo un mensajero de los muertos entre los vivos...

Hablé horas enteras. Él me escuchaba, con las brazos apoyados pesadamente en la borda, sin interrumpirme, sin moverse, sin apartar la mirada fija de una sombra que seguía a la nave. De vez en cuando, encendía un cigarrillo y, aunque yo me detuviera en medio de un pensamiento, de una frase, no decía nada.

A veces dejaba frases incompletas, saltaba de un episodio a otro, describía un personaje de un trazo y dejaba pasar en silencio el acontecimiento que a él se refería. El desconocido no pedía explicaciones, aclaraciones. Por momentos yo hablaba en voz muy baja, tan baja que era imposible que él oyera una palabra de lo que decía, pero él seguía inmóvil, mudo. Parecía no atreverse a existir fuera del silencio.

Sólo cuando la noche tocaba a su fin, recobró la palabra. Su voz, fundida en sombras, era ronca. La voz de un hombre que, a solas en la noche, mira el mar, mira su propia muerte.

—Quiero que sepa esto —dijo finalmente—. Creo que voy a odiarlo.

La emoción me cortó el aliento. Tuve ganas de estrecharle la mano agradeciéndole. Poca gente hubiera tenido el valor de acompañarme tan lúcidamente hasta el final.

El desconocido echó la cabeza hacia atrás como para convencerse de que el cielo seguía estando allí. De pronto, se puso a golpear la borda con el puño crispado. Y con voz contenida, una voz profunda, repitió varias veces las mismas palabras:

—Voy a odiarlo... voy a odiarlo...

Luego me dio la espalda y se alejó corriendo.

Una franja de luz blanca, como luces de candilejas, se encendía en el horizonte. El mar estaba tranquilo, el barco dormitaba. Las estrellas comenzaban a desvanecerse. Despuntaba el día.

Me quedé en el puente todo el día. Regresé por la noche, al día siguiente. Pero el desconocido no volvió a reunirse conmigo.

—Acepto el riesgo —dijo Kathleen.

Me levanté y di algunos pasos por el cuarto para desentumecer mis miembros. Me detuve junto a la ventana y miré afuera. La acera de enfrente estaba cubierta de nieve. Una angustia extraña me anudaba la garganta. Gotas de sudor frío brotaron sobre mi frente. Pronto la noche iba a levantar su máscara y aparecería el día. El día me daba miedo. De noche todas las caras me son familiares, todos los ruidos tienen el acento de lo ya oído. De día sólo me cruzo con desconocidos.

—¿Sabe lo que dijo Shimon Yanai de usted? —preguntó Kathleen.

—Lo ignoro.

¿Qué habría podido decirle? ¿Qué sabía de mí? Nada. No sabía que, cuando por casualidad me embriago con una puesta de sol, mi corazón se llena de nostalgia por Sighet, la pequeña aldea de mi infancia, y empieza a latir tan fuerte, tan rápido, que una semana después todavía soy incapaz de recuperar el aliento; no sabía que el eco de una melodía jasídica, con la cual el hombre se remonta a sus orígenes, me emociona más que Bach, Beethoven y Mozart juntos; no podía saber que, cuando mis ojos se posan en una mujer, siempre evocan en mí la imagen de mi abuela.

—Shimon Yanai cree que usted es un santo —prosiguió Kathleen.

A guisa de respuesta, lancé una sonora carcajada.

—Shimon Yanai dice que usted ha sufrido mucho. Sólo los santos sufren mucho.

No podía contener la risa. Me volví hacia la joven, hacia sus ojos concebidos no para mirar, no para llorar, sino para hablar y tal vez para hacer reír. Ocultaba el mentón en la abertura del jersey y disimulaba sus labios temblorosos.

—¿Yo, un santo? Es demasiado cómico... —exclamé.

—¿Por qué se ríe?

—Me río —respondí con voz entrecortada—, me río porque no soy un santo. Los santos no ríen. Los santos están muertos. Mi abuela era una santa; está muerta. Mi maestro era un santo: está muerto. Míreme a mí, yo estoy vivo. Y estoy riendo. Vivo y río porque no soy un santo...

Al principio me había costado habituarme a la idea de estar vivo. Me creía muerto. No podía comer, leer, llorar: me sentía muerto. Me consideraba como un muerto que, al soñar, se imagina estar vivo. Sabía que no existía ya, que mi verdadero yo había quedado allá, que mi yo actual no tenía nada de común con el otro, el verdadero. Yo era sólo la piel que la serpiente deja tras de sí: nunca había sido suya.

Luego, un día, en la calle, una anciana me invitó a «subir a su casa». Era tan vieja, tan reseca, que no pude contener la risa que brotó de la garganta. La vieja palideció y creía que iba a desplomarse a mis pies. «No tienes, pues, ninguna compasión», me dijo con voz ahogada. Entonces, de pronto, la realidad me golpeó en pleno corazón: estaba vivo, reía, me burlaba de las viejas desdichadas, tenía la posibilidad de hacer sufrir y de humillar a viejas mujeres que, como los santos, escupen sobre su propio cuerpo.

—¿Adónde conduce el sufrimiento? —preguntó Kathleen en tensión—. ¿No conduce al estado de santidad?

—¡No! —grité.

De golpe, dejé de reír. La furia me invadía. Me aparté de la ventana y me planté delante de la muchacha que ahora estaba sentada en el suelo, con la cabeza apoyada en las rodillas.

—Los que dicen eso son falsos profetas —continué.

Tuve que hacer esfuerzos para no rugir, para no despertar a toda la casa y a los muertos que esperan afuera, en medio del viento y de las tormentas de nieve. Continué:

—El sufrimiento hace aflorar en el hombre lo que tiene de más bajo, de más cobarde. En el sufrimiento hay una etapa a atravesar, más allá de la cual uno se convierte en un animal: uno sacrificaría su alma, y sobre todo la del prójimo, por un pedazo de pan, por un minuto de calor, por un segundo de olvido y de sueño. Los santos son los que mueren antes de que finalice su historia. Los otros, aquellos que llegan hasta el final de su destino, no se atreven a mirarse en el espejo por temor de que refleje su imagen interior: la de un monstruo que se ríe de las mujeres desgraciadas y de los santos que han muerto...

Kathleen, atontada, escuchaba con los ojos muy abiertos. Su espalda se encorvaba a medida que yo hablaba. Sus labios pálidos murmuraban incansablemente, la misma frase:

—¡Continúe! Quiero saber más. ¡Continúe!

Entonces me dejé caer de rodillas, tomé su cabeza entre mis manos y, con mi mirada en la suya, me puse a contarle la historia de mi abuela, luego la de mi hermanita, la de mi padre, de mi madre y, en forma sencilla, le describí cómo el hombre puede convertise en un cementerio para los muertos sin sepultura.

Hablaba. Hablaba. Acumulé detalle sobre detalle, evoqué los gritos y las pesadillas que me angustian de noche. Y Kathleen, muy pálida, con los ojos enrojecidos, continuaba implorándome:

—¡Más! ¡Todavía más!

Con voz ardiente, decía «más», como la mujer que quiere prolongar el placer le pide al hombre a quien ama que prosiga, que no la deje, que no la defraude, que no la abandone a medio camino entre el éxtasis y la nada. «Más... más...».

Yo no la dejaba ni con la mirada ni con las manos. Quería desprenderme de toda la suciedad que había en mí y trasladarla a esas pupilas y a esos labios tan puros, tan inocentes, tan bellos.

Me mostré al desnudo. Arranqué de mis entrañas mis pensamientos y deseos más viles, mis traiciones más abominables, mis mentiras más inútiles, y las exhibí ante ella como una ofrenda impura, para que ella pudiera ver y sentir su pestilencia.

Pero Kathleen bebía cada palabra mía como si quisiera castigarse hoy por no haber sufrido antes. De vez en cuando, insistía con la misma voz ávida que se parecía extrañamente a la de una vieja prostituta: «Más... más...».

Finalmente, me detuve agotado. Me dejé caer sobre la alfombra cuán largo era y cerré los ojos.

Siguió un silencio que se prolongó durante largo rato: una hora, dos, tal vez. Me ahogaba. El sudor me mojaba la camisa que se pegaba a mi cuerpo. Kathleen no se movía. Afuera, la noche avanzaba a pasos afelpados.

De pronto, subió desde la calle el ruido del carrito del lechero. Se detuvo cerca de nuestra puerta.

Kathleen respiró profundamente y dijo:

—Tengo ganas de bajar y besar al lechero.

No dije nada. Estaba exhausto.

—Quisiera besarlo —continuó Kathleen— únicamente para agradecerle. Agradecerle que exista.

Seguí mudo.

—¿No dice nada? —se asombró ella—. ¿No se ríe?

Y como yo seguía guardando silencio, empezó a acariciarme el pelo, luego sus dedos exploraron los contornos de mi cara. Me gustaron sus caricias.

—Me gusta que me acaricie le dije, mientras continuaba con los ojos cerrados.

Después de un momento de vacilación, agregué:

—Ya lo ve; es la mejor prueba de que no soy un santo. Los santos en esto son semejantes a los muertos: no conocen el deseo.

La voz de Kathleen se hizo más ligera, casi provocativa:

—¿Y usted me desea?

—Sí —afirmé.

De nuevo tuve ganas de soltar la carcajada: ¡Yo, un santo! ¡Qué burla estupenda! ¡Yo, un santo! ¿Acaso un santo siente un deseo tal por el cuerpo de una mujer? ¿Acaso experimenta la necesidad de tomarla en sus brazos, de cubrirla de besos, de morderle la carne, de posesionarse de sus profundidades, de su vida, de sus senos? No, un santo no aceptaría hacer el amor con una mujer ante la mirada de una abuela muerta, cuyo chal negro parece envolver las noches y los días del Universo.

Me senté. Mi voz se llenó de rabia.

—¡No soy un santo! —exclamé.

—¿No? —preguntó Kathleen tratando de sonreír.

—¡No! —repetí.

Abrí los ojos y vi que ella sufría atrozmente. Se mordía los labios, con una mueca de disgusto en la cara.

—Le probaré que no soy un santo —gruñí malignamente.

Sin decir palabra, empecé a desvestirla. No opuso ninguna resistencia. Una vez desnuda, volvió a su posición anterior.

Con la cabeza apoyada sobre las rodillas, me observaba angustiada mientras yo me desvestía a mi vez. Dos arrugas se habían marcado alrededor de su boca. Veía el temor en su mirada. Yo estaba contento; ella me tenía miedo y estaba bien así. Miedo, ése es el sentimiento que se debe inspirar. Todos aquellos que, como yo, han salido del infierno en el cual dejaron su alma, están aquí únicamente para que los demás sientan miedo sirviéndoles de espejo.

—Voy a poseerla —le anuncié en tono duro, casi hostil—. Pero no la amo.

Pensé: «Es preciso que lo sepa. Que no tenga nada de santo. Voy a hacer el amor con ella sin que ese acto me comprometa». En cambio un santo compromete su ser en cada gesto.

Ella se soltó el pelo que ahora le caía en el hueco de los hombros. Su pecho se agitaba con ritmo irregular.

—¿Y si me enamorara de usted? —me interrogó en tono deliberadamente ingenuo.

—¡No es posible! Más bien me odiará.

Su cara se volvió un poco más triste, un poco más dolorosa.

—Temo que tenga razón.

En alguna parte, sobre la ciudad, iba a despuntar el día sobre un mundo sombrío.

—Míreme —dije.

—Lo miro.

—¿Qué ve usted?

—Un santo —respondió.

Volví a reír: estábamos desnudos los dos y uno de nosotros era un santo. ¡Resultaba grotesco! La poseía brutalmente, tratando de hacerla sufrir. Ella se mordió los labios pero no gritó. Nos quedamos juntos hasta bien avanzada la tarde.

Sin decir una palabra.

Sin intercambiar un beso.

La fiebre bajó de golpe. Mi nombre fue borrado de la lista crítica. Seguía sintiéndome mal, pero mi vida no estaba en peligro. Todavía me daban inyecciones con antibióticos, pero a intervalos cada vez más espaciados. Cuatro por día. Luego tres, después dos. Por último nada.

Cuando me permitieron recibir visitas, ya hacía casi una semana que estaba en el hospital y tres días que me habían enyesado.

—Hoy sus amigos podrán venir a visitarlo —me anunció la enfermera mientras hacía mi higiene.

—Muy bien —dije.

—¿Éste es todo el efecto que le produce? —se asombró la enfermera—. ¿No está contento de recibir a sus amigos?

—Sí. Muy contento.

—Es que vuelve de muy lejos —comentó ella.

—De muy lejos.

—No está muy locuaz, ¿eh?

—No.

Descubrí una de las ventajas de estar enfermo: poder guardar silencio sin tener que excusarse.

—Después del desayuno vendré a afeitarlo —dijo la enfermera.

—Es inútil —respondí.

—¿Inútil?

Parecía incrédula: ¡nada de lo que se hacía en el hospital era inútil!

—Sí —respondí—. Inútil. Quiero dejarme crecer la barba.

Me observó un momento y luego sentenció:

—No. Hay que afeitarlo. Tiene un aspecto de enfermo grave.

—¿Acaso no lo estoy?

—Lo está, pero afeitado se sentirá mejor.

Y sin darme tiempo a responder, continuó:

—Se sentirá renacer a la vida.

Era joven, negra, terca. Ceñida en su uniforme blanco, su alta figura dominaba y no sólo por la superioridad de su posición vertical.

—Bueno —dije para poner fin a la discusión—. En ese caso, estoy dispuesto.

—*Good!* —exclamó—. *That's a boy!*

Estaba feliz de su victoria. Su boca muy abierta mostraba los dientes de una blancura impecable. Riendo empezó a contar historias cuya moraleja podía resumirse así: la muerte no osa atacar a aquellos que se acicalan todas las mañanas. El secreto de la inmortalidad era, tal vez, echar mano a una buena crema de afeitar.

Después de hacer mi aseo, me trajo el desayuno.

—Le daré de comer como si fuera un bebé. ¿No se avergüenza de ser un bebé? ¿A su edad?

Salió y volvió enseguida con una máquina de afeitar.

—Tiene que estar guapo. ¡Quiero que mi bebé esté guapo!

El aparato hacía un ruido ensordecedor. La enfermera continuaba parloteando. Yo no la escuchaba. Pensaba en la noche del accidente. El taxi marchaba con gran rapidez. No sospeché que iba a mandarme al hospital.

—Ya está —observó encantada la enfermera—. Ahora está guapo.

—Ya lo sé —dije—. ¡He nacido de nuevo!

—¡Espere que le traiga un espejo!

Tenía unos ojazos con pupilas muy negras y el blanco muy blanco.

—No lo quiero —dije.

—Pero sí, sí.

—Escuche —le dije amenazador—. Si usted me trae un espejo, lo romperé. ¡Un espejo roto, siete años de desgracia! ¿Es eso lo que quiere? ¿Siete años de desgracia?

Durante un segundo sus ojos se inmovilizaron tratando de verificar si yo estaba bromeando.

—Es cierto —repetí—. Todo el mundo podrá confirmarle que no hay que romper los espejos.

Todavía reía pero ahora su voz era algo más inquieta que antes. Se secó las manos en su guardapolvo blanco.

—Es usted un chico muy malo y yo no lo quiero más.

—¡Qué lástima! ¡Yo la adoro!

Murmuró algo para sí misma y abandonó la habitación.

Acostado frente a la ventana, podía ver el East River. Un barquito estaba pasando: una mancha gris-negra sobre fondo azul. Espejismo.

Llamaron a la puerta.

—¡Entre!

El doctor Paul Russel, con las manos en los bolsillos, venía a continuar la conversación en el punto en que la habíamos dejado.

—¿Vamos mejor esta mañana?

—Sí, doctor. Mucho mejor.

—Nada de fiebre. El enemigo está vencido.

—Un enemigo vencido es peligroso —observé—. Sólo aspira a vengarse.

El doctor se puso serio. Sacó un cigarrillo del bolsillo y me lo ofreció. Lo rechacé. Lo encendió para sí mismo.

—¿Todavía siente dolor?

—Sí.

—Le durará varias semanas. ¿No tiene miedo?

—¿De qué?

—De sufrir.

—No. No tengo miedo de sufrir.

Me miró fijo a los ojos.

—¿A qué le tiene miedo entonces?

De nuevo tuve la impresión de que me ocultaba algo. ¿Sería posible que supiera? ¿Habría hablado durante el sueño o en la operación?

—No tengo miedo a nada —respondí sosteniendo su mirada.

Silencio.

Fue hasta la ventana y se quedó allí unos minutos. Ahí está. Basta una espalda para que el río deje de existir. El Paraíso existe mientras nada se interponga entre el ojo y el árbol.

—Tiene una bonita vista —dijo sin volverse.

—Muy hermosa. El río se parece a mí: casi no se mueve.

—¡Ilusión pura! Sólo es tranquilo en la superficie. Si lo sondea bien, abajo está agitado...

Se volvió bruscamente:

—... como usted, por otra parte.

¿Qué sabrá, en realidad?, me pregunté enormemente inquieto. Habla como si supiera. ¿Será posible que me haya traicionado?

—Todo hombre es semejante a un río —dije para orientar el tema en una dirección más abstracta—. Los ríos afluyen al mar que nunca se llena. Los hombres son tragados por la muerte que nunca está satisfecha.

Su mano hizo un ademán de desaliento como para decir: «Bueno. Usted no quiere hablar, esquiva, pero no importa. Esperaré».

Con paso lento se dirigió hacia la puerta y se detuvo:

—Tengo un mensaje para usted. De parte de Kathleen. Vendrá a verlo a últimas horas de la tarde.

—¿Estuvo con ella?

—Sí. Vino todos los días. Es una muchacha superlativamente bien.

—Su-per-la-ti-vamente.

Estaba parado en la puerta entreabierta. Su voz me llegaba muy cercana. La puerta debía de estar muy cerca de la cama.

—Ella lo ama —agregó el doctor.

Su voz se hizo dura, insistente.

—¿Y usted? ¿La ama usted?

Acentuó el *usted*. Mi respiración se aceleró. «¿Qué es lo que sabe?», me pregunté angustiado.

—Por supuesto —respondí simulando tranquilidad—. Por supuesto que la amo.

Ya nada se movía. El silencio era completo. En el corredor, un altavoz anunció con timbre nasal: «El doctor Braunstein al teléfono... Llaman al doctor Braunstein al teléfono...». Pero eran ecos de otro mundo. En el cuarto reinaba un silencio total.

—Perfecto —dijo el doctor Russel—. Debo irme. Hasta esta noche o mañana.

Otro barco se deslizaba delante de la ventana. Afuera el aire era vivo, tonificante. Pensé: «En este mismo momento, la gente se pasea por las calles, sin corbata, en mangas de camisa. Lee, discute, come, bebe, se detiene para evitar un coche, para admirar a una mujer, para contemplar los escaparates. Afuera, en este mismo momento, la gente camina».

Por la tarde temprano, algunos de mis colegas hicieron su aparición. Habían venido juntos, alegres, y trataron de comunicarme su alegría.

Me contaron chismes: qué hacía uno, qué decía el otro, quién engañaba a quién. La última palabra, la última indiscreción, la última historia.

Luego la conversación volvió al tema del accidente.

—De todos modos —comentó uno— tuviste suerte; podías haber dejado la piel.

—O perdido una pierna —dijo otro.

—O hasta la razón —agregó un tercero.

—Vas a ser rico —dijo Sandor, un húngaro—. A mí también me atropelló un coche. La compañía de seguros me pagó mil dólares. Tuviste suerte de habértelas con un taxi. Los taxis están asegurados en mucho dinero. Vas a ser rico, te digo. ¡Qué suerte, amigo!

Me dolía todo el cuerpo. No podía moverme. Estaba prácticamente paralizado. Pero tenía mucha suerte. Iba a ser rico. Podría viajar, frecuentar los cabarets, mantener amantes, despreocuparme del mundo: ¡qué suerte! Por poco iban a decir que me envidiaban.

—Siempre me decían que en América los dólares se encuentran en la calle —observé—. Por cierto que es verdad; basta caerse para recogerlos.

Rieron a más y mejor y yo reí con ellos. La enfermera entró una o dos veces para darme de beber y también rió con nosotros.

—¡Y decir que esta mañana no quería que lo afeitara! —les comentó.

—Ahora es rico —agregó Sandor—. Los ricos pueden permitirse estar mal afeitados.

—¡Qué cómico! —exclamó la enfermera aplaudiendo—. ¿Y la historia del espejo, ya la contó?

—¡No, no, no! —gritaron todos a coro—. ¡La historia del espejo!

Entonces ella contó que esa mañana me había negado a mirarme al espejo.

—Los ricos tienen miedo a los espejos —dije—. Los espejos no tienen ningún respeto al dinero. ¡Están cubiertos de dinero!

Hacía calor en el cuarto y más calor aún en el yeso. Mis amigos sudaban. La enfermera se secó la frente con el dorso de la mano. Después que se fue, Sandor me guiñó un ojo:

—No está mal, ¿eh?

—¡Debe de estar formidable! —afirmó otro.

—Bueno, no te vas a aburrir aquí, ¡es lo menos que se puede decir! —reiteró el tercero.

—No, seguro que no me aburriré —respondí.

La reunión ya había durado bastante cuando Sandor recordó que a las cuatro tenían una conferencia de prensa.

—Es verdad, lo habíamos olvidado —dijeron a coro.

Partieron precipitadamente, llevándose la risa por el corredor, a la calle, y finalmente allí donde la risa asume funciones históricas, en las Naciones Unidas.

Eran casi las siete cuando llegó Kathleen. Parecía más pálida que de costumbre, más alegre, más exuberante también. Se hubiera dicho que vivía el momento más feliz de su existencia. «¡Oh, qué vista hermosa! ¡Mira el río! ¡Qué habitación tan hermosa! ¡Qué amplia, qué grande, qué limpia! ¡Tienes un aspecto formidable!».

«Qué locura», pensé. Un hospital resulta el lugar más alegre del mundo. Todos representan aquí una comedia. Incluso el enfermo. Uno se arma de actitudes, de cosmética, de alegrías.

Kathleen hablaba y hablaba. Ella, que no amaba a quienes hablan demasiado para no decir nada, ahora no hacía más que eso. «¿Por qué le tiene miedo al silencio?», me pregunté contraído. «¿También sabrá algo? Está bien situada para saberlo. Estaba allí en el momento del accidente. Un poco más adelante. Puede ser que se haya dado cuenta».

Hubiera querido orientar la conversación en ese sentido, pero no pude detener el torrente de sus palabras. Hablaba y hablaba. «Isak te reemplaza en el diario. En la oficina el teléfono no deja de sonar: una cantidad de gente pregunta por ti. Y, sabes, hasta él, ¿cómo se llamaba?, sabes a quien me refiero, el gordo, ese que tiene un vientre de mujer encinta, vamos, sí lo sabes, ese que está enojado contigo, bueno, también telefoneó. Isak me lo dijo. Y luego...».

Llamaron a la puerta. Una enfermera —una nueva, no la de la mañana— traía la cena. Era una mujer vieja, con gafas, soberanamente indiferente. Se disponía a ayudarme a comer.

—Deje, lo haré yo —dijo Kathleen.

—Bueno —contestó la vieja enfermera—. Como quiera.

Yo no tenía hambre. Kathleen insistió. «Un poco de sopa. Sí, sí, es necesario. Has perdido muchas fuerzas. Sí, una cucharada. Una sola. Una más. Hazlo por mí. Ésta todavía. Bueno, y ahora lo que sigue. Veamos: un trozo de carne. ¡Ah! ¡Tiene un aspecto muy apetitoso!».

Cerré los ojos, me tapé las orejas. Era el único medio. Me invadió un repentino deseo de gritar. Pero no había que gritar. Por otra parte, ¿de qué hubiera servido?

Kathleen hablaba y hablaba.

—... También tomé un abogado, un gran abogado. Va a intentar un proceso a la Compañía de taxis. Daños y perjuicios. Vendrá a verte mañana. Es muy optimista. Dice que obtendrás mucho dinero...

Terminada la cena, tomó la bandeja y la puso sobre la

mesa. Al verla moverse, me di cuenta de cuán pesados eran sus movimientos.

Ahora comprendía por qué hablaba tanto: estaba exhausta. Detrás de su alegría forzada se ocultaba la fatiga. Siete días. Habían pasado siete días desde el accidente.

—¡Kathleen! —llamé.

—¿Sí?

—Ven. Siéntate.

Obedeció y se sentó al borde de la cama.

—¿Sí? —preguntó inquieta.

—Quisiera preguntarte algo.

Frunció el ceño.

—¿Sí?

—No te reconozco. Has cambiado, hablas mucho. ¿Por qué?

Un estremecimiento recorrió sus párpados, sus hombros.

—Se han acumulado tantas cosas en siete días —dijo enrojeciendo ligeramente—. Quiero contártelas todas. Olvidas que hace una semana que no te hablo...

Me miró fijamente con sus ojos de mujer abatida y bajó la cabeza.

Luego, lentamente, maquinalmente, en voz muy baja, fatigada, blanca, repitió varias veces:

—No quiero llorar, no quiero llorar, no quiero...

«Pobre Kathleen», pensé. «Pobre Kathleen. Yo la he cambiado. Kathleen, la orgullosa, Kathleen, que doblegaba voluntades, Kathleen, con su fuerza pura y su dureza verdadera, Kathleen, con quien los espíritus fuertes, los hombres de carácter, gustaban medirse de igual a igual, esta Kathleen no tiene siquiera fuerzas para contener sus lágrimas, sus palabras».

Yo la transformé. ¡A ella, que quería cambiarme! «No se cambia a un ser humano», le había dicho al comienzo una vez, mil veces. «Se cambian los pensamientos, se cambian las actitudes, las corbatas. A lo sumo se cambian los deseos, pero eso es todo». «Eso me basta», respondía ella.

Y se había entablado la lucha. A toda costa quería hacerme dichoso. Hacerme gozar de los placeres de la vida. Hacerme olvidar el pasado. «Tu pasado está muerto. Muerto. Enterrado», decía. Y yo le respondía: «Mi pasado soy yo. Si está enterrado, yo estoy enterrado con él».

Y se había encarnizado en esa lucha. «Soy fuerte —decía—. Venceré». Y yo le respondía: «Eres fuerte. Eres bella. Posees todas las cualidades necesarias para vencer a los vivos. Pero aquí los que te combaten son los muertos. ¡No puedes vencer a los muertos!». «Ya lo veremos».

—No quiero llorar —dijo con la cabeza gacha como si arrastrara el peso de todos los muertos de la Creación.

¿Dije que un ser humano no cambia? Estaba equivocado. Cambia. Los muertos son todopoderosos. Es lo que ella se negaba a comprender: que los muertos son invencibles. Que a través de mí, eran ellos los que la enfrentaban.

Hija única de padres bostonianos muy ricos, era caprichosa y terca. Su arrogancia lindaba con la ingenuidad. No tenía el hábito de perder una batalla. Creía poder cambiar mi destino.

Un día le había preguntado si me amaba. «No», me respondió en forma terminante. Sin embargo, era verdad. No había mentido. Los orgullosos de verdad no mienten.

Nuestro contacto no tenía nada que ver con el amor. Por lo menos al principio. Más tarde sí. Al comienzo no. Lo que nos unió era, precisamente, lo que nos separaba. Ella amaba la vida, el amor; yo sólo pensaba en la vida, en el amor, con un sentimiento de inmensa vergüenza. Seguimos juntos. Ella tenía necesidad de luchar y yo la miraba actuar. La observaba estrellarse contra esa realidad fría e inmutable que había descubierto en primer lugar en mis palabras, finalmente en mis silencios.

Viajamos mucho. Los días eran intensos, las horas densas. El tiempo volvía a ser una aventura. Cuando Kathleen veía una aurora hermosa sabía comunicarme su entusiasmo; en la calle, era ella quien me señalaba a las mujeres apuestas; en casa, ella me hacía admitir que el cuerpo es también una fuente de alegría.

Al comienzo, muy al comienzo, yo evitaba sus besos. Vivíamos juntos pero nuestras bocas no se habían encontrado. Algo en mí se crispaba en contacto con sus labios. Se hubiera dicho que temía que al besarla ella se volviera otra. En varias ocasiones, había estado a punto de preguntarme el motivo, pero su orgullo se lo impidió. Luego, gradualmente, me fui acostumbrando. Cada beso abría una herida antigua. Así me daba cuenta de que seguía sensible al dolor. Que seguía respondiendo a las llamadas del pasado.

Aquello había durado un año entero. Al festejar el primer aniversario de nuestro encuentro —nos gustaba llamar así a nuestro vínculo— adoptamos juntos la decisión de separarnos. Habiendo fracasado la experiencia, no había ninguna razón de prolongarla.

Esa noche, ni ella ni yo pudimos dormir. Acostados uno al lado del otro, silenciosos, esperamos con temor el despuntar del día. Poco antes del amanecer, Kathleen me atrajo hacia sí y nuestros cuerpos se enlazaron por última vez en la oscuridad. Una hora después, siempre en silencio, me levanté, me vestí y abandoné la habitación, sin decirle adiós, sin volverme siquiera.

Afuera el viento cortante de la mañana hacía crujir las casas. Las calles todavía estaban desiertas. En alguna parte, chirrió una puerta.

Una ventana se iluminó, solitaria y pálida. Hacía frío. Mis piernas hubieran querido correr. Conseguí caminar lentamente, muy lentamente: no debía sucumbir a ninguna flaqueza. Tenía los ojos llorosos, sin duda a causa del frío.

—No quiero llorar —dijo Kathleen.

Meneó la cabeza gacha.

«Pobre Kathleen», pensé. «Los muertos te han cambiado a ti también».

El abogado vino al día siguiente. Llevaba gafas, era de estatura mediana y tenía el aire de suficiencia de quien conoce la respuesta antes de haber hecho siquiera la pregunta.

Se presentó: Mark Brown.

—Llámeme Mark.

Se sentó con familiaridad y sacó de su portafolios un gran anotador amarillo.

—Hablé con sus doctores —me anunció—. Estuvo muy grave. Eso está muy bien.

—En efecto —observé—, está muy bien.

Captó la ironía.

—¡Oh! Hablo desde el punto de vista del proceso —se excusó guiñándome el ojo.

—Yo también —respondí—. Parece que usted me hará rico.

—Soy optimista.

—Tenga cuidado. Mis enemigos no se lo perdonarán nunca: ¡heme aquí en trance de convertirme en un periodista rico!

Se rió:

—¡Por una vez, el derecho estará del lado de la literatura!

Me sometió a un cerrado interrogatorio: ¿qué ocurrió exactamente la noche del accidente? ¿Estaba solo? No. ¿Quién estaba conmigo? Kathleen. Sí, la joven que le había telefoneado. ¿Habíamos bebido antes o durante la cena? No. Ni antes ni durante.

¿Habíamos reñido? No. ¿Habíamos esperado a que los semáforos pasaran al rojo antes de atravesar la calle? Sí. El taxi había llegado del lado izquierdo. ¿Lo había visto venir?

Empleé un poco más de tiempo para responder a esa última pregunta.

Mark se sacó las gafas y mientras limpiaba los cristales, repitió:

—¿Lo vio venir?

—No —dije.

Su mirada se volvió penetrante.

—Parece que vacila.

—Trato de evocar, de revivir la escena.

Mark era inteligente, perspicaz. Para preparar un buen escrito se empeñaba en obtener una cantidad de detalles que, a primera vista, sólo tenían una relación indirecta con el accidente. Antes de establecer su plan de acción quería saberlo todo. El interrogatorio había durado varias horas. Se hallaba satisfecho.

—No hay duda —concluyó—. El chófer es culpable de negligencia.

—¡Espero que no lo acusarán por eso! —exclamé ansioso—. No quisiera que le apliquen una pena. De todos modos, fue algo involuntario de su parte...

Mark Brown me tranquilizó:

—No tema nada. No es él quien pagará sino la compañía de seguros. Al pobre muchacho no le deseamos ningún mal.

—¿Está seguro, absolutamente seguro de que no le ocurrirá nada?

«¡Pobre diablo!», pensé. No tenía nada que ver. La víspera, su mujer me había telefoneado. Me pidió perdón en nombre de su marido. Él no se atrevía siquiera a pedirme perdón.

—Enteramente seguro —dijo el abogado con una risita seca—. Usted será más rico y él no será más pobre. Por lo tanto, no tema nada.

Un involuntario suspiro de alivio se escapó de mi pecho.

Todas las mañanas, el doctor Russel venía a charlar conmigo. Acostumbraba a terminar conmigo su visita cotidiana. A menudo se quedaba una hora o más. Entraba sin llamar y se sentaba en el borde de la ventana, con las manos en los bolsillos del guardapolvo blanco, las piernas cruzadas, los ojos que reflejaban los colores cambiantes del río.

Me hablaba mucho de sí mismo, de su vida en el frente —había hecho la guerra de Corea—, de su trabajo así como de las alegrías y también de las dificultades que le producía. Cada presa arrancada a la muerte lo hacía tan feliz como si hubiera obtenido una victoria a escala universal. Un fracaso circundaba sus ojos de negro. Me bastaba mirarlo bien para adivinar si esa noche había ganado o perdido la partida. Consideraba a la muerte como su enemiga personal.

—Lo que me desespera —me decía a menudo con amargura— es que nuestras armas son desiguales. Mis victorias sólo pueden ser temporarias. Las suyas son definitivas. Siempre.

Una mañana se mostró más dichoso que de costumbre. Desdeñó su lugar favorito junto a la ventana y se puso a recorrer la habitación como si estuviera borracho, mientras hablaba para sí mismo contándose cosas.

—¿Ha bebido, doctor? —le dije con aire burlón.

—¡Bebido! —exclamó—. No por cierto, no he bebido. No bebo nunca. Simplemente, hoy me siento muy feliz. Tremendamente feliz. Pues lo conseguí. ¡Ah, sí! Esta vez lo conseguí.

Su victoria tenía el gusto del vino. No cabía en sí. Para duplicar su dicha, hubiera querido ser a la vez él y otro: testigo y héroe. Tenía ganas de cantar y oírse cantar, bailar y verse bailar, saltar a la cima de la más alta montaña y gritar, aullar con todas sus fuerzas: «¡He vencido! ¡He vencido a la Muerte!».

La operación había sido difícil, peligrosa: un niño de doce años que tenía pocas, muy pocas posibilidades de sobrevivir. Tres médicos lo habían condenado. Pero él, Paul Russel, había decidido intentar lo imposible.

—¡El chico saldrá adelante! —atronó con la cara púrpura, como abrasada por un sol interior—. ¿Se da cuenta? ¡Vivirá! ¡Sin embargo, todo parecía perdido! El mal se había alojado en la pierna y envenenaba la sangre. Le amputé la pierna. Los otros decían que eso no serviría de nada. Que era demasiado tarde. Que el juego estaba hecho. Pero no retrocedí. Entablé la lucha. Por cada latido debí batirme empleando todas las armas de que disponía, incluso las uñas. Pero he aquí que ¡he ganado! ¡Ah! ¡Esta vez lo conseguí!...

«La alegría de haber salvado una vida humana», pensé. Yo no la he conocido nunca. Ni siquiera sabía que existiera. Tener en las propias manos la vida de un niño era sustituirse a Dios. Pero nunca alimenté el sueño de elevarme por encima del nivel del hombre. El hombre no se define por aquello que lo niega sino por lo que lo afirma. No se lo encuentra ni enfrente, ni al lado, sino en sí mismo.

—Lo ve —continuó Paul Russel cambiando de tono—, la diferencia entre usted y yo es la siguiente: el contacto suyo con lo que le rodea y traza los límites de su horizonte, se hace en forma indirecta. De la vida usted sólo conoce las palabras, la corteza, las apariencias, las ideas. Entre usted y la vida del prójimo existirá siempre un telón. Que un hombre viva a usted no le basta; necesita saber también qué hace con su vida. Para mí, es diferente. Doy pruebas de mayor indulgencia con los mortales. Nuestro enemigo es el mismo y sólo tiene un nombre: la Muerte. Frente a él todos somos iguales. Para él ninguna vida pesa más que otra. Visto desde este ángulo, yo me identifico con la Muerte. Lo que me fascina en el hombre es su capacidad de vivir. Los actos son sólo repeticiones. Si usted hubiera tenido en la palma de la mano la vida de un hombre también llegaría a preferir lo inmediato a lo futuro, lo concreto al ideal, la vida a los problemas que ella implica.

Se quedó callado un momento ante la ventana, el lapso de una sonrisa, antes de proseguir, una octava más bajo:

—Su vida, amigo mío, la tenía yo aquí, en la palma de mi mano.

Se volvió lentamente con la mano tendida, vibrante. Poco a poco su cara recuperó su expresión habitual, sus gestos menos bruscos.

—¿Cree en Dios, doctor?

Mi pregunta lo tomó de sorpresa. Quedó inmóvil y frunció el ceño.

—Sí —respondió—. Pero no en la sala de operaciones. Allí sólo cuento conmigo mismo.

Su mirada se hizo más profunda y agregó:

—Conmigo y con el enfermo. O, si usted prefiere, con la vida que palpita en la carne enferma. La vida merece vivirse. La vida quiere continuar. Se opone a la muerte. Lucha. Mi aliado es el enfermo. Él me ayuda. Los dos juntos somos más fuertes que el enemigo. Por ejemplo, el chico de esta noche. No aceptaba la muerte. Es él quien me ayudó a ganar la batalla. Se aferraba, se debatía. Aunque dormido, anestesiado, participaba en el combate...

Siempre inmóvil, empezó a mirarme intensamente. Un silencio molesto. De nuevo tenía la sensación de que él sabía, que hablaba sólo con el objeto de calarme a fondo. Ahora, decidí. Este momento o nunca. Es preciso que ponga fin a esta incertidumbre.

—Doctor, me gustaría hacerle una pregunta.

Asintió con un pequeño movimiento de cabeza.

—¿Qué dije durante la operación?

Reflexionó un momento:

—Nada. No ha dicho nada.

—¿Seguro? ¿Ni una palabra?

—Ni una palabra.

Aliviado, no pude disimular una sonrisa.

—Ahora es mi turno —dijo el médico gravemente—. Yo también tengo que hacerle una pregunta.

Se me paralizó la sonrisa.

—Hágala.

Tuve que resistir al deseo de cerrar los ojos. De pronto, en la habitación había demasiada claridad. La inquietud coloreó mi voz, mi aliento, mi mirada.

El doctor bajó la cabeza en forma casi imperceptible.

—¿Por qué no quiere vivir? —preguntó con voz muy queda.

Por espacio de un segundo, todo vaciló. Hasta la luz, oscilante, cambió de color. Era blanca, roja, negra. La sangre me martilleaba las sienes. La cabeza parecía no pertenecerme.

—No lo niegue —prosiguió el médico bajando todavía más la voz—. No lo niegue. Lo sé.

Lo sabe, lo sabe, lo sabe. Una tenaza invisible me apretaba la garganta. Iba a ahogarme enseguida.

Débilmente le pregunté quién se lo había dicho: ¿Kathleen?

—No. Kathleen no. Nadie me lo ha dicho. Lo sé de todos modos. Lo he adivinado. Durante la operación, usted no me ayudaba. En ningún momento. Usted me abandonó. Tuve que luchar solo. Más aún. Usted estaba frente a mí, contra mí: del lado del enemigo.

Su voz adquirió una inflexión dura, penosa y dura:

—¡Responda! ¿Por qué no quiere vivir? ¿Por qué?

Recuperé la calma. «No lo sabe», pensé. «Lo poco que adivina no es nada. Una impresión. Eso es todo. No un hecho preciso. No un orden sistemático. Sin embargo, está en la buena dirección. Sólo que no llega hasta el final».

—Responda —repitió—. ¿Por qué? ¿Por qué?

Se volvía cada vez más insistente. Su labio inferior era presa de un temblor nervioso. ¿Se daba cuenta? Pensé: «Me reconviene porque lo dejé solo, porque ahora todavía lo rehúyo y no experimento por él ni reconocimiento ni admiración. Eso explica su cólera. Ha adivinado que no le tengo apego a la vida, que en el fondo no me queda ya ningún deseo de proseguir el camino. Y ello socava los cimientos de sus concepciones y de su sistema de valores. En su libro, el hombre debe vivir y luchar por su vida. Debe ayudar a los médicos y no combatirlos. Yo le he combatido. Me volvió a la vida contra mi voluntad. Casi me había reunido con mi abuela. Estaba ya en el umbral de la puerta. Paul Russel estaba detrás y me impedía franquearla. Me atraía hacia sí. Solo contra la abuela y los otros. Y él venció. Otra victoria en su haber. Una vida humana. Yo debería gritar de felicidad y hacer temblar las murallas del Universo. En lugar de eso, lo perturbo. Es lo que lo pone fuera de sí».

El doctor Russel hacía visibles esfuerzos por contenerse. Me seguía mirando enfurecido, con las mejillas congestionadas, los labios temblorosos.

—¡Le ordeno que me responda!

Había alzado el tono, como inquisidor implacable. Una fría cólera crispaba sus manos.

Pensé: «Va a ponerse a gritar, a golpearme. ¿Quién sabe? Hasta sería capaz de estrangularme, de volver a enviarme al campo de batalla. El médico es un ser humano y, por lo tanto, capaz de odiar, capaz de perder el control sobre sí mismo. Muy bien podría poner sus dos manazas alrededor de mi cuello y apretarlo. Sería normal y lógico de su parte. Para él soy un peligro. Rechazo la vida. Quien rechaza la vida constituye una amenaza para él y para aquello que él defiende en este mundo donde la vida cuenta ya tan poco. Para él yo soy un cáncer que hay que eliminar. ¿Qué sería de la humanidad y de sus leyes de equilibrio si todos los hombres se pusieran a desear la muerte?».

Me sentí muy tranquilo, muy dueño de mí mismo. Pensándolo bien, hasta hubiera podido descubrir que mi calma trasuntaba también satisfacción, la alegría singular —¿o era simplemente humor?— que nos proporciona el conocimiento de nuestra fuerza, de nuestra soledad. Pensaba: «No sabe nada. Y sólo depende de mí que lo sepa y que su futuro se vea transformado. En esta fracción de segundo, yo soy su destino».

—¿Le conté el sueño que tuve durante mi primera operación? —le pregunté sonriendo en tono divertido— ¿No? ¿Quiere que se lo cuente?

»Tenía doce años. Mi madre me había llevado a la clínica de mi primo, el cirujano Oscar Sreter, para hacerme operar de las amígdalas. Éste me puso una máscara de éter sobre la cara y unos segundos después estaba dormido. Al despertar, Oscar me había preguntado: "Sientes dolor, ¿por eso lloras?" "No —respondí—. Lloro porque acabo de ver a Dios". Sueño asombroso; había subido al cielo. Dios, sentado en su trono, atendía el consejo de los ángeles. La distancia que me separaba de él era infinita, pero yo lo veía tan claramente como si estuviera muy cerca de mí. A una seña de Dios, empecé a avanzar. Caminé vidas enteras, pero la distancia no disminuía. Entonces dos ángeles me levantaron y, de pronto, me encontré frente a frente con Dios. "¡Por fin!", pensé. "Ahora podré hacerle la pregunta que angustia a todos los sabios de Israel: ¿cuál es el sentido del sufrimiento?" Pero, intimidado, no pude emitir un sonido. Entretanto, otras preguntas se atropellaban en mi cabeza: ¿cuándo vendrá la hora de la liberación? ¿Cuándo el Bien vencerá al Mal permitiendo así que el caos desaparezca para siempre? Pero mis labios no pudieron sino temblar y las palabras quedaron ahogadas en mi garganta. Entonces Dios se dirigió a mí. Se hizo un silencio total tan puro que mi corazón sentía vergüenza de latir. El silencio no disminuyó en lo más mínimo cuando resonó la palabra de Dios. En Él, el verbo y el silencio no se contradicen. Dios respondió a todas mis preguntas y a muchas otras todavía. Pero dos ángeles me tomaron de nuevo de los brazos y me recondujeron. Uno de ellos dijo al otro: «Se ha vuelto demasiado pesado». Y el otro respondió: «Lleva una respuesta importante». En ese preciso instante, desperté. El doctor Sreter se inclinaba sonriente sobre mí. Quise decirle que acababa de oír la palabra de Dios cuando constaté, con horror, que la había olvidado: no sabía ya lo que Dios me había dicho. Empezaron a correrme las lágrimas. "¿Sientes dolor? ¿Es por eso que lloras?", me había preguntado el buen doctor Sreter. "No siento dolor —le respondí—. Lloro porque acabo de ver a Dios. Me habló y he olvidado lo que me dijo". El doctor lanzó una carcajada amistosa: "Si quieres, te dormiré de nuevo; y puedes pedirle que repita... Yo lloraba y mi primo reía a más y mejor"».

—... Y sabe, doctor, esta vez, acostado en su mesa de operaciones, profundamente dormido, no vi a Dios en sueños, ya no estaba allí.

Paul Russel me había escuchado atentamente. Inclinado hacia adelante, parecía buscar un sentido oculto en cada una de mis palabras. Su cara había cambiado.

—Usted no ha respondido a mi pregunta —observó en tensión.

Así que no había comprendido. ¿Una respuesta a su pregunta? ¡Claro que lo era! ¿No veía en qué difería la segunda operación de la primera? No era culpa mía. Era imposible que comprendiera. Éramos tan diferentes, estábamos tan lejos uno del otro. Sus dedos tocaban la vida. Los míos acariciaban la muerte. Sin intermediario, sin comportamientos. La vida, la muerte. Tan desnuda, tan verdadera una como otra. El problema nos superaba. Se representaba en una esfera invisible, en un escenario lejano, entre dos potencias a las cuales nosotros representábamos.

De pie cerca de la cama, llenaba la habitación con su presencia. Esperaba. Sospechaba un secreto que le producía cólera. Y eso lo confundía. Éramos jóvenes los dos y, sobre todo, estábamos vivos. Me miraba con intensidad, tenazmente, para apresar en mí algo que se le escapaba. El hombre primitivo debía mirar así la luz que desaparecía detrás de la montaña.

Sentí deseos de decirle: «Váyase, Paul Russel, usted es un hombre recto y valeroso. Su deber es dejarme. No me pida que hable. No trate de saber. Ni lo que soy, ni lo que usted es. Soy un relator. Pero mis leyendas sólo se relatan a la hora del crepúsculo. Quien las escucha pone su vida en tela de juicio. Váyase, Paul Russel, váyase entonces. Los héroes de mis leyendas son crueles, implacables. Son capaces de estrangularlo a usted. ¿Quiere saber realmente quién soy? No lo sé yo mismo. A veces soy Shmuel el degollador. Míreme bien. No la cara, las manos».

Eran unos diez en el *bunker*. Noche tras noche, escuchaban a los perros policía alemanes que, entre las ruinas buscaban a los judíos escondidos en sus refugios subterráneos. Shmuel y los otros vivían casi sin agua y sin pan, casi sin aire. Pero resistían. Sabían que allá abajo, en su estrecha prisión, eran libres: arriba, era la muerte. Una noche, estuvo a punto de ocurrir una catástrofe. La falta fue de Golda. Había llevado a su hijo consigo. Un bebé de pocos meses. El bebé comenzó a llorar poniendo así en peligro la vida de todos. Golda trató de calmarlo, de hacerlo dormir. En vano. Entonces los otros, a los cuales la misma Golda se unió, se dirigieron a Shmuel diciéndole: «Hazlo callar. Ocúpate de él ya que tu oficio es degollar pollos. Sabrás hacerlo sin que sufra demasiado». Y Shmuel se rindió a estas razones: la vida de un bebé contra la vida de todos. Agarró al niño. En la oscuridad, sus dedos tantearon hasta encontrar el cuello. Y el silencio se hizo en el cielo y en la tierra. Sólo los perros continuaron ladrando a lo lejos.

Una sonrisa imperceptible se asomó a mis labios. «También Shmuel era médico», pensé. Salvó vidas humanas.

Inmóvil, Paul Russel seguía esperando.

Moishe es contrabandista. También es de Sighet. Éramos amigos.

Todas las mañanas, a las seis, desde la edad de ocho años, nos reuníamos en la calle y, con los faroles en la mano, tomábamos el camino del Jéder, donde nos esperaban unos libros más grandes que nosotros. Moishe aspiraba a ser rabino. Ahora es contrabandista y lo buscan todas las policías de Europa. En el campo había visto a un hombre piadoso cambiar sus raciones de pan de una semana por un libro de oraciones. El hombre piadoso murió aproximadamente un mes más tarde. Antes de morir, besó su precioso libro y murmuró: «¿Cuántos seres humanos has destruido?». Ese día, Moishe juró cambiar el curso de su existencia. Así la humanidad cuenta con un contrabandista más y un rabino menos. Y no se encuentra peor por ello.

¿Quiere saber quién soy, doctor? Soy también Moishe el contrabandista. Soy sobre todo aquel que ha visto a su abuela subir al cielo. Como una llama ahuyentó al sol y ocupó su lugar. Y ese nuevo sol, que ciega en lugar de alumbrar, me obliga a andar con la cabeza gacha. Pesa sobre el porvenir del hombre. Ensombrece el corazón y la visión de las generaciones futuras.

Si le hubiera hablado en voz alta, habría comprendido la trágica condición de aquellos que volvieron, perdonados a cuenta, muertos vivientes. Hay que mirarlos atentamente. Su apariencia es engañosa. Son contrabandistas. Dirán que se parecen a los demás. Comen, ríen, aman. Buscan el dinero, la gloria, el amor. Como los demás. Pero es falso: representan, a veces sin saberlo. Quien ha visto lo que ellos han visto no puede ser como los demás; no puede reír, amar, orar, negociar, sufrir, divertirse ni olvidar. Como los demás. Hay que observarlos cuidadosamente cuando pasan ante una inocente chimenea de fábrica, o cuando se llevan el pan a la boca. Algo se estremece en ellos y hace que uno aparte los ojos. Esos seres han sido amputados, no de una pierna o de un ojo, sino de la voluntad y el gusto de vivir. Un día u otro, las cosas que vieron subirán a la superficie. Y entonces el mundo quedará aterrado y no osará mirar en los ojos a esos mutilados del alma.

Si yo le hubiera hablado en voz alta, Paul Russel habría comprendido por qué no hay que hacer demasiadas preguntas a aquellos que han vuelto: no son seres normales. En ellos, un resorte interior se ha roto bajo el impacto. Tarde o temprano tienen que sentir los resultados. Pero yo no quería que él comprendiera. No quería que perdiera su equilibrio, que entreviera una verdad que en todo momento amenaza con estallar.

Para que me dejara solo, para que se fuera, me empeñé en demostrarle que estaba en un error. Claro que me interesaba la vida. Evidentemente, quería vivir, crear, hacer cosas duraderas, ayudar al hombre a avanzar, contribuir al progreso, a la felicidad, al desarrollo de la humanidad. Discurrí largo rato con pasión, empleando a propósito palabras rebuscadas, grandilocuentes, términos de resonancia abstracta. Y como todavía no estaba convencido del todo, lancé el argumento al cual no podía permanecer sordo: el amor. Amo a Kathleen, la amo con todo mi corazón. Pero, ¿cómo se puede amar si, al mismo tiempo, a uno no le interesa la vida, si uno no cree en ella y en el amor?

El rostro del joven doctor recuperó suavemente su expresión habitual. Le había dicho las palabras que él quería oír. Sus cimientos no estaban pues amenazados. Todo retornaba al orden. ¡Viva la amistad entre enfermos y médicos! Nada hay más sagrado que la vida, nada más noble, más sano, más grande. Negar la vida es un pecado, una tontería, una locura. Hay que aceptar la vida, quererla, amarla, luchar por ella como si se tratara de un tesoro, de una mujer, de una dicha secreta.

Ahora volvía a mostrarse amistoso. Me ofreció un cigarrillo invitándome con la mirada a aceptarlo. Se había relajado. Sus ojos ya no me guardaban rencor.

—Estoy contento —dijo por fin—. Al principio tenía miedo... Reconozco mi error. Verdaderamente, estoy contento.

Yo también. Estaba contento de haberlo convencido. Verdaderamente.

Nada más fácil. Sólo esperaba que lo engañaran y yo le había hecho el juego. Le había recitado un texto que conocía de memoria. El amor es un punto, no de interrogación, sino de exclamación. Permite explicarlo todo por sí mismo sin tener que recurrir a argumentos cuya lógica es su fuerza y su debilidad. Un muchacho enamorado sabe más del Universo y de la Creación que el erudito. ¿Por qué se muere? Porque te amo, amor mío. ¿Y por qué las paralelas se unen en el infinito? ¡Qué pregunta! Es únicamente porque te amo, amor mío.

Y eso prende. Para ellos, para el muchacho y la chica, prisioneros en un círculo mágico, la respuesta parece absolutamente válida. Para ellos existe una relación directa entre su aventura y los misterios del Universo.

Sí, era fácil. Amo a Kathleen. Por lo tanto la vida tiene un sentido, el hombre no está solo. El amor hasta es la garantía de la existencia de Dios.

Kathleen. Al fin de cuentas, también llegué a convencerla a ella. Es verdad que con más dificultad. Me conocía mejor y estaba en guardia. A diferencia del joven doctor, que huía de las incertidumbres, ella era sensible a los matices. Para ella, Hamlet no era sino un romántico y la pregunta que se planteaba demasiado simplista. El problema no es: ser o no ser. Más bien es: ser y no ser. Ocurre a veces que el hombre vive y al mismo tiempo muere, que representa la muerte para los vivos, y ahí comienza la tragedia.

¿Por qué había vuelto ella? No debió hacerlo. Sin embargo, yo se lo había dicho. No, no se lo había dicho. Era desdichada. Yo quedé tan sorprendido que me sentí incapaz de decirle que no reabriera el paréntesis.

Ella sufría. Ya en el teléfono su voz había traicionado el cansancio. Habían transcurrido cinco años desde nuestra muda separación. Esa mañana hacía un frío cortante. Ahora estábamos en otoño. ¡Cinco años! Por Shimon Yanai, me había enterado de que Kathleen había vuelto a Boston y que allí se había casado con un hombre de mucha más edad que ella y muy rico.

Una tarde, en la oficina, con un trabajo agobiador: la Asamblea General de las Naciones Unidas realizaba su sesión anual. Discursos, declaraciones, acusaciones y contra-acusaciones, resoluciones y contra-resoluciones. A juzgar por lo que decían en la tribuna, nuestro planeta estaba muy enfermo.

Sonó el teléfono.

Al otro extremo del hilo, una voz murmuraba jadeante:

—Habla Kathleen.

Luego calló y se hizo un prolongado silencio. Miré el aparato que tenía en la mano y me pareció que vivía. Pensé: «Antes, invierno, ahora, otoño».

—Quisiera verte —agregó Kathleen.

Su voz tenía un acento desesperado. De vacío.

—¿Dónde vives? —pregunté.

Ella nombró un hotel.

—Espérame —dije.

Cortamos al mismo ticmpo.

Estaba alojada en uno de los sitios más caros y más elegantes de Nueva York. Su apartamento estaba en el decimoquinto piso. Empujé sin hacer ruido la puerta entreabierta. Kathleen se hallaba sentada en el alféizar de la ventana. Su hermosa cabellera negra le caía sobre los hombros. Llevaba un vestido gris oscuro con un escote discreto. Yo me sentía conmovido.

—Buenos días, Kathleen —le dije desde el umbral de la puerta.

—Buenos días —contestó sin volverse.

Me acerqué a la ventana abierta. Daba hacia el Central Park, el *no man's land* que, en esta ciudad de proporciones gigantescas, aloja de noche con igual complacencia a enamorados y malhechores. Los árboles se agitaban tormentosos. El aire era espeso, húmedo, opaco: últimas oleadas de calor antes del invierno. Abajo, millares de coches entraban en la espesura y desaparecían en ella. El sol arañaba con sus rayos dorados los vidrios de los rascacielos.

—Ayúdame —dijo Kathleen con la mirada fija en las hojas muertas que cubrían el parque con un manto purpúreo.

De una rápida ojeada, percibí su perfil izquierdo. Las líneas del cuello seguían manifestando la misma sensibilidad.

—Me ayudarás, ¿no es cierto? —continuó.

—Naturalmente —dije.

Sólo entonces volvió la cara hacia mí y pude leer en ella su agradecimiento. Siempre había sido hermosa, pero su belleza había perdido su altivez.

—He sufrido mucho —explicó.

—No digas nada —respondí—. Deja que te mire.

Me senté en un sillón y ella empezó a caminar por la habitación. Cuando hablaba, una arruga de tristeza se dibujaba muy cerca del labio superior. De vez en cuando, su mirada adquiría una expresión dura, aquella que engendra la humillación. Fumaba más que antes. Pensé: «Kathleen la orgullosa, Kathleen la salvaje, Kathleen la reina, hela aquí. Es una mujer vencida. Una mujer que se hunde.

Se dejó caer en el sillón frente a mí. Respiraba pesadamente.

—Quiero hablarte —dijo.

—Habla —contesté.

—No me avergüenzo de decirte que tengo ganas de hablar.

—Habla —le dije.

Trató de adaptarse a la imagen que tenía de sí misma. En otras épocas, su lenguaje tenía un estilo firme y un carácter acerado. En otras épocas, no hablaba nunca de sus propios sufrimientos.

Ahora, sí. Bastaba oírla y verla de cerca para darse cuenta de que su belleza había perdido efectivamente en intensidad y misterio.

Habló largamente. A veces sus ojos se humedecían, pero conseguía no llorar y yo le estaba agradecido por ello.

Se había casado. Él la amaba, ella no. Ni siquiera amaba el amor que inspiraba. Consintió en casarse con él, precisamente porque le era indiferente. Sufrir, pagar, eso era lo que quería. Finalmente, su marido comprendió: Kathleen veía en él no a un compañero sino a una especie de justiciero. Ella esperaba de él no la felicidad, por limitada que fuera, sino el castigo. Así, él también comenzó a sufrir. Su vida se convirtió en una sala de tortura. Cada uno era el verdugo y la víctima del otro. Eso había durado tres años. Luego, un día, su marido se hartó y pidió el divorcio. Ella vino a Nueva York. Para descansar, para verme.

—Me ayudarás, ¿no es cierto?

—Naturalmente —contesté.

Todo lo que me pedía era quedarse a mi lado. Su vida estaba vacía. Esperaba volver a subir la pendiente. Volver a vivir, vivir intensamente, como antes. Conmoverse hasta las lágrimas ante un crepúsculo transparente, reír en voz alta en el teatro, gritar contra las manifestaciones de fealdad. Todo lo que deseaba: volver a ser lo que había sido.

Debí negarme. Lo sé. Kathleen —la que yo había conocido— merecía algo más que mi consentimiento. Ayudarla era insultarla, humillarla. Pero acepté. Era desdichada y yo demasiado débil, demasiado cobarde tal vez, para decirle que no a una mujer que se golpeaba la cabeza contra la pared, aunque esa mujer fuera Kathleen.

—Naturalmente —repetí—. Te ayudaré.

Hizo un movimiento como para arrojarse en mis brazos, pero se contuvo. Nos miramos largo rato en silencio.

—¿Quién es Sarah?

Tenía la respiración entrecortada. Sentada al borde de la cama, Kathleen me observaba sonriente. Ningún reproche en sus ojos. Simple curiosidad.

—Tenías ese nombre en los labios desde el primer día, cuando estabas en coma. Era lo único que decías: Sarah.

—¿Por qué no me lo preguntas sino hoy?

Hacía cuatro semanas que yo estaba en el hospital.

—Tenía demasiada curiosidad. Quise probarme que era capaz de esperar.

—¿Es todo lo que dije?

—Todo.

—¿Estás segura?

—Sí. Los primeros días, no me alejé de ti. No dijiste nada más. No dejaste de apretar los dientes. Sólo una o dos veces asomó ese nombre a tus labios: Sarah.

Un antiguo dolor se reavivó en alguna parte. No sabía dónde exactamente. Un hierro candente me desgarraba el pecho.

—Sarah —pronuncié vagamente.

Kathleen conservó su sonrisa. No había ninguna inquietud en sus ojos. Pero la angustia estaba allí, alrededor de la boca hinchada, esperando la ocasión para invadir el rostro entero, el ser entero.

—¿Quién es? —preguntó de nuevo.

—Es el nombre de mi madre —contesté.

La sonrisa se desvaneció. A la angustia se agregó el abierto sufrimiento. Kathleen apenas respiraba.

Le dije: «De chico viví en un perpetuo temor de olvidar, después de la muerte, el nombre de mi madre. En la escuela, mi maestro me había dicho: "Tres días después de tu entierro, un ángel vendrá y llamará tres veces sobre tu tumba. Te preguntará tu nombre. Debes responderle: Soy Eliézer, hijo de Sarah. ¡Desdichado de ti si lo olvidas! Alma muerta, quedarás bajo la tierra por toda la eternidad. No podrás presentarte ante el tribunal para saber si tu lugar es el paraíso o el infierno, te quedarás con aquellos que esperaron demasiado tiempo la hora del arrepentimiento. Estarás condenado a andar errante por la esfera del caos donde no existe nada, ni castigo ni dolor, ni justicia ni injusticia, ni pasado ni porvenir, ni esperanza ni desesperación. Es grave olvidar el nombre de la madre. Es como si uno olvidara su propio origen. Recuérdalo: Eliézer, hijo de Sarah, de Sarah, hijo de Sarah..."».

—Sarah es el nombre de mi madre. No lo he olvidado.

El cuerpo de Kathleen se retorcía como sobre una hoguera invisible. Temía no sufrir suficientemente. Pero ella tampoco debió haber escuchado lo que yo dije mientras estaba indefenso. No debió haber aprovechado mi estado para interpretar mis silencios, para recoger nombres que yo guardaba en secreto. Mi madre se llamaba Sarah. Nunca hablé de ella. La amaba pero nunca se lo había dicho. La amaba con tal violencia que tenía que parecer duro con ella para que no adivinara absolutamente. Sí. Estaba muerta. Había subido al cielo junto con mi abuela.

—Sarah —dijo Kathleen con voz quebrada—. Me gusta ese nombre. Recuerda los tiempos bíblicos.

—Mi madre se llamaba Sarah —repetí—. Ha muerto.

La cara de Kathleen se retorció de dolor. Parecía una hechicera que a fuerza de ponerse máscaras ha perdido su verdadero rostro. Un enorme fuego ardía alrededor de ella. De pronto lanzó un grito y se puso a llorar. A mi madre nunca la vi llorar.

Sarah.

Era también el nombre de esa jovencita de ojos azules y cabellos dorados, que había encontrado en París mucho antes de conocer a Kathleen.

Sentado en la terraza de un café, cerca de Montparnasse, leía un diario. Ella bebía una limonada en la mesa vecina. Trataba de atraer mi atención, lo que me hizo enrojecer. Ella se dio cuenta y me sonrió con más insistencia aún.

Cohibido, no sabía qué actitud adoptar. Dónde ocultar la cabeza, las manos, cómo disimular mi turbación.

Finalmente, sin poder contenerme por más tiempo, le dirigí la palabra:

—¿Me conoce?

—No —contestó ella sacudiendo la cabeza.

—¿Y yo la conozco?

—No lo creo —dijo ella con aire burlón.

Sin poder contenerme, balbuceé:

—Entonces... ¿por qué? ¿Por qué... me mira así?

Pareció a punto de estallar de risa o de sollozar.

—¿Cómo dice? —respondió.

Maldiciendo mi timidez, me hundí en mi diario para olvidar a la jovencita rubia, para evitar su mirada franca e inocente, para ignorar la tristeza de su sonrisa. Las palabras bailaban ante mí. Ninguna quedaba el tiempo bastante para que yo la atrapara. Iba a llamar al camarero, para pagarle e irme, cuando la joven de sonrisa extraña se dirigió a mí:

—¿Espera a alguien?

—No —dije.

—Yo tampoco.

Diciendo esto, vino a sentarse a mi mesa, con el vaso de limonada en la mano.

—¿Está usted solo? —me preguntó.

—No —dije enrojeciendo un poco más.

—¿No se siente solo?

—En absoluto.

—¿Cierto?

Parecía incrédula. Y su sonrisa estaba allí como una tercera presencia en alguna parte de su rostro. ¿En los ojos? No. Sus ojos eran fríos, asustados. ¿Sobre sus labios? Tampoco. Eran sensuales, amargos, fatigados. ¿Dónde entonces? Allí, entre la frente y el mentón, pero yo no podía ubicarla exactamente.

—¿Es cierto que no se siente solo?

—No.

—¿Cómo lo consigue?

Me turbé.

—No lo sé —dije balbuceando—. No lo sé. Leo mucho.

Ella bebió un sorbo, levantó la cabeza y empezó a reír abiertamente. Noté que, entretanto, su verdadera sonrisa había desaparecido. Tal vez se la había tragado.

—¿Quiere que hagamos el amor? —me preguntó de repente, sin cambiar de voz.

—¿Ahora? —exclamé sorprendido—. ¿En pleno día?

En mi espíritu, el acto del amor estaba ligado a la noche. Realizarlo de día equivalía para mí a desvestirse en medio de la calle.

—Enseguida —respondió—. ¿Quiere?

—No —dije apresuradamente.

—¿Por qué?

—No... no tengo dinero.

Me observó un momento con aire burlón e indulgente de quien sabe y perdona todo.

—Eso no importa —concluyó después de un momento de vacilación—. Me lo pagará otro día.

Sentía vergüenza. Sentía miedo. Era joven e inexperto. Temía no saber arreglármelas. Y además, sobre todo, temía lo que vendría después: nunca sería ya el mismo.

—Entonces, ¿quiere?

Un mechón le caía sobre la frente. De nuevo apareció la sonrisa. Ahora no sabía si la primera, o ésta que la reemplazaba, era la verdadera o la artificial.

—Sí —respondí—. Quiero.

Pensé: «Esta muchacha posee, sin saberlo tal vez, la sonrisa más indefinida que jamás haya visto. Puede ser que, haciendo el amor con ella, logre definirla».

—Llame al camarero —indicó ella.

Lo hice, pagué mi café; ella, su limonada. Nos levantamos y empezamos a caminar. Me sentía torpe, incómodo. De poca estatura, ella caminaba a mi derecha y su cabeza apenas me llegaba al hombro. No me atreví a mirarla.

No vivía lejos. El portero del hotel parecía dormitar. La joven tomó la llave y me dijo que era en el tercer piso. La seguí. Vista de espalda, no parecía tan joven.

Al llegar al tercero, doblamos a la derecha y entramos en su cuarto. Me pidió que cerrara la puerta. La cerré suavemente, temiendo que pudiera chirriar.

—Así no, con llave —indicó ella.

Giré la llave. Una angustia desconocida me invadió. Traté de no hablar pues estaba seguro de que mi voz iba a temblar. Solo con una mujer. Solo en un cuarto de hotel con una mujer. Con una prostituta. Y enseguida haríamos el amor. Estaba seguro de que era una prostituta. Si no, hubiera actuado en otra forma, ¿no es cierto?

Me encontraba solo con ella en su cuarto, prolijo y ordenado, donde predominaba el gris. La primera mujer que conocería en mi vida sería una prostituta. Una prostituta cuya sonrisa extraña era la de una santa.

Corrió las persianas y luego se quitó los zapatos y esperó. Quieta junto a la cama, esperaba. Me sentía ridículo no sabiendo qué hacer. ¿Desvestirme? ¿Así, simplemente? Pensé: «Primero tengo que besarla. En el cine, el hombre besa siempre a la mujer antes de hacer el amor con ella». Yo también fui hacia ella, la miré intensamente y luego, con gesto brutal, la atraje hacia mí y la besé largamente en la boca. Instintivamente, cerré los ojos. Al abrirlos, me encontré con los suyos. Se leía en ellos un terror animal. Ante esa resistencia, retrocedí un paso.

—¿Qué tiene? —le pregunté con el corazón enloquecido.

—Nada —respondió con voz que venía de otro mundo—. Nada. Venga, venga a hacer el amor.

De pronto se llevó la mano a la boca. Su cara se puso lívida como si toda vitalidad la hubiera abandonado.

—¿Qué le ocurre? ¡Dígame algo!

No respondió. Con la mano en la boca, miraba a través de mí como si fuera transparente. Tenía los ojos de una ciega.

—¿La he ofendido? —pregunté.

No me oyó.

—¿Quiere que la deje?

Ausente, vivía en un refugio cuyo acceso le estaba prohibido a todo ser extraño. Sólo podía estar presente afuera. Sabía que al besarla había desencadenado un mecanismo desconocido.

—Hable —imploré.

Mi ruego no le llegó. Tenía el aire demente de una poseída. «Tal vez sólo he vivido para este encuentro», pensé. «Para este encuentro con una prostituta que, semejante a los locos que guardan en el fondo de su locura un rasgo de aguda lucidez, ha preservado en sí misma un resto de pureza».

Eso duró algunos minutos. Luego pareció despertar y dejó caer la mano. Una sonrisa cansada e infinitamente triste iluminó sus rasgos.

—Tiene que perdonarme —dijo suavemente—. Lo arruiné todo. Perdóneme. Fue una estupidez de mi parte.

Se disponía a desvestirse pero yo no tenía ya deseos de hacer el amor con ella. Ahora sólo quería comprender.

—Espere —dije—. Hablemos un poco.

—¿No quiere hacer el amor? —preguntó inquieta.

—Más tarde —la tranquilicé—. Primero, hablemos un poco.

—¿De qué quiere que hablemos?

—De usted.

—¿Qué quiere saber?

Con gesto maquinal se desabrochó la falda.

—¿Quién es usted?

—Una muchacha. Una muchacha como muchas otras.

—No —protesté—. Usted no es como otras.

Dejó caer la falda. Ahora se desabrochaba la blusa.

—¿Qué sabe usted? —murmuró.

—Intuición, sin duda —respondí torpemente.

Ahora sólo tenía encima una combinación negra.

Se tendió lentamente en la cama. Yo me senté a su lado.

—¿Quién es usted? —pregunté de nuevo.

—Ya se lo he dicho. Una muchacha, una muchacha como muchas otras.

Inconscientemente, le acaricié los cabellos.

—¿Cómo se llama?

—No tiene ninguna importancia.

—¿Cuál es su nombre?

—Sarah.

Una tristeza familiar se apoderó de mí.

—Sarah —dije—. Es un hermoso nombre.

—A mí no me gusta.

—¿Por qué?

—A veces me da miedo.

—A mí me gusta. Era el nombre de mi madre.

—¿Dónde está?

Seguí acariciándole el pelo. Tenía un peso en el corazón. ¿Decírselo? No podía pronunciar físicamente esas palabras tan sencillas: «Mi madre ha muerto».

—Mi madre ha muerto —dije finalmente.

—La mía también.

Silencio. Pensaba en mi madre. Si me viera ahora... me preguntaría:

«¿Quién es esta muchacha?».

«Mi mujer, le habría contestado».

«¿Y cómo se llama?».

«Sarah, madre».

«¿Sarah?».

«Sí, madre. Sarah».

«¿Te has vuelto loco? ¿Has olvidado que yo también me llamo Sarah?».

«No, madre. No lo he olvidado».

«Entonces, ¿has olvidado que un hombre no debe casarse con una mujer que lleve el nombre de su propia madre? ¿Has olvidado que eso trae desgracia? ¿Que a la madre le trae la muerte?».

«No, madre. No lo he olvidado. Pero no puedes morir otra vez. Ya estás muerta».

«Es verdad... Estoy muerta...».

—¿Realmente, quiere saber?

La voz de Sarah me hizo volver de muy lejos. La muchacha miraba ante sí como si quisiera atravesar las paredes, los años y los recuerdos, y detenerse sólo en el origen, allí donde el cielo toca la tierra, donde la vida llama al amor. Sarah me hizo la pregunta como si, solo, yo hubiera creado el Universo.

—¿Quiere saber verdaderamente quién soy?

El tono se había vuelto duro, implacable.

—Ciertamente —contesté disimulando mi temor.

—En ese caso...

Hay momentos en que me maldigo. No debí haberla escuchado. Debí huir. Escuchar un relato en esas condiciones es jugar un papel en él, es tomar partido, es decir sí o no, avanzar o dar marcha atrás. A partir de entonces hay un antes y un después. Incluso olvidarlo es aceptarlo cobardemente.

Debí haberme ido. O taparme los oídos. O pensar en otra cosa.

Tal vez ponerme a aullar, a cantar, a besarla, a besarla en la boca para que callara. Hacer el amor con ella. Hasta decirle que la amaba. Cualquier cosa con tal de que callara. Que callara.

No hice nada. Escuché juiciosamente. Sentado al borde de la cama, junto a su cuerpo desvestido a medias, seguí su relato. Mis dedos crispados se cerraban como un torno alrededor de mi garganta.

Ahora, cada vez que pienso en ella me maldigo, como maldigo a aquellos que no piensan en ella, que no pensaron en ella en la época de su derrumbe. Su cara impenetrable era la de un niño enfermo. Sus ojos miraban fijamente ante sí, sin miedo, atravesando paredes, como si vieran el caos que precedió a la creación del mundo.

Pienso en ella y me maldigo, como maldigo la historia que ha hecho de nosotros lo que somos: fuentes malditas. Esta historia merece la muerte, la destrucción. Quien escuche a Sarah y no cambie, quien penetre en el universo de Sarah y no se invente nuevos dioses, nuevas religiones, ése merece la muerte, la destrucción. Sólo Sarah tenía derecho a juzgar el bien y el mal, diferenciar lo verdadero de lo que usurpa la imagen de la verdad.

Y yo estaba sentado junto a su cuerpo a medias desnudo y la escuchaba. Cada palabra estrechaba el nudo. Iba a estrangularme.

Tenía que haberme ido. De prisa. De prisa. Huir en cuanto ella abrió la boca, en cuanto percibí el primer signo.

Y me quedé. Algo me retenía. Quería sufrir con ella. Sufrir en el mismo sentido que ella. Sentía también que ella iba a humillarse. Tal vez era eso lo que me impedía irme. Deseaba participar de su humillación. Esperaba que su humillación recaería también sobre mí.

Ella hablaba y yo la escuchaba en silencio. A veces experimentaba la necesidad de lanzar un aullido animal.

Sarah hablaba con su voz pareja, monótona, deteniéndose sólo para dejar que el silencio comentara una imagen que las palabras hubieran sido demasiado pálidas para evocar. Su relato abría en mí una esclusa secreta.

Sabía que había Sarahs en los campos. Nunca me había encontrado con ninguna pero había oído hablar de ellas. Ignoraba que tuvieran caras de niños enfermos. No sospechaba que algún día iba a besar a una de ellas en la boca.

Doce años. Tenía doce años cuando, separada de sus padres, la pusieron en una barraca especial, a disposición de los oficiales del campo. Habían salvado su vida porque hay oficiales alemanes a quienes les gustan las niñas pequeñas de esa edad. A quienes les gusta hacer el amor con chiquillas de esa edad.

De repente, dirigió hacia mí una mirada donde afluían las tinieblas: Dios estaba aún en sus ojos. El Dios del caos y de la impotencia. El Dios que tortura a niños de doce años.

—¿Se acostó alguna vez con una mujer de doce años? —me preguntó.

Su voz era tranquila, circunspecta, escueta. Traté de no gritar. No quería justificarme. Habría sido demasiado fácil.

—Pero habrá tenido ganas de hacerlo, ¿verdad? —prosiguió al verme guardar silencio—. A todos los hombres les gusta.

Su mirada me quemaba los ojos. Tenía miedo de gritar. No quería justificarme. No tenía que hacerlo ante ella. Sobre todo ante ella. Merecía algo mejor.

—Dígame —prosiguió con voz un poco más suave—: ¿Es por eso que no quiere hacer el amor conmigo? ¿Porque no tengo doce años?

El Dios de la impotencia inflamaba sus ojos; los míos también. Pensé: «Voy a morir». Quien ve a Dios, muere. Está escrito en la Biblia. Nunca había comprendido bien eso: por qué Dios sería el aliado de la muerte. Por qué tendría que matar al hombre que lograra verlo. Ahora todo se aclaraba de golpe. Dios tenía vergüenza. A Dios le gusta acostarse con chiquillas de doce años. Y no quiere que se sepa. Quien lo ve o lo adivina debe morir para no revelar su secreto. La muerte es sólo la guardiana que protege a Dios, la encargada de la inmensa casa de prostitución que se llama Universo. «Voy a morir», pensé. Y mis dedos, aferrados alrededor de mi cuello, involuntariamente apretaban, apretaban, apretaban.

Sarah decidió acordarme un pequeño respiro. Fijó la vista directamente ante sí y continuó hablando como si yo no existiera, o bien como si fuera el único que existiera, por siempre y en todas partes.

—Estaba borracho. Un cerdo borracho. Reía. Todo en él apestaba obscenidad. Sobre todo su risa. «¡Hoy es mi cumpleaños!», dijo. «¡Quiero un regalo. Un regalo especial!». Me estudiaba de pies a cabeza y me dijo con una risita: «Tú serás mi regalo de cumpleaños». No comprendí el sentido de sus palabras. Tenía doce años. A esa edad no se sabe todavía que las muchachas pueden ser ofrecidas como regalo de cumpleaños... Yo no estaba sola en la barraca. Una decena de mujeres formaban un círculo alrededor nuestro. Bertha estaba lívida. Las otras también. Lívidas como cadáveres. Sólo el borracho estaba colorado. Sus manos también, como las de un carnicero. Y su risa iba de la boca a los ojos. «Tú serás mi regalo de cumpleaños», decía. Bertha se mordía los labios. Era amiga mía.

Era una mujer hermosa y melancólica. El porte de su cabeza era el de una princesa oriental. La misma noche de su llegada al campo había perdido a su hija, que tenía aproximadamente la edad de Sarah.

—Es demasiado joven, señor oficial —intercedió ella—. Es apenas una niña.

—Si está aquí es que no es ya una niña —respondió él guiñando el ojo—. De otro modo, ya sabe dónde estaría. Allá arriba...

Su grueso índice señalaba hacia el cielorraso.

—Bertha era mi amiga —continuó Sarah—. No se dio por vencida. Luchó hasta el fin. Para salvarme estaba dispuesta a sacrificarse en mi lugar. Las otras también.

Sarah calló un momento.

En la penumbra de la barraca, Bertha tuvo una idea

diversionista. Sin decir palabra, empezó a desvertirse. Las otras mujeres —había morenas, rubias, pelirrojas—, sin consultarse previamente, hicieron lo mismo. En un santiamén quedaron todas desnudas, como estatuas inmóviles y silenciosas. Sarah pensaba que se trataba de una pesadilla, de un sueño malsano. O aun que había perdido la razón. Una calma inhumana había invadido la barraca haciendo un contraste alucinante con la tensión que reflejaban las caras de esas mujeres. Afuera, el sol se ocultaba detrás del horizonte ensangrentando con su herrumbre las masas de sombras.

Parecía que si esa escena se prolongaba, algo terrible sobrevendría de un momento a otro; algo que sería capaz de hacer pedazos al Universo, de cambiar el curso del tiempo, de arrancar su máscara al destino, de permitir por fin al hombre ver lo que le espera más allá de la verdad, más allá de la muerte.

En ese momento, el borracho atrapó a la niña por el brazo y brutalmente la arrastró fuera de la barraca. Afuera ya estaba oscuro. A lo lejos, la noche se insertaba en un cielo de sangre coagulada.

—Ese oficial era inteligente —dijo Sarah—. De todas las mujeres desnudas que estaban en la barraca, fue a mí, aunque vestida, a quien eligió. Porque yo tenía doce años. A los hombres les gusta hacer el amor con mujeres de doce años.

De nuevo, volvió la cabeza hacia mí y la tenaza se apretó alrededor de mi cuello con renovado furor.

—A usted también —agregó—. Si yo tuviera doce años, habría hecho el amor conmigo.

No podía escucharla más. Había llegado al límite de mis fuerzas.

Pensé: «Una palabra más y moriré. Moriré aquí, en esta cama donde los hombres vienen a acostarse con una muchacha de cabellos dorados y no saben que, en realidad, hacen el amor con una niñita de doce años».

Durante un corto instante se me ocurrió que tal vez debería poseerla enseguida. Bruscamente. Sin gestos, sin palabras inútiles. Para demostrarle que se puede caer más bajo que ella. Que el fango está en todas partes y que no tiene fondo. Me levanté lentamente, tomé su mano y la besé con dulzura. Quería que viera, que se diera cuenta que la deseaba, que la quería. Que yo tampoco superaba los límites de mi cuerpo. Apoyé mis labios sobre su mano fría.

—¿Es todo? —me preguntó—. ¿No quiere hacer nada más?

Reía. Trataba de reír como el otro, como el borracho de la barraca. Pero no lo conseguía. No estaba borracha. No había nada de obsceno en sus manos y tampoco en su voz. Era la pureza misma, desde los pies a la cabeza.

—Sí —respondí turbado.

E inclinándome sobre ella, la besé de nuevo en la boca. Ella no respondió a mi beso. Mis labios sellaron los suyos, mi lengua buscó la suya. Pero ella permaneció pasiva, ausente.

Me incorporé y, después de una breve vacilación, le dije muy lentamente:

—Voy a decirle lo que es usted...

Ella quiso hablar, pero no le di tiempo:

—... Usted es una santa. Eso es usted: una santa.

Un relámpago de sorpresa atravesó su cara de niño enfermo. Su mirada se volvió más lúcida, más cruel.

—¡Usted está loco! —gritó con violencia—. ¡Verdaderamente loco!

Y, desatada, se puso a reír, a imitar a alguien que ríe. Pero sus ojos no reían. Su boca tampoco.

—¡Yo, una santa! —dijo—. No está en sus cabales.

¿No acabo de decirle a qué edad conocí a mi primer hombre? ¿A qué edad comencé mi carrera?

Acentuó la palabra «carrera», acompañando su pregunta con un movimiento de desafío.

—Sí —dije—. Me lo ha dicho. Usted tenía doce años. Doce años.

Rió aún más fuerte. «Ese borracho», pensé, «todavía no la ha dejado».

—Y para usted —prosiguió—, ¿una mujer que comienza su carrera a los doce años, es una santa? ¿Sí?

—Sí —contesté—. Una santa.

Pensé: «Que llore, que grite, que me insulte. Cualquier cosa salvo esa risa que pertenece a otro, a un cuerpo sin alma, a una cabeza sin ojos. Todo es preferible a esa risa, elemento extraño y nocivo que hace de ella un alma poseída».

—Usted está loco —dijo Sarah con una voz que quería parecer alegre, divertida—. El borracho fue sólo el primero. Después vinieron los otros. Todos los otros. Me convertí en el «regalo especial» de la barraca. El «regalo especial» que todos querían ofrecerse. Tenía más éxito que todas las otras mujeres juntas. Los felices y los desdichados, los buenos y los malos, los jóvenes y los viejos, los alegres y los taciturnos, todos me amaban. Los tímidos y los viciosos, los lobos y los cerdos, los intelectuales y los carniceros, todos, ¿me entiende? Todos venían a mí. ¡Y usted me toma por una santa! ¡No está en su sano juicio, pobre de usted!

Y reía a más y mejor. Pero la risa no tenía nada que ver con ella. Todo su ser trasuntaba un sufrimiento indecible y sin edad. Su risa sonaba seca, inhumana; no era suya sino de Dios o del borracho.

—¡Pobre de usted! —dijo—. ¡Me da lástima! Quisiera hacer algo por usted. Dígame, ¿cuándo es su cumpleaños? Le ofreceré un regalo. Un regalo especial...

Y su risa se posesionó de mí. Algún día, también yo seré un poseído. Sarah, en su combinación negra y con la pierna ligeramente doblada, de repente dejó de reír. Sentí que iba a darme el golpe de gracia. Involuntariamente, empecé a retroceder hacia la puerta. Allí me alcanzó su grito:

—¡Qué loco es!

—¡Cállese, por amor del cielo, cállese! —grité presa de pánico.

Sabía que iba a hablar, que iba a decir algo terrible, abominable, palabras que iba a oír en adelante cada vez que mi cuerpo buscara la dicha en el cuerpo de una mujer.

—¡Cállese! —imploré.

—¿Una santa, yo? —gritó ella como enloquecida—. ¡Bueno! Sepa y recuérdelo bien: a veces llegué a sentir placer con ellos... Después me odiaba, y aun mientras tanto, pero mi cuerpo a veces llegaba a amarlos... Y mi cuerpo, soy yo... ¡Yo, una santa! ¿Sabe lo que soy realmente? Ya se lo he dicho. Soy...

Era el límite. No podía soportar más. Iba a vomitar. Hice girar la llave rápidamente; abrí la puerta, rápido; ¡rápido, rápido, rápido! Tenía que abandonar esa casa lo más rápidamente posible. Segundo piso. Primero. El encargado. Planta baja. La calle. Correr. Rápido. Correr.

Sólo más tarde, mientras corría, me di cuenta de que no había dejado de apretarme el cuello con las manos.

—Sarah —dije con voz ahogada.

—Sí —prosiguió Kathleen—. Ya lo sé. Es el nombre de tu madre.

—Es el nombre de una santa.

Busqué a Sarah durante días y semanas enteras. Volví

al café donde la había encontrado. Pedí informes en todos los hoteles del barrio. Trabajo perdido. Nadie parecía haber visto o conocido a esa muchacha de cabellos dorados que llevaba el nombre de mi madre. El camarero que nos había servido no la recordaba. Los porteros de los hoteles me respondían que nunca la habían visto. Sin embargo, no perdía toda esperanza. A veces me parece estar buscándola todavía. Quisiera encontrarme con ella aunque fuera una sola vez. Para hacer lo que debí hacer aquella tarde, acostarme con ella.

—Tu madre está muerta —dijo Kathleen.

Quería provocarse dolor. Sufrir abiertamente. Para que yo la viera así. Para que supiera que sufría por mí, que estaba unida a mí por el sufrimiento. Era capaz de hacerme sufrir sólo para demostrarme que ella también era desdichada.

—Ya sé que está muerta —dije—. Pero a veces me niego a admitirlo. A veces pienso que las madres no mueren nunca.

Era verdad. No puedo creer en la muerte de mi madre. Puede ser que el motivo resida en el hecho de que no la he visto muerta.

La vi yendo a alguna parte con centenares de personas que repentinamente se hundían en la oscuridad. Si me hubiera dicho: «Adiós, hijo mío. Voy a morir», sin duda ahora podría creerlo.

Mi padre está bien muerto, lo sé. Lo vi expirar. A él no lo busco entre los transeúntes de la calle. Por lo contrario, me ocurre a veces que busco en la calle a mi madre. No está muerta. No realmente. De vez en cuando, en el metro, en el autobus, en un café, descubro alguno de sus rasgos en una mujer. Y a esa mujer la amo y la odio al mismo tiempo.

Kathleen. Las lágrimas le asomaban a los ojos. Mi madre no lloraba. Al menos, no lloraba cuando otras personas estaban presentes. Sus lágrimas sólo se las ofrecía a Dios.

Kathleen se parecía un poco a mi madre, de quien tenía la alta frente y el mentón de líneas puras y pronunciadas. Pero Kathleen no estaba muerta. Y lloraba.

Al principio, no lloraba. En nuestras relaciones medíamos nuestras fuerzas. Nos tratábamos uno al otro como iguales. Éramos libres. Cada cual con respecto a sí mismo y con relación al otro. Cuando yo no tenía ganas de ir a la cita, no iba. Ella hacía otro tanto. Y ninguno de los dos se mostraba enojado o tan siquiera ofendido. Cuando yo callaba durante una noche entera, ella trataba de que le explicara la razón. La pregunta clásica de los enamorados: «¿En qué piensas?», no figuraba en nuestros contactos. La dureza era nuestra religión. No decíamos nada que no fuera esencial. Cada uno intentaba convencer al otro de que podía vivir, esperar —y desesperar— sin él. Cada beso habría podido ser el último. En cualquier momento el templo podía derrumbarse. El porvenir, inútil, no existía. De noche, hacíamos el amor en silencio, casi como testigos. Un extraño que nos observara en la calle nos hubiera tomado fácilmente por enemigos. Tal vez con razón. Los verdaderos enemigos no siempre son los que se odian.

Nunca debí aceptar que volviéramos a vernos en Nueva York. Debí haberle dicho que sería indigno de nosotros reabrir el paréntesis: el aire, al penetrar en él, lo corrompería todo.

Kathleen había cambiado. Ya no era libre. Se limitaba a imitar a la otra. Su matrimonio la había destruido interiormente. La vida había perdido todo interés para ella. Los días eran todos iguales. Toda la gente decía las mismas cosas. En lugar de escucharlos, bastaba consultar los programas de televisión. Los amigos y colegas de su marido la aburrían. Sus mujeres la fastidiaban; estaba condenada a sumarse a sus filas. Pronto sería como ellas.

En Nueva York, nos encontramos todos los días. Venía a mi casa o yo iba a la suya. Salíamos mucho juntos, al teatro, a conciertos. Discutíamos de literatura, de música, de poesía. Yo trataba de ser amable. Le testimoniaba paciencia, interés, comprensión. La trataba como a una enferma. La lucha había terminado hacía tiempo. Ahora me esforzaba en ayudarla a ponerse de pie.

Raramente evocábamos el pasado, con pudor, para no empañarlo. A veces, al escuchar un pasaje de Bach, al observar la forma de una nube jugando con el sol, la misma emoción nos apretaba la garganta. Entonces, me tocaba la mano y decía:

—¿Recuerdas?

Y yo le respondía:

—Sí, Kathleen. Por supuesto que recuerdo.

En otras épocas, ella no habría sentido el deseo de probarme que recordaba. Al contrario, los dos habríamos sentido vergüenza de habernos dejado poseer por el pasado, por una emoción del pasado. Yo habría vuelto la cabeza. Habría hablado de otra cosa. Ahora no luchábamos más.

Luego, un día, ella me confesó...

Tomábamos el café en su cuarto. La radio trasmitía el concierto para violín de Beethoven, por Isaac Stern. Lo habíamos oído en París, en la sala Pleyel. Recordé entonces que me había tomado de la mano y que yo la rechacé brutalmente. «Si ahora me tomara la mano», pensé, «no la retiraría».

—Mírame —dijo Kathleen.

La miré. Esbozó una sonrisa atormentada. Su cara era la de una mujer abandonada y que es consciente de ello. Con sus largos dedos daba golpes en la taza que estaba sobre la mesa.

—Sí —dije—, lo recuerdo.

Dejó la taza, se levantó y vino a arrodillarse ante mí. Allí, alta la cabeza, sin ruborizarse, sin ningún temblor en la voz —casi como antes—, me confesó:

—Creo que te amo.

Quiso continuar, pero le corté la palabra:

—¡Cállate! —le dije ásperamente.

No quería oírle decir «te amo» desde el primer día.

Mi aspereza no repercutió en su rostro. Pero su sonrisa se hizo un poco más profunda, más enfermiza.

—No es culpa mía —se excusó—. Lo intenté. Luché.

Beethoven, sala Pleyel, Stern, el amor. El amor que lo complica todo. En cambio, el odio simplifica todo. Pone el acento sobre las cosas y los seres. Y sobre lo que los separa. El amor borra los acentos. Pensé: «He aquí otro minuto que marcará mi existencia».

—¿Estás apenado? —preguntó Kathleen desolada.

—No.

¡Pobre Kathleen! Ni siquiera trataba ya de imitar a la otra. La angustia había cubierto su cara. Sus ojos se habían empequeñecido curiosamente.

—¿Vas a dejarme?

El amor y la desesperación. Van juntos. Uno tiene algún rasgo del otro. Pensé: «Debe de haber sufrido terriblemente. A mi vez, debo tratar de reparar el mal. Hay que tratarla como a una enferma. Ya sé que actuar así es insultar al otro. Pero el otro ya no existe. Y ella tiene la espalda doblada en dos».

—No quiero dejarte —respondí en el tono de un amigo seguro.

Una lágrima solitaria —la primera— se deslizó a lo largo de su mejilla, vaciló un momento, para inmovilizarse finalmente al borde del labio.

—Tienes piedad de mí —dijo Kathleen.

—No tengo piedad de ti —respondí presuroso.

Mentía. Tenía que mentir. Mucho. Ella estaba dolorida. Y está permitido mentir a los enfermos. Con la otra no lo habría hecho.

Durante las semanas y los meses que siguieron, Kathleen se consumía.

No teniendo nada que hacer con sus días —no tenía ganas ni necesidad de buscarse un trabajo— se los pasaba en su cuarto, en la ventana o ante el espejo, sola y desdichada, consciente de su soledad y de su desdicha.

Como antes, continuábamos viéndonos todas las noches. Cenas, espectáculos, conciertos. Un día traté de apelar a su razón: estaba en un error apiadándose de su propia suerte. Era indigno de ella y de mí. Tenía que encontrarse un trabajo, ocuparse, llenar sus días. Debía encontrar un objetivo en la vida.

—Un objetivo —dijo encogiéndose de hombros—. Un objetivo. ¿Cuál? ¿El Ejército de Salvación? ¿Hacerme protectora de artistas hambrientos? ¿Partir a la India para socorrer a los leprosos? ¿Un objetivo? ¿Adónde ir a buscarlo?

Fue entonces que tuve una idea genial. Le dije que yo también la amaba.

Se negó a admitirlo. Pidió pruebas. Se las suministré. Todos los incidentes que en otros tiempos ilustraban la ausencia de amor entre nosotros, de pronto demostraban lo contrario. «¿Por qué retiraste tu mano en el concierto?». «No quería traicionarme». «¿Por qué no me decías nunca que me amabas?». «Porque te amaba». «¿Por qué me mirabas siempre directamente a los ojos?». «Para encontrar el reflejo de mi amor».

Durante varias semanas estuvo en guardia. Y yo también. Me consideraba como su enfermero. A veces me divertía pensando que, tal vez, también ella me trataba como a un enfermo. Al fin, dejaríamos que cayeran las máscaras. Uno diría: «Estaba simulando». «Yo también», diría el otro. Y los dos sentiríamos un gusto amargo en la lengua. Por un lado, era una lástima que fuera sólo un simulacro.

Pero ella no simulaba. El que simula no sufre. El ser que está en nosotros observándonos, que nos mira representar, ése no sufre. Kathleen sufría. Pese a mis argumentos, no estaba convencida. En mi ausencia, lloraba a menudo. Cuando estábamos juntos su alegría era demasiado ostensible.

Yo ya no era libre. A Kathleen, privada de libertad desde hacía tiempo, la mía la habría humillado. Frente a ella, había adoptado yo una actitud de la que ya no podía liberarme.

¡Si eso hubiera servido al menos de algo! ¡Si al menos hubiera ayudado a Kathleen! Pero seguía siendo desdichada y su risa seguía carente de autenticidad.

Kathleen iba cada vez peor. Empezó a beber. Se iba hundiendo.

Yo discutía con ella:

—No tienes derecho a conducirte así.

—¿Por qué no? —decía abriendo los ojos con aire de falsa inocencia.

—Porque te amo. Tu vida, Kathleen, me pertenece.

—¡Bah! ¡No me amas! Lo dices, solamente. Si fuera verdad, no lo dirías.

—Lo digo porque es verdad.

—Dices eso por compasión. No me necesitas. No te doy bienestar ni alegría.

Esas discusiones no producían ninguno de los resultados deseados. Al contrario, después de ellas, Kathleen caía más bajo.

Una noche —era en vísperas del accidente—, me explicó al fin por qué no podía creer en la integridad de mi amor:

—Pretendes amarme y continúas sufriendo. Dices amarme ahora y vives todavía en el pasado. Declaras tu amor por mí y te niegas a olvidar. De noche tienes pesadillas. A veces exhalas quejidos desgarradores durante el sueño. La verdad es que no soy nada para ti. No cuento para nada. Lo que cuenta, es tu pasado. No el nuestro: el tuyo. Trato de proporcionarte alegría: una imagen se levanta en tu memoria y termina con todo. Ya no estás presente. La imagen es más fuerte que yo. ¿Crees que no lo sé? ¿Crees que tu silencio es capaz de cubrir el infierno que llevas en ti? ¿Tal vez crees que es fácil vivir junto a alguien que sufre y se niega a aceptar todo socorro?

No lloraba. Esa noche no había bebido nada. Estábamos acostados. Apoyaba su cabeza sobre mi brazo extendido. Un viento cálido entraba por las ventanas abiertas. Acabábamos de acostarnos. Uno de nuestros rituales era no abrazarnos enseguida. Primero hablar.

Sentí que tenía un peso en el corazón como si le fuera difícil contenerse. Ella había adivinado exactamente. El sufrimiento, los remordimientos, no pueden ocultarse por mucho tiempo. Se traslucen. Era verdad: yo vivía en el pasado. La abuela, con su pañuelo negro en la cabeza, no me abandonaba.

—No es culpa mía —respondí.

Le expliqué: un hombre que dice a una mujer que cree

amarla: «Te amo y te amaré por toda la eternidad. Que me muera si dejo de amarte», lo cree. Sin embargo, un día ausculta su corazón y lo encuentra vacío. No obstante, queda con vida. Con nosotros —los que conocimos el tiempo de la muerte— es diferente. Allá declaramos que nunca olvidaríamos. Y eso es válido para siempre. No podemos olvidar. Las imágenes están ahí, ante los ojos. Aunque no estuvieran los ojos, las imágenes seguirían estando. Creo que si tuviera capacidad para olvidar, me odiaría. Nuestro paso por allá ha dejado en nosotros bombas de tiempo. De vez en cuando, una estalla. Y entonces no somos sino dolor, vergüenza y culpa. Nos sentimos avergonzados y culpables de estar con vida, de comer pan hasta saciarnos, de llevar en invierno un buen calzado abrigado. Una de esas bombas, Kathleen, sin duda provoca la locura. Es inevitable. Quien estuvo allá, se ha llevado consigo un poco de la locura de la humanidad. Un día u otro, ascenderá a la superficie.

Esa noche, Kathleen estaba sobria y lúcida. Tuve la impresión de que la otra le había hecho una visita. Pero sabía que se iría de nuevo. Que la visita sería de corta duración y que sólo quedaría la que trataba de imitarla. Y que algún día ni siquiera lo intentaría ya más. El divorcio sería definitivo.

Esa noche comprendí que tarde o temprano tendría que dejar a Kathleen. Quedarme con ella no tenía sentido.

Pensé: «El sufrimiento aleja al ser humano de sus semejantes. Para separarlos, levanta un muro hecho de gritos y de desprecio. Si no les es dado a los hombres convertirlo en un dios rechazan a aquel que, entre todos ellos, conoció el sufrimiento en estado puro, a aquel que les ha dicho: "He sufrido, no porque soy Dios ni porque soy santo y quiera imitarlo, sino únicamente porque soy hombre, un hombre como ustedes, con sus flaquezas, sus cobardías, sus pecados, sus rebeldías y sus ambiciones ridículas". Ése les produce miedo pues les da vergüenza. Se alejan de él como de un culpable. Como de quien usurpara el lugar de Dios para ilustrar el gran vacío que nos espera al cabo de toda aventura».

En verdad, está bien que sea así. El hombre que ha sufrido más y en forma distinta a los demás debería vivir aparte. Solo. Al margen de toda existencia organizada. Envenena el aire. Lo vuelve irrespirable. Le quita a la alegría su espontaneidad y su razón de ser. Mata la esperanza y la voluntad de vivir. Encarna un tiempo que niega el presente y el porvenir, para reconocer sólo la dura ley del recuerdo. Sufre y su sufrimiento contagioso despierta ecos a su alrededor.

Un día u otro, tendré que dejar a Kathleen, decidí. Será mejor para ella. Si pudiera olvidar, me quedaría. Pero no puedo. Hay casos en que el hombre no tiene derecho a sufrir.

—Te propongo un trato —dijo Kathleen—. Dejaré que me ayudes a condición de que hagas otro tanto. ¿Quieres?

«¡Pobre Kathleen!», pensé. Demasiado tarde. Para cambiar, habría que cambiar el pasado. Pero éste se nos escapa. Su estructura es sólida, inmutable. El pasado es el pañuelo de mi abuela, negro como un nubarrón sobre el cementerio. ¿Olvidar el nubarrón? El nubarrón negro, es la abuela, es su hijo, es mi madre. ¡Qué época idiota la nuestra! Todo está invertido. Los cementerios se encuentran arriba, suspendidos en el cielo y no cavados en la tierra húmeda. Estamos tendidos en la cama, mi cuerpo desnudo contra tu cuerpo desnudo, y pensamos en los negros nubarrones, en los cementerios flotantes, en los sarcasmos de la muerte y del destino que, en realidad, son sólo uno. Hablas de la felicidad, Kathleen, como de una posibilidad. Pero ni siquiera es un sueño. Él también ha muerto. También está en lo alto. Todo se ha refugiado allá arriba. ¡Y qué vacío aquí abajo! La verdadera vida está allá. Aquí no hay nada. Nada, Kathleen. Aquí está el desierto árido. El desierto desprovisto de espejismos. Es la estación donde el niño olvidado en el andén ve a sus padres que se alejan en un tren. Y, en lugar de ellos, está ahí el humo negro del tren. El humo son ellos. ¿La felicidad? La felicidad para el niño sería que el tren diera marcha atrás. Pero tú conoces a los trenes: siempre van hacia adelante. Sólo el humo va hacia atrás. ¡Sí, qué estación tan horrible la nuestra! Los seres que, como yo, se encuentran en ella, deberían quedarse solos, Kathleen. No dejar que nuestro sufrimiento se ponga en contacto con otros hombres. No hay que comunicarles el gusto acre, el gusto a nube-humo que tenemos en la boca. No hay que hacerlo, Kathleen. Dices «el amor». E ignoras que también el amor partió en el tren que ha subido directamente al cielo. Ahora todo se ha trasladado allá arriba. El amor, la felicidad, la verdad, la pureza, los niños de alegre sonrisa, las mujeres de mirada misteriosa, los ancianos de lento andar y los pequeños huérfanos de rezos angustiados. Es un verdadero éxodo. El éxodo de un mundo a otro. Los antiguos pueblos tenían una imaginación limitada. Nuestros muertos ahora se llevan al más allá no sólo sus ropas y alimentos, sino también el porvenir de sus descendientes. Nada ha quedado aquí abajo. ¿Y me hablas de amor, Kathleen? ¿Y me hablas de felicidad? Los otros hablan de justicia, universal o no, de libertad, de fraternidad, de progreso. No saben que el planeta está vacío y que un tren inmenso se ha llevado todo al cielo.

—Entonces, ¿aceptas? —preguntó Kathleen.

—¿Acepto qué? —me asombré.

—El trato que te propongo.

—Por supuesto —respondí distraído—. Acepto.

—¿Y dejarás que te haga feliz?

—Dejaré que me hagas feliz.

—¿Y me prometes olvidar el pasado?

—Te prometo olvidar el pasado.

—¿Y sólo pensarás en nuestro amor?

—Sólo pensaré en él.

Había agotado su cuestionario. Calló para recuperar el aliento y preguntó con voz cambiada:

—¿Dónde estás ahora?

—En la estación —respondí.

—No comprendo.

—En la estación —dije—. La estación era pequeñita. Una estación de una modesta ciudad de provincia. El tren iba a partir. Me quedé solo en el andén. Mis padres estaban en el tren. Me habían olvidado.

Kathleen no dijo nada.

—En el primer momento, se lo reproché a mis padres. No debían haberme dejado atrás, solo en el andén. Pero, un poco más tarde, vi de pronto una cosa extraña: el tren abandonaba los rieles y comenzaba a subir hacia el cielo gris ahumado. Desconcertado, ni siquiera pude gritar a mis padres: «¿Qué hacen ustedes? ¡Vuelvan!». Tal vez si hubiera gritado, habrían regresado.

Me invadía el agotamiento. Traspiraba. Hacía calor en la cama. Un coche acababa de frenar bruscamente delante de la ventana.

—Me prometiste no pensar más en ello —dijo Kathleen desconcertada.

—Perdóname. No pensaré más. Por otra parte, actualmente el tren está pasado de moda como medio de transporte. El mundo ha progresado.

—¿Verdad que sí?

—Sí.

Estrechó su cuerpo contra el mío.

—Cada vez que tus pensamientos te lleven a la pequeña estación, me lo dirás. Lucharemos juntos. ¿Quieres?

—Quiero.

—Te amo.

El accidente ocurrió al día siguiente.

Las diez semanas durante las cuales viví en un universo de yeso me enriquecieron.

Aprendí que el hombre vive diferentemente según se encuentre en posición vertical u horizontal. Las sombras en las paredes y en las caras no son las mismas.

Tres personas venían a verme diariamente. El doctor Paul Russel me visitaba por la mañana; Kathleen venía por la noche; Gyula de tarde. Sólo él había adivinado. Gyula era mi amigo.

Pintor de origen húngaro, Gyula era una roca viviente. Un gigante en el amplio sentido del término. Alto, robusto, el pelo grisáceo enmarañado, los ojos ardientes y burlones, arrasaba con todo a su paso: altares, ideas, montañas. Todo temblaba, vibraba bajo sus dedos, bajo su mirada.

A pesar de la diferencia de edad, teníamos mucho en común. Todas las semanas nos encontrábamos para almorzar en un restaurante húngaro del East Side. Nos ayudábamos para resistir, para no ceder al compromiso, para no acomodarnos con la existencia, para rechazar toda victoria fácil. Nuestra conversación tenía un tono de broma. El sentimentalismo nos producía horror. Huíamos como de la peste de la gente que se las tomaba en serio y, sobre todo, de aquellos que reclamaban que los demás hicieran lo mismo. No teníamos miramientos entre nosotros. Así la amistad que nos ligaba era sana, simple y madura.

Estaba todavía medio muerto cuando hizo irrupción en mi habitación, atropelló a la enfermera que se disponía a darme una inyección y, sin preguntarme nada, me anunció con voz firme que haría mi retrato.

La enfermera, jeringa en mano, lo observaba aturdida:

—¿Qué está haciendo aquí? ¿Quién le dio permiso para entrar? ¡Salga de aquí enseguida!

Gyula le lanzó una mirada compasiva, como si no estuviera en sus cabales.

—Usted es bonita —le dijo—, pero loca.

La estudió con interés.

—Las mujeres bellas de ahora no son ya bastante locas —prosiguió en tono nostálgico—. Usted lo es. Por eso me gusta.

La pobre enfermera —una joven prácticamente— estaba al borde de la crisis. Balbuceó:

—La inyección... salga... es preciso...

—¡Más tarde! —ordenó Gyula.

Y, tomándola del brazo, la empujó hacia la puerta. Allí ella le cuchicheó algo al oído.

—¡Eh, tú! —me espetó Gyula después de haber cerrado la puerta—. Ella dice que estás gravemente enfermo. ¡Qué estás moribundo! ¿No tienes vergüenza de estar muriéndote?

—Sí —respondí débilmente—, tengo vergüenza.

Gyula dio algunos pasos para familiarizarse con el ambiente, con las paredes y el olor de la habitación. Luego se detuvo junto a la cama y me interpeló:

—No te mueras antes de que haya terminado tu retrato, ¿oyes? ¡Después, no me importa! ¡Pero no antes! ¿Entendido?

—Eres un puerco, Gyula —le dije emocionado.

—¿No lo sabías? —se asombró él—. El artista es el peor de los cochinos; se alimenta con la vida y la muerte de los demás.

Creí que iba a preguntarme cómo había ocurrido el accidente.

Pero no lo hizo. Y, sin embargo, yo quería que supiera.

—¿Quieres que te explique? —pregunté.

—No es necesario —respondió desdeñoso—. No me interesan tus explicaciones.

El afecto dibujaba un círculo alrededor de sus ojos.

—Quiero que lo sepas —insistí.

—Lo sabré.

—Es un secreto —dije—. Nadie lo conoce. Quiero revelártelo.

—No es necesario —respondió despreciativo—. Me gusta descubrirlos yo mismo.

Traté de sonreír.

—Me puedo morir antes.

Una cólera amenazadora se encendió en él.

—No será antes de que haya terminado el retrato, ya te lo he dicho. ¡Después, puedes morirte cuando quieras y como quieras!

Estaba orgulloso. De él, de mí, de nuestra amistad. De las duras leyes que nos imponíamos. Ellas nos protegían contra los éxitos y las verdades de los débiles. Los verdaderos vínculos se hacen a un nivel donde las palabras simples son de rigor, donde el objetivo a alcanzar es poder plantear el problema de la inmortalidad del alma con frases de una vulgaridad chocante.

Gyula venía todas las tardes. Las enfermeras sabían que no había que molestarnos cuando él estaba aquí. Para ellas era un animal cuyos insultos, en húngaro, hubieran hecho sonrojarse a las negras.

Mientras me hacía los croquis, Gyula me relataba cosas. Era un excelente relator. Su vida encerraba un tesoro de aventuras y experiencias alucinantes. Se había muerto de hambre en París, había distribuido fortunas en Hollywood, había enseñado magia y alquimia por aquí y por allá. Había conocido a todos los grandes nombres de la literatura y de las artes contemporáneas; amaba sus flaquezas y les perdonaba sus éxitos. Gyula también tenía una idea fija: medirse con el destino, obligarlo a dar un sentido humano a sus crueldades. Pero, por supuesto, sólo hablaba de ello en son de burla.

Un día, llegó como de costumbre al comenzar la tarde y, de pie ante el alféizar de la ventana, se puso a trabajar.

Estaba silencioso. Ni siquiera me había dado las buenas tardes al entrar. Parecía preocupado. Media hora, una hora. De pronto, quedó inmóvil y me miró rectamente a los ojos como si acabara de rasgar un velo invisible. Durante muchos segundos se cruzaron nuestras miradas. Frunció sus gruesas cejas: comenzaba a comprender.

—¿Quieres que te cuente? —le pregunté trastornado.

—No —respondió fríamente—. ¡No sé qué hacer con tus historias!

Y de nuevo se absorbió en su trabajo, donde extraía respuestas a todas las preguntas y preguntas a todas las respuestas.

Una semana más tarde me contó un episodio que, en apariencia, no tenía ninguna relación con el tema del que estábamos hablando. Discutíamos sobre la situación internacional, sobre el peligro de una tercera guerra mundial, sobre el importante papel que pronto desempeñaría China. De repente, Gyula cambió de tema.

—A propósito —dijo—, ¿te conté la historia de mi fallido intento de ahogarme?

—No —contesté burlón—. ¿Dónde tuvo lugar?, ¿en China?

—Ahorra tus comentarios —dijo—. Harías mejor en escucharme.

¡Maldito Gyula! Entonces, ¿cómo le dices a una mujer que la amas? Probablemente la insultas y, si no comprende ese género de declaración de amor, simplemente dejas de amarla. ¡Maldito Gyula!

Un verano, se había ido a la Costa Azul para pasar allí sus vacaciones, para huir del calor. Iba a menudo al mar. Esa mañana, nadando se alejó demasiado. Repentinamente, un calambre le paralizó el cuerpo. No pudiendo utilizar sus brazos y piernas, se fue al fondo.

—Comencé a tragar agua salada —dijo—. No sentía ningún temor. Sabía que iba a morir pero estaba tranquilo. Me invadió una serenidad extraña y dulce. Pensé que al fin sabría lo que piensa un hombre que se ahoga. Fue mi postrer pensamiento. Había perdido el conocimiento.

Lo salvaron. Alguien lo había visto irse al fondo y fue en su ayuda.

Mientras seguía las líneas que el pincel trazaba sobre la tela, Gyula continuó con sonrisa imperceptible:

—Al recobrar el conocimiento miré a mi alrededor. Estaba tendido en la arena, en el centro de un grupo de curiosos. Un médico, un anciano de cabeza calva, se inclinaba sobre mí y me auscultaba. En primera fila, una joven me observaba aterrada. Esbozó una tímida sonrisa que quiso ofrecerme, pero la expresión de terror no había abandonado su rostro. Es angustioso una mujer aterrada que sonríe. Pensé: «Estoy vivo. He vencido a la muerte. Tampoco esta vez me ha atrapado. La prueba es que miro a una mujer que me mira y sonríe. El horror de su expresión se debe a la muerte que todavía debe de estar cerca, detrás de mí. La sonrisa es para mí, para mí solo». Pensé: «Podía haber estado aquí; en este mismo sitio, y no ver a esta mujer que, en este momento, supera a todas las demás en gracia y belleza. Hubiera podido ser mirado por una mujer que no sonríe». «Debo considerarme dichoso», pensé. «Estoy vivo. La victoria sobre la muerte debería engendrar la felicidad. La felicidad de ser libre. Libre de provocar la muerte de nuevo. Libre de aceptar la libertad o de rechazarla». Esa prórroga debería haberme dado una sensación de bienestar. Pero no era así. Me analizaba concienzudamente: no encontraba ni rastros de alegría. El médico me auscultaba, los curiosos me dirigían como una limosna sus expresiones de muda simpatía, y la sonrisa de la joven se hacía más pronunciada; es así como se sonríe a la vida. A pesar de eso, no era feliz. Al contrario: me sentía terriblemente triste y decepcionado. Posteriormente, esa muerte fallida me hizo bailar y cantar. Pero ahí, en la arena, bajo el sol ardiente, violeta, bajo la mirada de la joven desconocida, me sentí decepcionado, decepcionado de haber vuelto a la vida.

Gyula trabajó en silencio un largo rato. Me parecía que pintaba con los ojos cerrados. Me pregunté si seguía decepcionado. Y si después había visto de nuevo a la joven. Pero no dije nada. Paul Russel me vino a la mente. «Está equivocado», pensé. «La vida no quiere forzosamente vivir. La vida realmente está fascinada por la muerte. Sólo en contacto con ella empieza a vibrar».

—¿Quieres escucharme? Gyula, ¿quieres? —imploré.

Se sobresaltó como si yo le hubiera obligado a reabrir los ojos. Lanzó una risita sardónica.

—No, no quiero.

—Sin embargo, quisiera que sepas.

—¿Que sepa qué? —preguntó ásperamente.

—Todo.

—No necesito tus historias para saber.

«¡Maldito Gyula!», pensé. «¿Qué le ocurrió a la joven de la playa? ¿La insultaste? ¿Le dijiste: "Eres una pequeña arrastrada, una pobre arrastrada"? ¿Comprendió que era una declaración de amor?».

—Gyula, ¿qué ocurrió con la joven desconocida?

—¿Qué joven desconocida?

—La de la playa. La que te sonrió.

Lanzó una potente carcajada que debía disimular un vago sentimiento que brotaba en él de un pasado lejano.

—¡Ah, ésa! —dijo con una voz voluntariamente vulgar—. ¡Era una pequeña arrastrada, una cochina arrastrada!

No pude contener una sonrisa.

—¿Se lo dijiste?

—¡Claro que se lo dije!

Se dio cuenta de que yo sonreía.

—Grandísimo cochino —me espetó disgustado—. Déjame trabajar. ¡Si no, te rompo la cara!

La víspera del día en que tenía que abandonar el hospital, Gyula entró con un aire arrogante que emanaba de toda su persona. Se irguió, como un general victorioso, al pie de la cama, entre el río y yo, y me anunció la buena nueva: el retrato estaba terminado.

—Y ahora, puedes morirte —dijo.

Gyula tomó un paquete y lo depositó sobre la silla. Vaciló un momento. Luego, volviéndome la espalda, dio un paso de costado. Mi corazón empezó a latir con violencia. Yo estaba ahí, frente a mí. Toda mi vida pasada se encontraba allí, ante mis ojos. Era un cuadro donde el negro, sembrado de manchas rojas, predominaba. El cielo era de un negro espeso. El sol, gris oscuro. Los ojos de un rojo palpitante, al modo de Soutine. Pertenecían a un hombre que había visto a Dios cometer el más imperdonable de los crímenes: matar sin motivo.

—Ya lo ves —dijo Gyula—, hablas mal, sólo eres tú cuando callas.

Un estremecimiento lo recorrió, no podía contener ya su emoción.

—Cállate —agregó—. Es todo lo que te pido.

Y, para ocultarse, fue hasta la ventana desde la que siguió a las olas ondulantes del East River que iban, elegantes, a su cita con el infinito.

«Lo adivinó», pensé. «Basta mirar el cuadro para darse cuenta de ello. El accidente sólo lo fue en el sentido limitado del término. Yo vi venir al taxi. Sólo en la duración de un relámpago, pero lo vi. Habría podido evitarlo».

Ahora se entablaba entre Gyula y yo un diálogo mudo.

—¿Ves? Tal vez Dios ha muerto, pero el hombre está vivo. La prueba: es capaz de amistad.

—Pero los otros, Gyula. ¿Los otros, Gyula? ¿Los que han muerto? ¿Qué haces con ellos? Fuera de mí no tienen ningún amigo.

—Hay que olvidarlos. Hay que expulsarlos de tu memoria. A latigazos si es necesario.

—¿Echarlos, Gyula? ¿A latigazos, dices? ¡Echar a mi padre a latigazos! ¡Y a la abuela? ¿También a ella a latigazos?

—Sí, sí, y otra vez sí. Los muertos no tienen nada que hacer aquí abajo. Que nos dejen en paz. Si se niegan, emplea un látigo.

—¿Y ese cuadro, Gyula? Ellos están ahí. En los ojos del retrato. ¿Por qué los has puesto ahí si quieres que los eche?

—Los he puesto ahí para ubicarlos. Para que sepas dónde golpear.

—No puedo, Gyula. No puedo.

Gyula se volvió y vi, de pronto, que había envejecido.

Su pelo se había vuelto blanco, su cara más escuálida, más hundida.

—El sufrimiento le es dado a los vivos, no a los muertos —continuó atravesándome con la mirada—. El deber de los hombres es hacerlo cesar y no aumentarlo. Una hora menos de sufrimiento es ya una victoria sobre el destino.

Sí, había envejecido. Ahora era un anciano quien me hablaba y me trasmitía el saber intemporal que explica por qué la Tierra continúa girando y el hombre esperando la llegada del día siguiente. Sin tomar respiro, prosiguió como si me destinara esas palabras desde hacía tiempo:

—Si tu sufrimiento salpica a otros, a aquellos que te rodean, a aquellos que depositan en ti su razón de ser, mátalo, ahógalo. Si son los muertos los que lo producen, mátalos de nuevo, tantas veces como sea necesario para cortarles la lengua.

Una tristeza infinita se apoderó de mí. Tenía la impresión de estar en camino de perder a mi amigo: me estaba juzgando.

—Suponte que el hombre no lo logre —observé abatido—. ¿Qué le queda? ¿La mentira? Prefiero la lucidez.

Sacudió lentamente la cabeza:

—Ello representa una victoria del destino y no del hombre. Es un acto de libertad que lleva en sí la negación de la libertad. El hombre debe continuar andando, buscando, pensando, tendiendo la mano, ofreciéndose, inventándose.

Me pareció repentinamente que era mí maestro Kalman, el cabalista, quien me hablaba. Su voz tenía el mismo acento de bondad, de comprensión. Pero Kalman era mi maestro, no mi amigo.

—Aprende esto —prosiguió Gyula sin cambiar de voz,

sin pestañear siquiera—. Sabe que los muertos, como ya no son libres, no tienen la facultad de sufrir. Sólo los vivos la tienen. Kathleen está viva. Yo estoy vivo. Tenemos que pensar en nosotros, no en ellos.

Se interrumpió para llenar su pipa, o tal vez porque ya nada tenía que agregar. Todo estaba dicho. El pro y el contra. Yo elegiría los vivos o los muertos. Los días o las noches. Él o Kalman.

Miré el retrato y en el fondo de los ojos vi a la abuela con su pañuelo negro. Tenía una expresión de paz dolorosa en su cara consumida. Y me decía: «No temas nada. Estaré donde tú estés. No te dejaré solo en el andén de la estación. Ni solo en la calle de una ciudad desconocida. Te llevaré conmigo. En el tren que sube al cielo. Y no verás más la Tierra. Te la ocultaré con mi pañuelo negro».

—¿Te vas del hospital mañana? —preguntó Gyula con voz que había vuelto a ser normal.

—Sí, mañana.

—¿Kathleen se ocupará de ti?

—Sí.

—Ella te ama.

—Lo sé.

Un silencio.

—¿Podrás caminar?

—Con muletas —respondí—. Me han quitado el yeso. Pero no puedo apoyar el pie en el suelo. Tengo muletas para caminar.

—Apóyate en Kathleen. Se sentirá dichosa de que aceptes apoyarte en ella. Recibir es una forma superior de la generosidad. Hazla dichosa. Un poco de felicidad justifica los esfuerzos de una vida entera.

«Kathleen será dichosa», decidí. «Aprenderé a mentir bien y ella será dichosa. Es absurdo que las mentiras puedan engendrar la verdadera felicidad. Una felicidad que, en el lapso que dure, parece verdadera. Los vivos quieren las mentiras como quieren tener amistades. Los muertos no las quieren. La abuela no soportaría que le oculten la verdad. La próxima vez, abuela, te lo prometo: prestaré atención. No perderé el tren».

Debía de estar mirando el retrato con demasiada intensidad, pues de pronto Gyula empezó a rechinar los dientes. Con un movimiento furioso, salvaje, encendió un fósforo y lo acercó a la tela.

—¡No! —exclamé desesperado—. ¡No hagas eso, Gyula, no lo hagas! ¡No quemes a la abuela por segunda vez! ¡Detente, Gyula, deténte!

Impasible, Gyula no reaccionó. Con la cara impenetrable, contraída, sostuvo la tela con la punta de los dedos moviéndola por todos lados, esperando que quedara reducida a cenizas. Quise arrojarme sobre él, pero estaba demasiado débil para levantarme de la cama. Me saltaron las lágrimas. Lloré largo rato después que Gyula hubo cerrado la puerta tras de sí.

Había olvidado llevarse las cenizas.

ÍNDICE

La noche 7

El alba 131

El día 223

AUSTRAL